無名驅鬼師

言情名家 梁心 著

第1章 餓肚子的老奶奶〈上〉

叮咚——

凌晨兩點多，正在挑選即期產品準備下架的姬儀光，聽見自動門的鈴響通知，立刻站了起來。

這是一家位在巷子口的便利商店，附近都是老式住宅，但是因爲附近有學校跟小型工業區，很多人選在這裡租屋，往來的人們形形色色，還常看到不同國籍的住戶。

「歡迎光臨！」她看了看，是熟面孔，立刻小跑步到櫃檯後面站定。

雖然是熟面孔，但不是熟客，因爲兩人並不熟。

「熱美式，大杯。」穿著黑色長版風衣的男子薄唇輕吐，語氣淡然。

姬儀光看了眼窗外的天色，雙唇無聲地咂吧了兩下，決定忽略男子臉上的墨鏡。「四十五元，謝謝。」

收了錢，姬儀光轉身操作咖啡機，大夜班時段很安靜，咖啡機運作時的轟轟聲在此刻特別明顯。

一杯咖啡的時間拉長到接近一世紀。

等咖啡機發出「滴」的一聲，姬儀光鬆了口氣，立刻掛上完美店員的笑容，回頭將咖啡遞上。

「先生，你的咖啡好了。」

只見男子接過，便一手兜在風衣口袋裡，坐到了內用區最角落的位置上。

大夜班的尖峰時刻在凌晨六點左右，半夜兩、三點基本上是沒什麼人的，要是有人在固定時間出現個三、四次，姬儀光差不多就記得住這個人的模樣、每次來都買什麼東西。

然後這男子第一次來，姬儀光就留下了相當深刻的印象。

墨鏡、黑風衣、綁帶軍靴，梳著旁分俐落油頭，墨鏡下的薄唇顏色偏粉趨淡，還會習慣性地輕抿著。他點了杯熱美式，喝完後，就動也不動地坐到將近破曉才走。

第二次來，還是一模一樣的打扮，如出一轍的行爲。姬儀光就幫他取了個代號叫「神祕人」，除了太帥太有型不符合條件外，他滿像柯南漫畫裡的神祕人，都在奇怪的時間出場，還全身黑。

他很高眺，比例又好。姬儀光用眼角餘光偷偷瞄了一下，自己的肩膀剛好齊平對方胸下。算了，反正她從來不在身高上找優越感。

在晚上戴墨鏡就算了，他還全程都沒拿下來過，還有就是他每次過來，身上都有股奇妙的味道，很像是燒完金紙後沾上的氣味。

姬儀光沒有問，連跟對方攀談的衝動都缺缺。她很惜命，明白這世上有太多人的死因就是因為——知道的太多了。

即便她覺得這個人似乎跟她很有緣分，不知為何難得讓她感到親切也一樣。

她蹲回去清理即期產品，還看不到兩件，自動門的提示聲又響了，不過這次的聲音比較輕。

姬儀光探頭看了看，是位老奶奶，穿著牡丹花色的上衣，黑色綢褲，大約七十幾歲的年紀了，走路還有些不穩。她立刻過去扶老人家，中途還看了神祕人一眼。

姬儀光不動聲色輕輕地揮了一下手，才扶著老奶奶走到最近的椅子上。

「小姐，我肚子餓，這裡有什麼可以吃的？」老奶奶揉著肚子，似乎餓得很難受，臉色相當慘白陰暗。

姬儀光扶她的時候就發現老奶奶瘦得不像話，不誇張，真的是皮包骨。

「妳等一下喔，我幫妳看看。」姬儀光站了起來，走到開放式的冷藏櫃前打轉。

便當類已經回收掉了，新的還沒補進來；三角飯糰十二點才剛上架，可是不能微波，屬於冷食類；關東煮機器洗了，冷凍材料還在泡熱水；茶葉蛋還要等一段時間才熟……

油炸類的點心就算了，不要虐待老人家的胃，看來看去，熱食就只剩包子了。

希望老奶奶不會嫌包子的內餡太油膩。

姬儀光夾了一顆筍香肉包給老奶奶，再拿了一瓶原味的優酪乳。

「吃這個好嗎？」

老奶奶面有難色，歉然地對她笑了笑。「不好意思啦，小姐，我吃素。」

「啊——吃素是吧？」姬儀光露出完美的職業笑容。「是吃全素？蛋奶素？還是鍋邊素？」

「蛋奶素，可是我喝牛奶會拉肚子。」老奶奶收了收頰邊的頭髮，親切的笑容跟信任的眼神看來對姬儀光抱持著相當大的好感。

「好，我再幫妳找找呀。」姬儀光維持的職業笑容在轉過身的瞬間迅速垮掉。

蛋奶素？便利商店有什麼蛋奶素可以吃的？除了茶葉蛋跟標示蛋奶素的麵包外，只剩香蕉了！啊！還有真空包裝的水果玉米。不過，老奶奶有牙齒啃嗎？

算了，能吃的都先拿上。

這時候茶葉蛋剛好熟了，姬儀光先微波玉米，再夾了顆蛋、選了口感柔軟的麵包，連同香蕉，一塊送到老奶奶面前。

「不夠的話還有素食的泡麵啦……」這已經是她能力範圍內能找到的素食食品了。

「小姐，謝謝妳啊。」老奶奶感恩地說，有得吃她就很開心了。

老奶奶先是剝香蕉吃了一口，就這一口，便引發了她好大的感慨。「我好久沒有吃到新鮮水果了，要不是今天晚上我的腳比較有力，還走不了這麼遠來買東西。」

「妳的家人呢？怎麼不請他們幫妳買就好？」姬儀光拿起肉包，在老奶奶面前啃了起來，咬下去的瞬間才想到一件事，神情古怪地問：「我吃肉包的肉味會不會影響到妳？」

不曉得是眼花還是怎樣，姬儀光覺得神祕人的手指此時好像動了動。

不會吧？

她又仔細地盯著他看了好一會兒，最後確定是自己的錯覺。

「不會啦，我家只有我吃素，我兒子媳婦都吃葷，無肉不歡。」老奶奶小口地吃完香蕉，還把香蕉皮折了起來，好好地擺到桌上。

「怎麼不叫妳兒子出來買吃的給妳，不然幫妳煮頓宵夜也好。」

老奶奶正要拿茶葉蛋的手頓了頓，這才惆悵地說：「他們搬出去了，家裡只剩我一個。」

「喔。」姬儀光乖乖地閉上嘴，不敢再問，但老奶奶似乎開了話匣子，就跟她聊了起來。

「我兒子很能幹，在臺優電當經理，一個薪水有這麼多。」老奶奶動用到兩隻手的手指才表示得了她兒子的收入，眉眼間淨是驕傲。

「哇，好厲害喔！」姬儀光雙眼迸出羨慕的光芒，大大地取悅了老奶奶。「可是妳一個人住也滿不方便的，沒想過叫妳兒子把妳接過去住嗎？」

「有呀，是我不習慣，又搬回來了。」老奶奶似乎怕姬儀光以爲她兒子不孝順，連忙澄清。「我在這裡住了幾十年，朋友都在這，互相照應也夠了。」

「這樣喔……」姬儀光搔了搔頭。

這是老奶奶的選擇，姬儀光不想用旁人不負責任的立場說什麼，或是建議些只會讓人感覺自以爲是的話。

家家有本難念的經，天曉得老奶奶不跟兒子住還有什麼難言之隱？

姬儀光默默地陪老奶奶吃東西，聽她說她兒子從小就多傑出、多聽話，聽得姬儀光鼻間開始有點發酸。

老奶奶只能透過這些往事懷念她遠在外地的親生兒子了嗎？講的都是小時候的事。

「這、這玉米，我吃不下了。」老奶奶拿玉米沒轍，愧疚地看著姬儀光。

「沒關係，吃不下就吃不下，別勉強，我來整理就好。」姬儀光見老奶奶動手清理桌面上的垃圾，立刻把工作接了過來。「唉，這超商沒什麼素食好吃的。阿婆，不如妳明天再過來一趟吧，同樣的時間，我可以煮東西給妳吃，我手藝很好的。」

「哎喲，怎麼好意思？我們非親非故的。」老奶奶想也不想就拒絕了。

「相逢自是有緣，妳別跟我客氣。」姬儀光見老奶奶怎麼說都不肯，就編了段故事。「我奶奶很早就去世了，我是她帶大的，在她離開之前，我奶奶都沒有吃過我煮的一頓飯，所以我現在放假都會去養老院當義工。煮東西給妳吃，就像煮給我奶奶吃一樣，妳就答應吧。」

「這……」老奶奶還是略帶遲疑，但態度沒有一開始堅持。

姬儀光又加了把勁，可憐兮兮地看向老奶奶。「不行嗎？」

老奶奶心一軟，頭就點了下去。「好吧，我明天就算腳又不能走了，還是會想盡辦法過來，好嗎？」

「太好了！」姬儀光笑了開來，真摯的神色也感染到了老奶奶。

「時間不早了，我也該回去了。這些多少錢呀？」

姬儀光隨口報了個價錢。「五十塊。」

「等等呀。」老奶奶伸手探向口袋，東摸摸西摸摸的，就是摸不到錢。「哎喲，我好像忘記帶錢了。」

這不就是吃霸王餐了嗎？老奶奶面上真的過不去。

「別緊張，才五十塊。」姬儀光安撫她，這不是多大的事。

「五十塊也是錢啊。」老奶奶懊惱死了，又不能把吃下肚的東西還回來。「唉，人老了就是沒用。」

「怎麼會呢？這種事年輕人也會犯呀，妳明天拿過來就行了。」

「好，那我就明天拿過來。」老奶奶爲表清白，主動留下聯絡方法。「如果我明天沒來還錢，妳就到我家找我。我住在東風路七十一巷六號三樓，家裡電話是——」

姬儀光笑著說她記住了，如果老奶奶沒過來，一定過去找她，再三保證過後，老奶奶這才安心地回去了。

「眞是個可愛的老人家。」姬儀光笑了笑，把桌面收拾乾淨後，輕輕地揮了手，又回去忙了。她完全沒有注意到神祕人朝她看了一眼。

大夜班要做的工作可多了，洗咖啡機、洗關東煮機跟煮蛋的電鍋，回收過期的食品，還要趕在早上五點之前把蛋煮好，六點前把關東煮跟熱狗弄好，還有加熱包子，因爲趕長途車、晨運的人都會在這時候湧現。

接下來是大批的學生跟上班族。

不僅這樣，還要打掃廁所、分類垃圾、點貨跟上貨。在她工作的時段中，會來兩次進貨車。

姬儀光忙得團團轉，期間也有客人零星進來，挑了飲料、泡麵或是保險套就走，但沒有一個像神祕人一樣，買了個東西就在角落坐上好久，而且不管她何時抬頭偷看，他的臉都沒多側一分。

都可以到蠟像館打工了！

就在姬儀光為他盤算好日後的出路時，神祕人突然站了起來，差點沒把姬儀光嚇死。

幸虧神祕人聽不到她心裡在想什麼。

姬儀光站直身體，準備在他走到門口時送一句「謝謝光臨」，誰知道神祕人的目標不是大門口，而是筆直不帶拐彎地朝她走了過來！

「神……先、先生，請問有什麼事嗎？」姬儀光差點脫口而出「神祕人」，但是說了一個字就改口了，對方會不會誤以為她想講的是神經病？

「姬儀光？」神祕人皺著眉頭看了看她胸前的名牌，略帶疑惑的嗓音令人清楚他有話要說。

該不會是要投訴她吧？

頂多就在心裡腹誹了他一下，照理說他不會知道的呀，為什麼要看她的名牌？通常顧客想知道店員的名字都沒好事，她剛才有什麼地方得罪這位大仙嗎？

沒有呀？她完全不敢打擾他，就算看他也都是偷偷——

該不會是因為偷看他吧?!做人不要這麼小氣呀！

姬儀光的慌張使她加快了語速。「是呀，我的姓比較特別，還好我家……祖父沒把我取成姬光儀——你聽過激光儀嗎哈哈哈……」

神祕人完全無動於衷，嘴角連勾都沒有，說不定他把墨鏡拔下來，眼神就在嘲笑她笑得像個白癡。

對，她笑得像個白癡，簡直丟臉死了！

她平常沒這麼脫線，八成是那奇怪的親切感在作怪。

「嗯，我記住妳了。」神祕人講完這句話之後，頭也不回地走了。

然後呢？重點呢？把她的心重重地提高高之後，就這樣置之不理？

這人還有沒有一點禮貌呀？不知道被提起名字的店員不經嚇嗎？他到底想幹嘛啦？把話講清楚會死嗎？會少塊肉嗎？

她連開頭都猜不出來還猜什麼結局呀！

還有，她以後再也不講激光儀的哏了，蠢斃了！

第2章 餓肚子的老奶奶〈下〉

隔天，神祕人又在兩點多的時候出現在便利商店。

墨鏡、黑色長版風衣、軍靴。

「熱美式，大杯。」然後點了一樣的咖啡。

姬儀光略帶尷尬地把熱美式遞到對方手上，就見他一樣往內用區最角落的座位走去，沒有因爲昨天的事而對她有任何不一樣的態度，讓她鬆了口氣。

昨天自己實在太蠢了，神祕人一定走出了超商就笑到直不起腰！

姬儀光極度想忽略神祕人，但過沒多久又忍不住開始偷偷地觀察起他。

他有些一樣，又有些不一樣。

今天他沒有抹髮油，頭髮自然地垂了下來，肅索的氣息淡了幾分。以往他都是間隔個三、四天才會出現一次，這還是第一回連續兩天都來買咖啡。

只是今天的他，給姬儀光一種說不清道不明的感覺，好像是來等人的。

等一個人的咖啡？

姬儀光突然想為自己的幽默感鼓鼓掌。

一個人工作，就是要懂得自娛娛人。

姬儀光從冷凍庫裡拿出硬梆梆的關東煮材料，放進大量杯裡，注進熱水，先把材料泡軟，順便把油脂跟鹹味泡掉。身後的自動門又傳來了小小叮咚的聲音。

她抬頭，再揮手，繞出櫃檯扶進了昨天約好的老奶奶。她還是穿著牡丹花色上衣跟黑色綢褲，今天走起路來比昨天還順了。

老奶奶一見到姬儀光就笑。「小姐，我來了。」

「阿婆，妳等一下喔，我去休息室拿個東西。」姬儀光把老奶奶扶到椅子上坐好，飛快地衝進去員工休息室，扛出三層大的豪華便當。

「這麼多啊？」老奶奶看到都愣住了，越發相信姬儀光是把對祖母的懷念投射到她身上。

「一不小心就煮太多了。能吃多少就多少，別勉強啊。」姬儀光把便當一層一層地攤開，薑蓉蒸腐皮、棗杞煨南瓜、水菜烘蛋、烤香菇番薯、煎芋頭餅、拌三絲、燴百菇、樹子燉高麗菜一一端上，最後一層是水果拼盤，有蘋果、木瓜、奇異果、葡萄。

不過好像少了什麼，主食呢？

「啊，我忘了山藥粥。」姬儀光這時才想起來，拿了筷子給老奶奶叫她先吃，又到休息室裡抓了個保溫杯出來，把粥倒進關東煮的碗裡。

老奶奶遲遲下不了筷子，這個便當的心意太重了。

「阿婆，快吃呀，看著我又不會飽。」

「我先還妳錢吧。」老奶奶放下筷子，從口袋裡拿錢，摸了好幾次，還把口袋翻出來了，就是連一塊錢都沒有。「我記得我把錢放進口袋啦，錢呢？不會又忘了？」

「沒關係啦，又沒有多少錢。」

「不行，一定要還的。錢這種東西呀，越清楚越好。」老奶奶很堅持，姬儀光只能順著她的話。「好，我就在這裡，跑得了和尚跑不了廟，妳可以放心。不然我下班去跟妳收也行呀，東風路七十一巷六號三樓，我記得喔。」姬儀光把筷子塞到老奶奶手上勸了好久，她總算吃了起來。

「哎喲，妳真的準備太多了，阿婆的食量沒那麼大，吃不完。」

「我不知道妳的口味，就把會做的素菜都做了一道。」準備這些確實花了她不少工夫，但是老奶奶臉上的表情告訴她很值得。「吃不完沒關係，最重要的是要吃飽，還是我做得太難吃，妳吃不下啊？」

「誰說不好吃的？好吃極了，我這輩子沒吃過這麼好吃的東西！」像是怕姬儀光不信，老奶奶急切地喝了口山藥粥，入口滑潤的滋味讓她的胃都暖了。「好吃！」

每道菜的味道都很好，老奶奶吃過所有的菜色後，最喜歡的就是棗杞煨南瓜了，完全沒剩菜。

「唉，好久沒吃得這麼飽了，真滿足。」老奶奶放下筷子，發自內心地笑了出來，周身頓時像散著點點金光般，十分耀眼。

姬儀光心中有些不捨，多麼小的願望呀。

「阿婆，除了吃飽之外，妳想不想見妳兒子啊？」

老奶奶想了想，先是點頭，又是搖頭。「算了，他大前天才打電話給我，說他工作很忙，不回來過中秋了，等他不忙了再說吧。」

「既然這樣，我要把妳送回去囉。」姬儀光嘆了口氣，站起身後，抬手在虛空中開始寫字，再拍到地上。沒多久，一名穿著西裝，臉色紅潤，看著和藹可親，有著白髮白鬍子的老人家走了進來。

「見過姬姑娘。」他恭敬地朝姬儀光彎腰行禮。

「說了多少次，見我不必如此。」姬儀光側身避開這個禮。不知道多少年了，她就是無法習慣。她轉身對老奶奶說：「阿婆，等等這位先生會帶妳回家，妳不用怕，就跟著他走。」

老奶奶看了眼姬儀光，又看了眼老先生，抬手正想發問，卻見到自己身上散發著金光，手漸漸變得透明，低頭一看，腳也是、身體也是，忍不住緊張了起來。「我、我這是怎麼了？」

「別緊張，只是旅程結束，要送妳回去罷了。放心，妳不會有事的。」姬儀光摸了一下老奶奶的額頭，她便冷靜了下來。

「原來……原來是這樣呀……」老奶奶此時才明白過來，苦澀地一笑。「小姐，謝謝妳。」

「不用謝，相逢即是有緣。」姬儀光嘆了口氣，對老先生說：「土地公公，麻煩你了。」

「別別，千萬別叫我土地公公，您的年紀還比我大很多呢！」輩分跟歲數不能亂，他跟姬儀光可不是同一年代的！

「……這不是重點好嗎？」大男人還在意這個？姬儀光頗爲無言。「去吧，有勞你跑這一趟了。」

然而，在兩人沒有注意到的角落，神祕人的手指突然又動了動。

「不敢當，下官一定會安全把她送到。」老先生領著老奶奶走出超商，姬儀光又突然喊住了他。

「請等一下。」姬儀光走近兩人，低聲吩咐。「另外麻煩土地——土地官一件事，送她回去之前，帶她去看看她兒子吧。」

「姬姑娘不必說麻煩，下官這就帶她過去。」老先生朝她行個禮，兩人便離開了。

看著老奶奶的背影，姬儀光不禁唏噓起來。這種事也不是頭一回遇見了，但每次還是覺得很心酸。

她揮手，收起屏障。每每遇到這些凡人見不到的東西、要與之互動時，她都會下一道屏障，遮蔽普通人的視線，不然她這個大活物在超商裡的動作會活像在演默劇，被人發現絕對會被投訴，再被店長勸退兼勸去掛精神科。

要不是店裡有神祕人在，她原本會直接把這家超商都罩起來。

姬儀光回頭看了看神祕人，見他依舊端坐在位子上，沒有任何異狀才安下心。

呵，她也太在意神祕人了。就算他是萬中挑一的陰陽眼，昨天看到老奶奶的時候也該有反應了，哪會坐——

還是他昨天突然殺到她面前來，就是爲了要告誡她遇上的老奶奶是鬼？

Oh My God，不會吧?!

其實她也不確定這屏障能不能遮陰陽眼，從沒遇過啊。

姬儀光牙一咬，手一揮，再次下了屏障，忍著畏懼，躡手躡腳地走到神祕人面前。

「先生？」姬儀光試著叫他，喊了幾聲，神祕人文風不動。

然後她就突然對他做了個醜到極致的大鬼臉，垂眼、擴鼻、裂嘴，舌頭還吐出來歪到一邊，神祕人還是不爲所動。

「應該看不見吧？」姬儀光退了兩步，想想還是不安心，又來了一段面癱螃蟹舞！

神祕人依舊穩如泰山。

姬儀光再將自己折來折去，把從電視上學來的體操動作跟瑜珈動作都做過一次，最後扶著腰撐在桌上，累得半死。

「不用跳福爾高雷了吧？」他絕對看不見！

姬儀光扶著腰走回櫃檯，手一揮，解了屏障。

接著，姬儀光就後悔萬分了。

她忘了接下來要進入尖鋒時刻，卻把自己的腰玩脫了。等晨運的人開始進來，她就算想哭也得先撐住完美的職業笑容和動作。

胸悶哪！

「先生，今天怎麼沒有龍蝦沙拉三明治？」有客人不顧姬儀光正忙著結賬，站到櫃檯出入口旁邊就對她吆喝。

神祕人聽到他對著姬儀光喊「先生」，立刻側頭看了過來。姬儀光正在忙顧不上留心他，便錯過了這一刻。

「不好意思，這個口味停售很久了喔，可以參考一下其他的三明治。」姬儀光以職業口吻回應，手邊刷條碼跟結賬的動作仍沒停過。

下一位顧客將挑選的商店放上櫃檯，又補了一句：「我還要拿包裹。」

「好的，請問手機後三碼？」姬儀光笑得有點僵硬，尖鋒時刻來取包裹，眞的是超商店員的痛處。

左後咖啡機，右後微波爐，姬儀光就像在跳恰恰一樣在櫃檯轉來轉去，時不時還能聽見遠方有人大喊「茶葉蛋的袋子在哪裡？」。

就在電鍋旁邊啊！起床的時候可以記得把眼睛帶出門嗎？

一路忙到接近下班，等交班的人過來後，姬儀光這才鬆了口氣，下意識往神祕人慣坐的位置看過去。通常都在破曉前就離開的他，今天居然破天荒地待到了天亮！

現在都七點多了喲！

他該不會眞的在等人，結果對方放他鴿子吧？

一等就五、六個小時，對方是誰呀？這麼大面子？

早班員工有兩位，其中一個比較年經，是個念夜間部的女學生，一來就盯著神祕人。等早上的人潮疏散了些後，她興沖沖地拉著姬儀光就開始八卦。

「小姬，那個人長得好帥喔。」看來她今天上班看到帥哥心情很好。「他什麼時候來的，你知道嗎？」

姬儀光不知道是累的還是怎樣，語氣不算太好地問同事：「墨鏡都把臉遮了一半，妳還看得出來帥不帥喔？」

同事白了她一眼。「你們男人不懂啦。」

姬儀光長得不錯，白白淨淨的，笑起來很可愛，很討婆婆媽媽喜歡。她的眼睛很圓很亮，最特別的是眼尾收高，微微上揚，像鳳尾一般，很有古典美。

最讓女人嫉妒的是她的皮膚很好，白裡透紅，曬不黑又做大夜班，把手伸進牛奶裡都有保護色了。上天幫姬儀光開了這麼多扇窗，也公平地爲她關了一道門：她很矮，四捨五入才有一百六。

「是是是，確實不懂。」什麼男人不懂，女人也不懂呀！她只是披男人皮，還是女兒心好嗎？

是的，她在普通人眼裡是個男的。

沒辦法，不幫自己下個術法，沒有一家店會讓她做大夜班。要在早班跟中班下屏障，不僅不方便，營業額也不能看吧，這家店會被她害到收起來的。

唉，她一身術法，就是沒辦法幫自己變出金銀財寶。這輩子活了這麼長，依然兩袖空空，長嘴吃風，不工作不行啊。

姬儀光正準備打卡下班，就見原本動也不動的神祕人站了起來，朝她看了一眼，意味深長。

有種被蛇盯上的感覺。

可能是她太累了，看誰的眼光都不對勁。

對，一定是這樣！

儘管如此，姬儀光還是打了個寒顫，不管同事狂讚那人長得高又大長腿等等之類評論，一股腦兒地鑽進休息室換下制服。

等她出來時，神祕人已經不見了。

跟同事打了招呼後，姬儀光就離開超商，往老奶奶跟她說過的地址尋了過去。

東風路七十一巷六號三樓。

找到門牌，只見老舊的紅色鐵門緊閉著，六號三樓的信箱塞滿了郵件跟廣告傳單。

她嘆了口氣，拿出手機，撥通110。

「警察先生，你好，我有件事想要尋求警方的協助。東風路七十一巷六號三樓這裡住了個獨居的老奶奶，已經很久沒有看見她出來了，房子也傳出了一些怪味，我怕發生意外，能不能請警方幫忙確認老奶奶的狀況？」

✴

當天午間新聞，報導了某處一位獨居老婦久未出門，好心民眾發覺不對勁報警求助，才發現她在家已死亡逾兩天。晚上，新聞就多了新訊息，據說這名死亡兩天的老婦人胃裡，居然尚有新鮮未消化的食物。

姬儀光關了電視，在簿子上記了一筆，又圓滿了一個人生前的遺憾。

「居然只是想吃飽……唉……」太令人鼻酸啊。

兒子在科技業年收入破百萬，老母親卻在家裡活活餓死，真是諷刺。

就在姬儀光在家萬分感嘆之際，有個穿著黑色衣服的中年男子找上了超商，跟值班的店員說他母親託夢表示自己在這裡欠了五十塊，要他趕快拿回來還，還要他向請她吃飯的女孩子道謝。

店員跟對方說值大夜班的不可能是女孩子。兩人僵持不下，最後找來店長調解，才把五十塊投進了飢餓三十的捐款箱裡。

第3章　不願離開的鳳凰木〈上〉

十點五十分，姬儀光打卡上班，十二點過後，頭一件事就是清洗咖啡機。就在她清洗管線的時候，神祕人又來了。

姬儀光抬頭看了一下時鐘，今天他居然提早了一個多小時出現，這是要改走Free Style的節奏嗎？

「先生，不好意思，咖啡機正在清洗，要麻煩你到別間超商買咖啡了。」

「沒關係。」神祕人摘下墨鏡，如鷹般銳利的雙眼直勾勾地盯著她。姬儀光見到他毫無遮掩的面孔，霎時愣在當場。

「上……」難怪她會覺得神祕人親切，他的臉跟那個她找了好久的人特別像呀！起碼有七分像！

雖然仔細看還是有些差別，神祕人眉骨深邃，濃眉與眼睛極爲靠近，眼神清明卻凌厲冷峻。他的鼻梁剛直，唇薄色淡，看上去就是個不好相處也不好說話的人，表現出來的態度的確就是高冷。

而她認識的那個人，彷彿這世間沒有他在意的事情一般，總是一副雲淡風輕的模樣，只要在他能力範圍內能辦到的事央求他，總是能得來一句「好呀」。

那位不愛束髮，時常自然地垂放在身後，卻從不見凌亂；衣袍只要乾淨能蔽體就行，不要求多美多繁複的花樣，或是多好的布料才肯穿。她曾經開玩笑地拿了件豔麗的長袍給那位穿，他還眞的笑笑的換上了，還出去遛躂了一大圈。

那個人很好，她喜歡他，很愛賴在他身邊，同時也敬畏他，只要她做了出格的事，在他面前就是特別心虛。

或許那個人知道她做不出十惡不赦的事，明知她接下來會犯錯，提點了一句後就不再說話了，放任她去闖去跌倒，等她受了傷，再來問她是不是知錯了？有沒有學到教訓？然後摸摸她的頭後，替她收拾爛攤子。

那位眞的是她見過最完美、最仙風道骨的人。可是，她已經有好多好多年沒有見過他了。

至於有多久了，她想，那時候秦始皇還沒出生吧。

許是她久沒見到那位，一跟神祕人照了面，那張神似的臉差點害她因爲濃郁的思念而哭出來。只是神祕人接下來的話卻像火辣的一巴掌，不止把她搧醒，還把她搧怕了！

「我來，是想找妳談件事。」神祕人神色清冷，不疾不徐地說：「有關那名老婦人的事。」

「什、什麼老婦人？」姬儀光一聽，不僅頭皮炸開，連舌頭都麻了。

不，老天爺別這麼殘忍地對待她！

「吃素的那名老婦人。」神祕人抬高下顎，微微瞇起眼，語氣裡多了些不悅，似乎是看不慣姬儀光裝傻的行爲。「還是要我說得再明白點——那個妳讓土地公領走的老婦人。」

姬儀光聞言差點跳了起來，面如死灰地說：「你、你看得見？」

「看得見。」神祕人淡然地說。

媽的，所以連她的鬼臉、面癱螃蟹舞、像鴨子的體操跟竹節蟲般的瑜珈，他通通瞧見了……

「你爲什麼不早說呀？」她一世英名都毀了！有誰反應跟他一樣慢的啊？都開車環島一圈了才想起來有什麼不對勁嗎？

「想看妳要做什麼。」結果看見的事情一件比一件還吃驚。

姬儀光很想死，非常想死。她一臉生無可戀的樣子看著他，比鬼還像鬼。「你想幹嘛？家裡有鬼要收？」

神祕人深沉地看了她一眼。「我就是個驅鬼師。」

「……嗄？」所以是同行相忌？姬儀光立刻高舉雙手以示清白。「我沒有跟你搶生意的意思喔！」

「不，我是想請妳幫忙。」神祕人示意她到內用區坐著說話，被姬儀光拒絕了。

「被人看到會被投訴。」被投訴太多次的話，店長必須去總公司上課聽訓，她現在吃人頭路要乖一點。

「妳不是會下屏障嗎？」神祕人理所當然的態度讓姬儀光差點噴一口老血！屏障不是這樣用的，混蛋！

姬儀光暗暗咬牙，還是揮手下了屏障，坐到神祕人面前，努力收起稍早滿腹的心思，將一腦疑問生生壓下，決定先了解對方來意。

「你說你是驅鬼師，有什麼證據？」

神祕人遞出一張黑色名片，上面以燙金字標示著「驅鬼師」。姬儀光接過來後兩面翻看，用表情寫了個囧字。

「怎麼沒有名字？」神祕人姓驅名鬼師？聽起來好有事。

神祕人說：「祖師爺有訓，驅鬼師不得有名。」

……是怕被報復嗎？

姬儀光收起囧臉，總不好直接叫他驅鬼師吧？「你身分證上的名字叫什麼？」

「樊俞行。」

他緩緩地報出自己的名字。不曉得是姬儀光頭昏眼花還是心理作祟，此刻他整個人的五官都亮了起來，好似開過光的寶劍。

「樊先生，你想請我幫什麼忙？」姬儀光不自覺地扳直腰桿說話。「先說好喔，傷天害理的事我不做。」

「放心，就是不想傷天害理才找上妳。」樊俞行一派冷然，絲毫沒有請人幫忙的態度，反而像是在吩咐，看起來是長年居於上位的人才有的習性。

姬儀光就等他說明來意。

「我想請妳驅鬼。」

「喔……啊?!」等姬儀光意識過來聽到什麼時，已經不是用莫名其妙四個字就可以形容她的心情了，可說是哭笑不得。「你不就是驅鬼師嗎?還請我驅鬼?」

江——湖——術——士——啊!

姬儀光在心裡拉長音感慨，這有名無實的驅鬼師只有一雙看得透屏障的眼睛，難道是想長期找她合作，讓她在背後暗中相助嗎?

喔，天啊，她居然會覺得他親切，他根本只有一張臉能看!

「抱歉，我沒辦法幫忙。」全天下又不是只有他家的祖師爺有祖訓好嗎?她要是沒有原則，早就靠這能力發一筆橫財了，還站什麼超商大夜班?

「話還沒說完，急什麼?」樊俞行完全沒有受到質疑時應有的羞愧或慌張，一如來時的冷靜，也讓姬儀光的情緒瞬間安定了些。

就見樊俞行伸出手，扣住掛在手腕上的兩片鐵片，一把火突然從他指間竄出，源源不絕地灼燒。

姬儀光嚇了一跳，不可思議地看向樊俞行，雙眼瞪得老大。

「這、這是眞火耶!」而且是混沌初始時的太陽眞火，比三昧眞火還要再高上不知幾級的眞火，就這麼輕輕鬆鬆地從他指間竄了出來?「你到底是誰?爲什麼可以操控眞火?」

「我方才介紹過了。」樊俞行放下鐵片，眞火立刻消失。「這是祖師爺傳下來的眞火咒。」

姬儀光嚴肅又飽含期待地問他:「你的祖師爺是誰?」

能操控太陽眞火的絕對不是普通人，在她的歷史記憶長河中，除了那個人有辦法把太陽眞火變著玩，就只剩元始天尊跟伏羲大帝有這份能力。

樊俞行的祖師爺會不會就是其中一人？

而且他還長得跟那位特別相似！

姬儀光自己沒有發現，但樊俞行看得很清楚，她按在桌面上的手正在發抖。

「無名。」結果他給了這個答案。

「無名?!」姬儀光心頭一震，著急確認。「沒有名字嗎？那全名呢？全名叫什麼？」

樊俞行蹙眉道：「祖師爺有訓，驅鬼師不得有名，他又怎麼會有名字？」

「沒有名字……沒有名字……」姬儀光又追問樊俞行：「你們有什麼族譜之類的嗎？」

「驅鬼師不得有名，又何須族譜？」樊俞行不懂姬儀光爲何追問祖師爺不放，這不是重點，他也不想多言。「說正事吧，我想請妳引渡一隻鬼。」

「你又不是沒能力，爲什麼不自己做？」拐個彎找她做什麼？

問不出想要的訊息，姬儀光有氣無力地回話。

「被眞火驅離的鬼，沒有投胎的機會。使用祖師爺傳下來的術法跟符咒，能算能進輪迴，起碼要投胎三世，才有一副完整的軀體，不管是轉世爲人或入畜生道都一樣。」樊俞行把手收了回來，在桌上敲了敲。「人，有分好人壞人，鬼也一樣，我找妳，是想尋求溫和的手段。」

以往無名驅鬼師只收厲鬼，術法與符咒講求的是快、狠、準，而今太平盛世哪有厲鬼橫行？就算有，多半事出有因，非到必要關頭，他們絕不輕易出手。

姬儀光有點動容，能經得住名利權勢的誘惑而堅守本心，即使驅鬼卻也不濫殺無辜，光是這一點，就讓她有點頭的理由了。

加上他的臉太加分……行吧！

「我可以幫你，但不確定能不能成功。有些人執念太強，怨念太深，很難把他們的遺憾補全。」如果請不走那隻鬼，只好麻煩鬼差來收了。

唉，又要賣面子。

「他不是人。」

「我知道，是鬼。」幹嘛抓人語病啦？很不討喜耶。

看姬儀光不滿地嘟嘴，樊俞行面色不改地解釋：「我是說，他生前不是人。」

「嗄？」姬儀光腦袋轉了兩圈才意識過來。「那他生前是什麼？」

「百年鳳凰木。」樊俞行略為停頓才說。

✲

這是一棵自一八九七年引入臺灣就紮根生長的鳳凰木。

鳳凰木並非珍貴稀有的樹種，但樹齡八十年以上就能被通報為珍貴樹木，受到地方政府保護，更何況是一百多年前就紮根的第一批老樹？光是這棵樹的歷史地位就讓人不得任意挖掘、毀損。

樊俞行這次接手的案子，便是在都更計畫下提前半年移植的百年鳳凰木，操作的業者並未請植物專家到場協助及監督便貿然開挖，傷了樹根及木質部，移植後半個月不到，鳳凰木就枯死了。

從那天起，原址的工程就進行得相當不順利。地基一直都打不平，即便灌入水泥，隔天就會爆開，彷彿被管線類的東西撐爆一樣，地面上還會冒水。

業者燒香、燒紙錢，請道士來作法都無法改善情況，最後透過關係找上了無名驅鬼師。

木系怕火，樊俞行一把眞火下去，這案子就結了。可是他沒有這麼做，藉故跟業者說要找出異常的原因，要求工程先停工一星期，其實是想找出能驅走樹精但不至於毀了它的方法。

「其實你人滿好的嘛。」姬儀光坐在樊俞行的車上，側頭看著窗外飛逝而過的景色，輕輕地說了句。

太陽眞火呀，除非是怨氣很深很重不知道埋了幾百年、一開口臭氣就可以把活物熏昏的厲鬼之外，幾乎都是壓倒性的勝利。

不過也難講啦，不知道樊俞行放出來的眞火範圍有多大，若是只有她看到的那麼一小簇，威力終究有差。

樊俞行一手搭在方向盤上，一手靠在車窗，眼神直視前方，對姬儀光誇他人好一點反應都沒有。連句「謝謝」、「應該的」或是嫌棄的「妳想太多」通通都沒有，像聽覺神經壞死一樣。

不知爲何，這讓姬儀光想起自己在他面前無限扭曲，他卻視而不見的糗事。

她忽然有個想法，想試試他是否什麼事都無動於衷。

「樊先生，其實你很帥耶。」她帶著欽慕的眼神跟讚頌的口氣對著他說。

沒辦法，大夜班做久了，很會自己找樂子。

結果樊俞行唯一的動作就是轉方向盤過彎。

「樊先生，你有女朋友嗎？」姬儀光八卦兮兮地說，仗著現在樊俞行有求於她，不會把她扔下車，膽子肥了起來。「你跟你女朋友相處的時候，也都不講話嗎？」

樊俞行依然沒有理她，有如副駕駛座坐著的不過是個鬼一樣。

看得見，聽得見，也要裝作不知情。

人鬼殊途。

姬儀光憋到都快內傷了。

「樊先生，你當驅鬼師幾年啦？」她實在好奇凡胎肉體是用什麼方法使出太陽眞火，眞火咒到底長什麼樣子。不過這涉及門派祕幸，她再愚蠢也不會去問。

但她仍舊徹底被忽視，樊俞行就算是右轉，眼角也沒賞個餘光給她。

還有什麼事是他可能會有反應的？姬儀光搔了搔頭，乾巴巴地問出一句：「你這禮拜出現在超商三次，一待就是好幾個小時，眞的是在找方法驅離樹精嗎？」

遇上她是瞎貓碰上死耗子吧？

這下樊俞行終於有回應了，但不是姬儀光想的那種。

他停好車，熄了火，淡然地說：「到了。」

姬儀光還來不及反應，樊俞行已解開安全帶下了車。她只能急急忙忙跳車跟上去，跑得有點狼狽。

沒辦法，腿比人家短很多。

眼前是塊用草綠色鐵皮圍起來的工程地，裡面擺了幾臺大型作業機器，立在出入口旁的工程牌告示上，寫著這裡將要蓋成一棟三十層樓高的大廈。

樊俞行拿出鑰匙，打開上了鎖的鐵皮出入口，工程就停在打地基的階段，鋪好的水泥多了十多條裂縫，破裂成放射的形狀。

由上而下俯視，眞像水泥下方有樹根盤踞似的，裂開的縫隙都滲出了些水。

姬儀光目測了高度，一躍而下，走到放射狀的中心點，這八成就是當時鳳凰木立身紮根之處。

此處破了一個面盆大的洞，黑黝黝的，深不見底。姬儀光揮手下了屏障，蹲到黑洞旁邊，東瞅瞅、西瞅瞅，樊俞行也跟了過來，蹲在她面前。

「Hello，有人在家嗎？」姬儀光敲著洞口喊。

樊俞行抬起頭來看了她一眼，眉心微蹙，正想說話的時候，耳邊就傳來沙沙聲響，像風吹過樹梢的聲音。

「果然在這。」姬儀光滿意地點頭，朝樊俞行伸出手。「麻煩你準備的東西有帶過來嗎？」

樊俞行從胸前口袋拿出了一小截枯黃的樹枝，是從那棵鳳凰木的原身上擷下來的。

「有點短耶。」還不及她手掌長。

樊俞行睞了她一眼。「要換嗎？」

「唔……算了，來來回回太耗時間，加減用吧。」姬儀光蹲得像個小流氓，握住樹枝末端，在黑洞裡攪呀攪的。「原來你是我最想留住的幸運，原來我們和愛情——」

樊俞行以爲她在念咒，仔細聽才發現好像在唱歌，以他所學實在無法判姬儀光的行爲意義何在，只能直接開口問了。

「妳在幹嘛？」

姬儀光理所當然地回：「唱歌呀。」

樊俞行似乎覺得跟她講話浪費力氣又浪費時間，手比向她伸進黑洞裡畫圓的樹枝，一聲不吭。

「喔喔喔，問這個呀。」姬儀光恍然大悟，突然覺得自己有點蠢。「我在收集它的執念啦，想說用夜市做棉花糖的方法，不知道能不能集快一點。」

樊俞行雙唇微啓，又一句話都沒說就閉上。不過姬儀光的話匣子已開，不用他問，自己解釋了起來。

「這棵樹在臺灣被視爲老樹，但離修煉成人身還遠著呢。它只有意念，沒有形，你要是在它面前隨便擦個火花出來，它眞的會連渣都不剩。」更別提火還剋木，天生死對頭。「樊先生，你等一下離它遠一點，盡量別碰到它，免得把它燒了。」

「嗯。」樊俞行輕輕地應了聲，站起來退後兩步。

姬儀光攪動樹枝的速度越來越慢，也越來越吃力，到後面幾乎像在攪麥芽糖一樣。她最後鬆了手，樹枝也沒有掉下來，有如在虛空中。

「很久沒用了，也不曉得對不對。」姬儀光搔了搔頭，手指繞著這根樹枝，虛劃著樊俞行覺得頗爲熟悉的符籙。

接著樹枝就動了起來，拔高而出，浮在半空，急速地脹大，裂出分枝，長成人形，最終變成個七、八歲大的孩童。

鳳凰木盛開時，本就是引人駐足流連的豔麗美景，其樹化為人身，自然保留了這項優勢。綠鬢朱顏、皓齒明眸根本就是基本款，然而這項優點此時濃縮再濃縮，樹精從潘安變成了小正太，不誇張，就是人見人愛。

這孩子一睜眼，先是握了握拳，再抖了抖腿，驚喜又新奇，走了好幾圈才願意停下來。而他原本開心雀躍的表情在看到樊俞行後，又通通變了樣。

他氣呼呼地質問姬儀光：「我都一百多歲了，妳怎麼把我變成個孩子呀？」

「欸，這個嘛……」姬儀光看一眼樊俞行，怪就怪她當初沒說清楚。「只能說載體太短，湊合著用吧，能跟我們對話就行了。」

樊俞行這時也明白過來，人形是受樹枝大小影響的。

「我知道你們是來趕我走的，而且這個人是驅鬼師，能直接把鬼燒死的那種。為什麼你們還要費工夫把我變出來？到底在打什麼主意？」小正太頂了張粉嫩的桃子臉，說出這種老氣橫秋的話，橫看豎看，只有一個字能形容。

萌！

姬儀光都快被萌出一鼻子血了。

「被樊先生的真火燒掉，你就永遠都別想投胎了。是他人好，讓我來問問你，怎樣你才肯離開？」姬儀光盤腿席地而坐。「只要不傷天害理，在我們的能力範圍之內，一定圓滿你的遺憾。」

「我為什麼要離開？」小樹精有些生氣地問：「如果我的遺憾是不能繼續住在這裡呢？妳

怎麼辦？」

氣氛一度凝結。

樊俞行看了一眼姬儀光，總覺得以她不按牌理出牌的個性，最後吃虧的還是鳳凰木精。

「就讓你繼續住呀，有什麼難的。」姬儀光站了起來，二話不說按著小樹精的頭就要往洞裡塞。

「喂喂喂！妳幹嘛啦？放尊重點好嗎？我的年紀都能當妳太祖爺爺了耶！」小樹精扳著姬儀光的手。這具身體太小了，他根本沒有贏面。

「小朋友，你想當我太祖爺爺還太嫩，姊姊隨隨便便抹去的年齡尾數都比你大好嗎？」都活到這把年紀了，還活在這個世代，不知道現在眼見也不能為憑了嗎？

姬儀光鬆開他，小樹精一得到自由，轉身就想跑。樊俞行早已有防範，一個閃身就擋到他面前。

「身手不錯嘛。」動作挺快的，還以為會遠攻的人都懶得動呢。「好了，小樹精，我們來談談吧。」

「誰要跟妳談！」他現在有了人身，想跑哪就跑哪，還需要聽她的話嗎？

小樹精想跑，偏偏逃不過樊俞行的守備，腿長實在不能比。他只能大吼：「你勝之不武！」

「誰跟你講公平呀？」姬儀光笑出聲，只能說樊俞行真的是小樹精的天敵，瞧瞧，隨便就把他的身形截得這麼短。她笑得樂不可支。「樊先生，你讓他走吧。」

樊俞行見她促狹地盯著小樹精，完全不怕他跑了似的，似乎已有其他主意，就往旁邊一站，讓出不少空間。

見空門大開，小樹精心下一喜，立刻往出入口衝了過去，但一靠近就被屏障彈回來，跌了個狗吃屎。

「嘖嘖嘖，痛不痛啊？」姬儀光一臉悲憫地走了過來，看得小樹精就算沒有跌出一口血，也要氣出一口血了。「你不是活了一百多年嗎？沒有聽過一首歌？」她打了記響指，唱了起來。「在我地盤這，你就得聽我的！」

小樹精大喊：「這明明是我的地盤！」

「搶地盤不是靠拳頭說話的嗎？」明眼人都看得出來——好吧，現在只有樊俞行一個人——她的拳頭比較大吧？

姬儀光蹲到小樹精面前，不輕不重地說：「即便你沒有肉身，我也有辦法讓你留在這裡，與此地居民相安無事，井水不犯河水。可是日子久了，你會越來越痛苦，因爲你已有了神識卻動彈不得，別人也看不見你。」

「我這樣已經算不上活著了吧？再做什麼還有意義嗎？」最多不過是擾亂工程，出個氣罷了。

「至少了卻你生前遺憾，然後送你去投胎，下輩子當個心胸開闊的人。」她天生笑臉特別得人疼，小樹精傻傻看著。「你會回到原本紮根的地方搗亂又不傷人，看來只是想出口惡氣。而這口惡氣，就是你生前的遺憾。我不敢誇口說什麼事都辦得到，但相逢就是有緣，我一定會盡心幫你。你且想想有何遺願未了，還是你眞的想留在這裡？」

小樹精抿唇久久不語，姬儀光很有耐性地等他思索清楚，並沒有出聲催趕。

樊俞行看了看錶，已過半小時了，小樹精什麼都沒表態，而姬儀光只坐在地上，手指摳著崩裂的水泥。無事可做的他，就走到一旁研究起這層在他眼裡薄如蟬翼的屏障。

這屏障可以遮凡人之眼，又可以困住精怪，想必連鬼魂都難逃這層桎梏。

他好奇地伸出手，輕觸了這層透光的屏障，沒有任何異狀不說，手就這樣透了過去，對他毫無影響。

因爲他是人類嗎？

樊俞行把疑問留在心底，回頭察看姬儀光跟小樹精的對峙可有結果。

「我想不出來。」小樹精苦惱地說：「我不知道我要什麼，只知道一旦離開這裡，就沒有人記得我了！」

跟他當初一起被種植的鳳凰木隨著時代變遷，一棵一棵地倒下，根本沒有人記得這片社區在幾十年前花期盛開，紅花如豔火，沿燒一里多的美景是什麼樣子。

再過幾年，更沒有人記得這裡曾經種過鳳凰木。

「你覺得怎麼樣才叫記得？」人是健忘的生物，即便是親戚朋友，不用說死了好幾年，一段時間沒見，忘了都很正常。

小樹精答不出來。

「再說，你就算還種在這裡，每天路過你身邊的人跟車不知凡幾，你又知道他們把你看在眼底、記進心裡了？」沒有心，佇在這十年百年跟佇在這一天兩天毫無差別。

小樹精的肩膀垮了。

「如果你只是想要有人記住你的話，這點我是有辦法做到。」

「真的嗎？」小樹精雙眼一亮。「妳不是騙我的吧？」

「與其騙你，還不如直接把你收了，你當我的時間很多呀？」好歹她的時薪也有一百六好嗎？「就明天吧。明天下午三點，我讓你看證據。」

「好。」小樹精想了想，除了答應，他沒有其他選擇。

「在那之前，你是自由的，想去哪就去哪吧。」姬儀光大方地說，瞧不見在她身後的樊俞行，眉心已皺出個「川」字來。

小樹精一愣。「妳不怕我跑走？」

「你是我變出來的，我還怕什麼？」那她這累積下來的道行可以送進焚化爐裡燒了，至少能幫社會供點電。「放心去吧。你沒法力，我不怕你搗亂。」

她揮手解了屏障，小樹精深怕她反悔，腳底抹油，飛快跑得不見影。

「就算活了百來歲還不是個小孩子？」姬儀光笑了笑，回頭打了聲響指。「接下來，就是我們表現的時間了。」

樊俞行也想知道她葫蘆裡賣什麼藥。「妳打算怎麼做？」

「很簡單。」姬儀光雙手環胸，胸有成竹地說：「麻煩你幫我聯絡建商。」

第4章 不願離開的鳳凰木〈中〉

樊俞行到底是什麼人呀？面子這麼大？

姬儀光站在一旁滑手機，不時地偷看眼前這場出乎她意料之外的大陣仗。

爲了讓小樹精有被人記住的感覺，姬儀光原本打定主意請建商聯絡地方記者前來採訪這起軼聞怪事，請記者在內文中務必提到原址有棵鳳凰木，還是臺灣第一批種植下的鳳凰木、意義非凡之類的褒語。

她本來只打算麻煩建商到這個程度就好，再找找有沒有地方歷史學者做的紀錄，以及部落客分享的美景文章。

鳳凰木花開很美，又是棵百年老樹，資料肯定不少，若是能找到史料就更完美了。

等記者前來採訪、保證明天見報之後，姬儀光就會請樊俞行載她到市立圖書館找館藏。誰知樊俞行又進一步跟建商談起條件，要對方幫公寓設計個鳳凰木的徽章，紀念這棵鳳凰木。

這事說難不難，說簡單也沒有多簡單。

對他們來說，建商只是多個徽章設計，然後找個顯眼醒目的地方掛上去就行了，但是對建商來說，第一增加成本，第二得變動設計，還有什麼其他種種細節要考量的，一定很多。

總之要準備討價還價一番了。

姬儀光是這麼想的，誰知建商一聽見樊俞行的要求，馬上拍板同意，還自行加碼，把建案名稱改為「鳳凰來」。當天就跑公文申請修正，還手寫了張Ａ４紙貼在工程告示牌上，表示建案預計修正為「鳳凰來」。

眞有效率呀。

建案的負責人對樊俞行很客氣，一直請教他有哪裡需要做修正的，他們絕對配合到底，好像樊俞行才是這筆建案的背後金主一樣，這讓姬儀光相當不解。

更不解的是，哪裡來的ＳＮＧ車？還不止一家電視臺。

「司皇先生。」Ｔ家電視臺的人下好設備後，先來跟樊俞行打招呼。

接著Ｃ家、Ｓ家的人也一樣，活像信徒朝聖似的，到了現場的第一件事就是參拜樊俞行，然後喊一句道號「司皇先生」。

他不是無名驅鬼師嗎？

「請問這位小兄弟是幾號驅鬼師？」Ｔ家電視臺的員工似乎想跟樊俞行拉近關係卻不得其門而入，就把目光放到在一旁滑手機的姬儀光身上。

「她不是驅鬼師。」樊俞行反應冷漠，也沒有介紹姬儀光的意思，場面一度尷尬。

姬儀光對Ｔ家電視臺的員工笑了笑，又低下頭滑手機，追著無厘頭的影片無聲地狂笑。

樊俞行身上滿滿不解之謎，一下自稱無名驅鬼師，一下道號司皇先生，也不曉得樊俞行這名字是真是假，反正處理完鳳凰木精的事，他們之間的關係只剩下——

熱美式，大杯。

不，他們最好什麼關係都沒有。

雖然樊俞行長得像她一直在找尋的那位，卻不是她能維持來往的理由。這幾天她時不時找機會鬧樊俞行，回味一下她跟那位的相處模式，已經是難得的放縱了，再繼續深交下去，只會爲她帶來更大的傷害。

他們的時間流速不一樣，鳳凰木精百餘年的生命在她眼裡不過一瞬，遑論樊俞行的壽命才短短幾十年，離別終究是她學不來的課題。

等到這件事結束，她得換個地方待了。到時樊俞行老了再回來看看他，畢竟她挺好奇那位老了會是什麼樣子。

採訪結束後，樊俞行載她到圖書館找資料，確實讓她翻出幾本有關這些鳳凰木的書籍，可惜有些類似縣誌或是舊時的報章雜誌已經無法取得，也無法外借，只能申請複印。

就在她準備辦理借書證時，樊俞行直接一通電話，找人幫他跑腿查各家書店的庫存，不到十分鐘就有人打電話來說買到了。

怎麼有股王霸之氣撲面而來的錯覺？

姬儀光正因爲王霸之氣的想像憋笑憋得要抽過去時，樊俞行突然一眼看過來，害她一口氣鯁在喉嚨，像滑了顆茶葉蛋進去。

「唔——嗝！」於是她在圖書館裡打了個響亮的嗝。

真是平地一聲雷呀。她好想把自己埋了。

就在姬儀光恨不得鑽進桌子裡吶喊「而且沒有人愛妳」的時候，樊俞行把他的手機遞了過來，螢幕上是一部影片。

姬儀光點了撥放鍵，是T家電視臺採訪建地的新聞。

「這麼快就播出了？」還不到兩小時吧？是沒新聞好報，還是看在司皇先生的面子上手刀衝刺？

外景主播的聲音跟動作非常誇張，好像建地的水泥是被史前恐龍踩裂的。姬儀光按了按嘴角，剛才好像不小心抽搐了幾下。

「非常好，小樹精應該會很開心。」不是每個人都有機會上電視，更何況是一棵樹，而且電視臺的人也滿厲害的，居然能翻到鳳凰木盛開時的照片，來比對現況跟介紹它的歷史。「我想這些就夠了，明天下午三點建地集合？」

「好。」

姬儀光把手機還給樊俞行，聽他輕輕應了聲。

「那我要回去休息了，晚上還要上班呢。」已經過了她的睡覺時間，都要多睏出一層眼皮了。

「我送妳。」樊俞行說。

「不用了，我自己回去就行。」姬儀光朝他揮了揮手，蹦蹦跳跳地走出圖書館大門。

一下班就直奔建地，讓她又睏又累的，現在給她一張床，不用三秒，只要一秒就能睡死到雷打不醒，只希望晚上上班不要遲到。

早知道事情進行得這麼順利，就不跟小樹精約下午了。三點是她的睡覺時間呀。姬儀光好想哭。

樊俞行見姬儀光走出去沒多久就垮了肩膀，腳尖轉了個方向，本想跟上前了解，最後還是打消了念頭，直接到停車場取車，然後開到她面前。

「上來。」樊俞行不是搖下窗戶，而是直接打開車門。

「你確定嗎？我可能會睡死喔。」姬儀光抿了抿唇，頗為掙扎。

樊俞行沒有說話，就開著車門等她，直到後車不耐煩地鳴了長聲喇叭，姬儀光才趕緊坐上車。

「到哪？」樊俞行聽見車門關閉的聲音，便駛進車道。他心想姬儀光話不少，可是過了兩個路口了也沒聽她哼一聲，難道連住哪都報不出來嗎？

趁等紅燈時看向副駕駛座，樊俞行訝異地瞇起了眼，前前後後才多久時間，她居然連地址都還沒報就睡過去了，還睡得很沉。

這下子要把她載到哪裡去？

＊

樊俞行向來作風嚴謹，自律性高，即使生病仍不忘職責，今天居然通知要延後手邊的工作，甚至派人接手，這消息一時間傳遍無名驅鬼師全體上下。他的手機內不斷湧入關心的訊息，就是沒人敢打電話。

除了樊俞清——自小與樊俞行一起受訓，唯一年紀比他大的現役驅鬼師。

「發生什麼事了，你居然臨時取消課程？」

樊俞行冷然地說：「不是讓老三代課嗎？」

「老三上課跟司皇上課一樣嗎？那群預備役期待的人是你。」樊俞清憂心地問：「你改良符籙出了問題？還是哪個退休的老頭子反對你教學了？」

樊俞行自從接任司皇後，就一直想辦法降低術法及符咒對魂體的殺傷力，先別說改良的難度有多高，光是應付一群守舊的老人就夠讓人頭大。

「都不是。」樊俞行看了眼熟睡的姬儀光，波瀾不興地說：「你幫我準備一套XXS的男裝，全套，洗好送過來，地址再傳給你。」

「所以你真的帶了個小男生去工作？」樊俞清早就收到小道消息。「誰啊？我認識嗎？」

「十一點前送到。」樊俞行直接掛掉電話，傳了定位過去。

樊俞清再次打了電話來，樊俞行連掛兩通，給了「再打封鎖」的訊息後，對方就沒有動靜了。

姬儀光幽幽醒來時，全身睡得痠疼，還來不及注意環境就先習慣性地伸了把懶腰，一出手正好不偏不倚地打中車窗，「咚」的一聲，把她剩下的睡意通通趕跑。

「嗯，繼續跟進。如果連俞清都處理不了，我再出面。」樊俞行正在講手機，面色凝重。

先不管樊俞行臉色如何，她該擔心的是這尷尬的局面吧？一上車就睡死，死後復活時天都黑了。

她的臉也黑了。

樊俞行還在講電話，好像跟驅鬼的工作有關。姬儀光不敢細聽，渾身像條蟲一樣，在椅子上扭來扭去，很想奪門而逃。

就算她睡著後雷打不醒，打大力點她還是醒得來啊，為什麼樊俞行不叫她，還陪她待到這麼晚？他有沒有休息呀？如果他也睡在車上，孤男寡女的……咦，也還好，普通人看到她都是男兒身。

姬儀光默默地看向窗外，頭皮立刻一陣發麻，樊俞行怎麼把她載到超商外了?!

先不說剛起來就看到公司心情有多差，同事都看到她睡在樊俞行的車上，這下說她跟樊俞行不認識，連鬼都不相信好嗎？

等鳳凰木精的事情處理完，她絕對要挪窩，換個地方待！

「醒了？」樊俞行收起手機，看向一臉生無可戀的姬儀光。「不知道妳住哪，就送到這裡。」

「謝謝。」不管怎樣人家都是一片好心，姬儀光只能撐起職業笑容道謝，把心酸往肚子裡壓，難怪小腹越來越大了，好哀傷。「不好意思耽誤你那麼多時間，其實你可以把我叫起來的。」

「很難。」樊俞行手搭在方向盤上，看著前方說：「剛才五級地震也沒把妳震醒。」

「呵呵，沒想到你也會講笑話耶。」但臉上的表情可以再配合點嗎？

樊俞行轉過頭來。「我說眞的。」

不會吧？姬儀光拿出手機上網，查了地震消息，還眞的有！

她的形象兮，一去不復還喲。

蒼天呀，她是怎麼了？怎麼一直在樊俞行前面出糗呢？她以前也時常在那位面前出糗，是這張臉有什麼問題，她一見就容易失常嗎？

「我就說我會睡死吧，呵呵……」後悔也來不及了！她是說她自己。

早知道就別上車，沒事把自己變成諧星做什麼？

姬儀光欲哭無淚，但都是自己做出來的，怪不了誰。「總之，謝謝你了，改天再請你吃飯。我先去上班囉。」

生理時鐘太強大了，她睡醒的時間已經不容許她回家整理儀容再過來，只能利用員工休息室收拾收拾自己的狼狽了。

姬儀光前腳才下車，樊俞行後腳就跟了上來。

原以為他是想進來喝杯咖啡，豈知他就站在門口。沒多久後有兩名男子過來與他會合，一名看上去年近三十，一名才高中生模樣，他們交給樊俞行一袋東西。

是為了配合她所以約在超商見面嗎？真是辛苦了，下次樊俞行來點咖啡，她請客一杯！

姬儀光進了員工休息室，想用濕紙巾簡單地擦擦臉跟手腳，同事卻突然進來說外面有人找她，就是載她過來的朋友。

樊俞行還有什麼沒交代的嗎？

呸呸呸，說得好像要留遺言似的。姬儀光自打三下嘴巴，走出休息室後，就看見樊俞行站在冷藏櫃前，手上提了個紙袋。

「樊先生。」姬儀光一出聲，他就把紙袋遞了過來。

「給妳，洗過了。」

姬儀光接過一看，紙袋裡是套衣服，中性偏男生。

「這……」這是給她替換的衣服嗎？也太貼心了吧？姬儀光伸手一摸，還有烘乾的餘熱，更吃驚了。

她抬頭想向樊俞行道謝，卻見他已疾步往外走。而剛才拎紙袋過來給他的兩名男子，其中那個比較年輕的居然在大街上掏出黃紙跟朱砂筆來要畫符？

Excuse me?! 當在演殭屍道長 2021 嗎？

姬儀光跟著出去看，就見一群大學生有男有女，打扮相當入時，其中一名高䠷長腿的女學生穿了件貼臀的牛仔短褲，十分引人注目。

只是欣賞她身材的路人或同行者，都瞧不見有個老色鬼蹲在她身後、環抱住她的大腿，髒兮兮的手就往她兩腿中間探。

這對她日後受孕時，母體跟孩子都有很大的影響，難怪他們在大街上就拿黃符出來要驅鬼。

不知道高中生是哪一級的驅鬼師，動作看起來很生澀。

姬儀光還在觀望，沒有出手的意思，樊俞行便把他攔了下來，虛空畫了道符籙扔過去，老色鬼立刻著了火，東竄西跳，蹭地打滾，都沒辦法把火撲滅。

這不是太陽眞火，這是業火，業障有多深，燒得就有多疼、多久。

看來一把火燒了老色鬼還嫌便宜了他。

樊俞行見老色鬼受夠懲戒，又畫了道符，直接把他送下陰間。

「常備符呢？」樊俞行轉頭低斥那名高中生。

「用完了，還來不及畫。」高中生心虛地低頭，當街畫符什麼的是驅鬼師常幹的事，只是不敢當樊俞行面前這麼做而已，今天實在是特例。

「沒有常備符還讓他處理？」樊俞行轉頭斥責樊俞清，面色不虞。

「想說讓他練手，誰知道，我也很傻眼。」樊俞清懊惱不已。「你看，我的符都拿在手上了，就比你晚出手。」

「每人三百張一靈符，明天下午五點前給我。」樊俞行訂下懲罰，冷冷地看了兩人一眼。

「三百張？你開玩笑吧？我跟預三還要去巡街到十點耶，三百張一靈符，我都不用睡了。」被連坐的樊俞清青天霹靂哀嚎：「打個商量，不要那麼多，預三明天還要上課。」預三就是預備役驅鬼師三號，現職確實是高中生。

樊俞行冷眼加碼。「五百張。」

「三百張就三百張，我跟預三沒問題的。」樊俞清立刻改口。等一下在群組求救，現役、預備役，再不濟找幾名退役但好說話的驅鬼師幫忙支援幾張，六百張不用明天下午，凌晨五點就可以放到樊俞行桌上。「就這麼說定了，我跟預三先去巡街了，再會。」

樊俞清怕刑罰再加重，拉著預三立刻就跑，原先想見見姬儀光的念頭早就被他扔進垃圾焚化場。

姬儀光在旁看得想笑，那群年輕人看不見鬼，只看得到高中生拿朱砂符紙，而樊俞行虛空不知道在畫什麼東西，側目過來的眼神多數帶有鄙夷，隱隱約約還聽見有人說樊俞行長得帥，可惜腦袋有問題。

只有姬儀光非凡人，看得懂門道，沒想到樊俞行道行還不錯，能虛空畫符，其他人看來還得燒黃紙。

看在這袋衣服份上，姬儀光決定回個禮。

「樊先生，你的注意力跟精神力都夠，不妨試試在腦海裡畫符籙，直接使出去就行了。如此一來，敵人不僅捉不準你施法的時間，就算對你們這一門有所了解的人，也會摸不著你的招式。」至於能不能成功，就看樊俞行的造化了。姬儀光又說：「不過這方法有些風險，要是你無法專心，畫符時摻了雜念，很容易被反噬，你得斟酌些。」

她變出了根紅色羽毛，大約食指長，兩指寬，遞給樊俞行。「為了感謝你幫我準備替換的衣服，這根羽毛你可以隨身帶著，好處不用我說，你自己感覺得到。」

樊俞行一接過，一股充沛的能量立刻自他掌心湧入，連五感都變得比以往敏銳。他不由得瞇起眼看她，也更加好奇她的來歷。

「不是老王賣瓜吧？」姬儀光得意地笑了笑。「我去工作啦，明天見。」

姬儀光甩著紙袋進了員工休息室，到洗手間把自己整理了一下，拿出樊俞行給的衣服，看到後領回縫上的品牌，她突然想把羽毛搶回來了。

他媽的，這是童裝呀！混帳！

第5章　不願離開的鳳凰木〈下〉

下午三點，樊俞行跟姬儀光來到建地，小樹精還沒回來。

這也很正常，小樹精就算活了百來歲，也沒人教他看時間。

姬儀光蹲到鳳凰木原先扎根的洞前，敲了敲洞口。「別玩啦，該回來囉。」

就算小樹精玩得樂不思蜀，不想歸來，此時也被一陣風颳回了建地，坐在地上反應不及。

「我還來得及改變心意嗎？」小樹精看到姬儀光就冒出了這句。

姬儀光一秒就聽出小樹精的意思，他喜歡上外面的花花世界了。

「外面很好玩？」見小樹精點頭，姬儀光嘆了口氣。「好玩只是暫時的，很快你就會覺得孤單，比你還是樹的時候更孤單。因爲大多數的人都看不見你，看得見你的不是想收你，就是會躲你。你又沒有了眞身，怎麼修行？倒不如投個凡胎，實際感受人間一回。」

小樹精很難過，卻又沒辦法反駁姬儀光的話，他出去繞了好大一圈，很多人都見不著他。

「我下輩子能投胎當個人嗎？」輪迴有六道，下輩子會投胎成什麼東西很難說。小樹精哀傷地說：「至少讓我有腳，行嗎？」

「地府的事我管不了，但姊姊我臉大，還賣得起面子，不能讓你大富大貴，起碼一生安樂。」姬儀光又把土地官請出來，慈祥的西裝老爺爺立刻拈著白鬍子，出現在建地之上。

「姬姑娘安好。」土地官一來就向姬儀光行了個禮。

樊俞行不是沒見過土地官，仍難免心生訝異。他在驅鬼師這行見過很多人，政治人物、名流富紳，有些人的名字報了出去，就會引來一陣驚呼，可其高度再如何難以企及，都沒有眞正的神祇來得不可思議。

沒有透過媒介或載體，能直接面對面看到神。

同樣的疑問又再次冒了出來，姬儀光到底是誰？

「不是說別來這些虛禮嗎？」搞得土地官好像她家掌櫃一樣，她這臉皮疼的喲。姬儀光拍了拍雙頰，對小樹精說：「等等我請這位老爺爺帶你下去，讓他領路跟讓鬼差領路待遇有差。能幫的我一定幫，你別擔心。」

「嗯。」小樹精乖乖點頭。「要走了嗎？」

「你不想看看世人爲你留了什麼紀錄嗎？」好歹也看一下她跟樊俞行努力了大半天的成果吧？

「眞的有嗎？」小樹精昨天晃了出去後，就沒把這事放在心上，總覺得姬儀光只是在敷衍他。「我看路上的人都不關心周遭的事物，誰有空來注意我呀？」

那他還想待在這世界？是自找虐嗎？

「你大概不知道自己花期盛開時有多漂亮吧？」姬儀光拿出樊俞行提供的平板，打開文字報導，上面就是鳳凰木去年花期時，滿樹紅花戴冠的景象，在藍天白雲襯底之下，美不勝收。

小樹精張大了嘴，就他有限的片段記憶裡，都是同伴們花開時連綿數里的情形，沒有一棵樹有照片中的「他」來得壯大，都能以一敵十了。

「還有呢。」姬儀光打開各新聞臺的報導，一則一則撥放給小樹精看。

雖然新聞記者的本職就是如實、中立地整理並傳遞訊息給民眾，但現在的新聞業界已經是新一代的說書人，總會在報導中加入自己的想法及情緒，每一臺的主播在新聞尾端都明白地表示，鳳凰木的死亡是這片土地的一大損失。

小樹精前前後後看了兩回才罷休。

新聞都是這兩天的產物，匯集資料時，鳳凰木已經枯死了。樊俞行跟姬儀光從圖書館還有書局裡找出來的紙本文獻卻是能追溯到鳳凰木種下去的那一年，只可惜姬儀光把文本放到小樹精面前時，他卻一臉懵懂。

「我不識字。」他無辜地說，大眼睛水汪汪的，姬儀光沒生過孩子都被他看到母愛泛濫。

「我念給你聽吧。」姬儀光認命地拿起文獻讀給小樹精聽，好像哄孩子睡覺的床邊故事。

樊俞行看著大孩子似的姬儀光，專心一意地對著小孩子似的鳳凰木精，細聲念著猶如故事般的歷史，一種透著傷懷的溫馨油然而生。

他們巡禮鳳凰木的一生，為他辦場簡單的告別式。

「鳳凰木原生非洲馬達加斯加，臺灣則於一八九七年由日本人從遙遠的南半球引進——

「又名紅花楹樹、火焰樹——

「一九一七年，大正六年，被移栽到大正町通和幸町通，就是今天的中山路與南門路——

「日本詩人春山行夫在《季節手帖》稱譽這排豔麗的街樹爲『第一漂亮』——

「鳳凰紅花像燃燒青春的火，快樂就這樣敲響夏天的一聲鑼——」（注）

小樹精就在姬儀光念著鳳凰木新詩的聲音中，身體緩緩變得透明，發出金色柔和的光芒。

「謝謝。」他笑得好開心，圓潤的雙眼瞇成下弦月，無瑕純眞的笑容讓人心生歡喜。

姬儀光微笑回視，揉亂小樹精的頭髮。

「土地官，麻煩你護送他一程了。」

「這是下官的榮幸。」他向姬儀光行了個禮，再向小樹精說：「鳳凰木，該啓程了，請隨在下來。」

小樹精向姬儀光揮了揮手，走了兩步，又轉頭回來向樊俞行揮了揮手，一老一小在走出建地前，就已消失不見。

「唉……」姬儀光看著水泥裂開的痕跡，幽幽地嘆了口氣。

事情算是解決了，只是他們網羅來的訊息，在今天之後，又有幾個人注意？

人死如燈滅，樹、花、禽、獸這些，只怕燈連點都沒點。

「如果鳳凰木的心願是留下來。」樊俞行突然問：「妳怎麼辦？」

「讓他做場夢，夢醒了，踹他下陰間。」姬儀光聳聳肩，目光越過樊俞行，不知道落在哪裡，近乎自言自語地說：「活著很累，不死更累，沒有目的而漫漫待在這世上會瘋的，他承受不了。」

一百多年，在她看來，只是開始而已。

樊俞行定定地看著她，認識眼前這人不過幾天時間，外向活潑的她什麼表情都有，會做鬼臉，會跳舞，遠比常人豐富生動多了，卻沒在她臉上看過如此的寂寞與空洞，像透過漫漫歲月浸蝕而來，無人能懂又說不出口的孤苦。

這讓他有些難以把目光挪開。

「我沒有女朋友。」

樊俞行風馬牛不相及地冒出這一句。跟不上他節奏的姬儀光只能傻在當場，不敢相信剛才聽到了什麼東西。

「當驅鬼師十三年了。」

姬儀光好像猜到了什麼。

「我進超商是爲了休息，剛結束工作。」

他眞的在回答她的問題，昨天的問題！

大哥，你環島回來了是吧？

姬儀光哭笑不得。「喔，這樣呀。我沒有問題了。」

等他明天再回？拜託，明天他倆還不見得會碰面呢。

「祖師爺確實有訓，驅鬼師不得有名。」樊俞行卻一反常態，自己解釋了起來。「但祖師

注 此章節之鳳凰木訊息及新詩出自《當老樹在說話：那一年，他們在臺南種下的樹》，作者王浩一。

爺曾說『能力強者司皇』。歷代傳承下來，司皇就成了類似掌門的名稱。」

喔，原來是這樣。

姬儀光點點頭，想起老色鬼那件事，足以明白樊俞行跟其他無名驅鬼師的等級差別。需要樊俞行出面的案子，不是很棘手，就是賣面子吧。像鳳凰木精這種的，還不需要眞的動用到他這把寶劍。

難怪建商跟媒體對他這麼客氣，一派掌門呢，就算自稱無名，那也是假低調。

樊俞行似乎怕她不信，一抬手，就憑空出現三道火柱，每柱都有成年男子合抱那麼粗，正滋滋滋地向上竄燒。

「多虧妳提點，我能力又提升了。」

「歷任司皇的精神力都這麼高嗎？」姬儀光瞪大雙眼，不可置信。這才多久時間，他就有辦法在腦中畫符出招了？這何止司皇？都能封爲大司皇了吧！

「歷任司皇至少要會虛空畫符，但不是每位司皇都能召出眞火。」樊俞行把手環解下來遞給她，上面掛著的鐵片，正反面都有浮雕符文。「這是召出眞火的符咒，因爲需要四面，無法簡化，就雕在鐵片上。」

這是他十五歲甫出師時的手筆，也因爲他能運用眞火，才被選爲司皇。而在那之前，司皇之位已經空懸了三十年。

「你貿然把這東西給我看，不太好吧？」雖然姬儀光很想細究符文，但刻在骨子裡的道義感讓她做不出這種事，遲遲沒有伸手去接。

「無妨。」

樊俞行都這麼說了，姬儀光就大著膽子接了過來。這是能召出太陽眞火的符咒，會不會跟那位有關？

就在姬儀光接過來要研究符籙內容時，樊俞行補了一句。

「因爲我有事要問妳。」

哇靠，所以這是等價交換就對了？

都拿出眞火的符籙來換了，他的問題會有多刁鑽？

既然這樣，她就不客氣了。

姬儀光把鐵片平放在掌心上。就她所知，符籙屬鬼神之道，以上清宗、天師道與太平道最爲龐大，各有其輝煌的一章，可這鐵片上的符籙，似乎又超脫這三教之外，就以經法《上清經》、《太平經》、《三皇經》來看也沒有線索，唯一能確認的是鐵片上的符籙有代表大禹時期的九洲圖像。

看不出其中有那位的手筆。

姬儀光把鐵片還給樊俞行，牙一咬，綳緊頭皮說：「你問吧。」

「妳幾歲了？」

「啊……嗄？」樊俞行的第一個問題，差點讓姬儀光被自己的口水嗆死，她完全無法對這個問題發表質疑，只能傻笑地回他：「二十三。」

對，她的人歲已經二十三了，所以下次不要再買童裝給她了！就算童裝最大有做到十六歲可以穿，對她來說也是種赤裸裸的侮辱！

不過樊俞行不買賬。

「我是問妳的眞實年紀。」他不需要身分證上的數字。「感覺妳活了很久。」

不管是跟鳳凰木精的對話，還是無意間流露出的滄桑，都讓他有這層體悟。

原以爲她是投胎轉世的神明，所以才需要睡眠，需要爲生活奔波。等他眞的依照她的指點，能在腦中繪符而使出咒術時，就再也壓制不住好奇心，動用關係去查姬儀光的身世。

什麼都沒有。

就算再平凡、再渺小，不可能什麼都查不到。父母、出生地、戶籍地、學校等等，一片空白。

她在戶政有資料，但只有姓名跟出生年月日，其他全數遺失，只能說她很懂得大隱隱於市的道理。

「我確實活了很久，久到時間對我來說，一點意義都沒有了。」如果不是爲了能再見那個人一面，她也撐不了這麼久的時間，不是瘋了，就是快瘋了。

姬儀光怔怔地看著樊俞行，他眞的跟那個人長得好像，而且越看越像。

「妳到底透過我在看誰？」樊俞行第一次在姬儀光面前拿下墨鏡時就有這種感覺了，自己長得像她某位故人。

在對她來說已經無謂的時光裡，還能讓她清楚記得的人。

姬儀光沉默了好久，最後笑出了聲，目光滿是繾綣懷念。

「他眞的跟你長得很像，身量也差不多，但是你們個性不同。他總是一副無所謂的樣子，我那時還是——」姬儀光頓了一下，有些不好意思地說：「還是個小孩子的時候，我爸媽好像起了爭執，一路又打又吵的，不小心就把我扔了，然後我就這樣掉到那個人懷裡，是他把我養大的。」

這聽起來有些荒謬。樊俞行蹙眉問：「妳的父母沒找妳嗎？」

「如果我沒記錯，那個人說我掉進他懷裡時，他正在睡覺。他說他睡著的時候，常常有東西掉到他身上，就那回重了點，他也不以爲意，翻身就繼續睡。等他醒來才發現肚子下方埋了個我，又想起來剛才好像有對男女在吵架，聽內容十有八九是夫妻。」說起這點，姬儀光只有無奈復無奈。「他帶我在原地等了兩天，又帶我整個大陸找了幾個月，就是找不到我父母，最後只好收編我了。」

「無法想像。」他絕對做不出這種事，就連在房間休息，只要有人把手放上門鎖，他就會醒過來。

「就說你們個性不一樣了。」姬儀光失笑，要是有人個性跟那個人一樣，在同儕和朋友眼裡絕對是個懶鬼加散仙。

「他是誰？」放在以前，樊俞行不見得有這種好奇心去問另一名與他無關的人，即便他們兩人可能長得很像。現在會進一步探問對方的身分，卻是因爲姬儀光提起這個人時，笑容全是藏匿不住的喜悅。

她對這個人的感情並不一般，會幫忙、提點自己，說不定正是沾了這個人的光。

「我會問你們祖師爺的事，就是因爲那個人也沒有名字。」

樊俞行疑惑地問：「沒有名字？」

「對，因爲他說要名字幹嘛？所以大家都叫他『無名上仙』。」他是盤古開天時劈開的混沌所化，也不知道是不是因爲他沒有心，才會什麼事都無所謂，把順其自然發揮到了極點。

「那妳呢？」讓上仙帶大的孩子，已經不是普通的孩子了吧？「姬儀光，妳到底是誰？」

「我？」姬儀光低聲笑了笑，給了個不可思議的答案。「我是無名上仙的童養媳。」

樊俞行聞言，突然胸口一滯，難得刨根究柢。「無名上仙呢？」

「不知道。」姬儀光深吸了一口氣，笑得比哭還難看。「他不見了。」

即便到了今日，姬儀光仍然在尋覓他，沒有放棄過，卻也疲備不堪。

第6章　放心不下的媽媽〈上〉

生魂不得下地府，活物也是。姬儀光便屬於後者。

所以當她一腳踩進地府地界，許多陰差立刻圍上，不讓她靠近鬼門。

「判官大人到！」

通報的聲音由後傳來，原本圍堵成一座牢不可破的陰差牆，立刻分出條通道來，一名年輕俊秀、氣質非凡的青年疾步而出，來到了姬儀光面前。

「姬姑娘遠道而來，有失遠迎，下官惶恐不已，還請姬姑娘海涵見諒。」

姬儀光：「……」好想請他說人話。

還好判官從驚嚇中回神過來，語氣往現代靠攏了些。「不知姬姑娘此次下來是爲何事？想確認您託土地官護送的亡魂精怪現況如何嗎？」

「都不是。」姬儀光摸了摸鼻子。「我想來地府打聽一個人。」

「姬姑娘，下官先前已向您說明，生而爲神者不受地府管轄，入了輪迴也不會載入生死簿，我們眞的不知道無名上仙的去向與下落。」

眞不怪判官草木皆兵。莫約兩千年前，姬儀光曾爲無名上仙闖過一次地府，從第一層翻到第十八層，要不是上面來了神把她帶走，她還想往阿鼻地獄走一遭，就這樣也亂了地府運作整整兩百年。

「我不是來問無名上仙的事。」姬儀光帶著忐忑與期待，小心翼翼地說：「我想問無名驅鬼師的祖師爺是誰？是否還在地府，還是轉世投胎了？」

判官對無名驅鬼師並不陌生，張口就來。「無名驅鬼師發跡於晉朝，據今一千七百多年，由無名氏所創，傳世二十六代司皇，祖師爺生卒年已無從考查。」

「爲何無從考查？」簿子都還沒拿出來翻，最好是無從考查。姬儀光瞇起眼。「你想打發我？」

「下官不敢。」判官眞沒有愚弄姬儀光的意思。「沒有投胎，魂魄即七代而散，一散生平便從生死簿上抹去，地府的資料最早只能查到宋末清初，晉朝實在愛莫能助。若是位列仙班或在世修行，地府更不可能有資料。」

姬儀光又問：「要是投胎了呢？是不是就查得到了？」

「因果三代清，至多追溯五百年，還請姬姑娘不要爲難在下。」判官拱手，一臉愁苦，彷彿再問下去就要當場伏地求饒。

「眞沒辦法嗎？」姬儀光不死心，又確認一回。

「眞沒辦法。」判官就差起誓自證，決定禍水東引。「姬姑娘還不如直接問問在世的無名驅鬼師，他們流傳下來的訊息即便有誤，也比地府的資料周全。」

「我知道了。」姬儀光只是下來碰碰運氣，沒指望能問出什麼。「我回去了，你們也去忙吧。」

「恭送姬姑娘。」判官一揖，大大地鬆了口氣。

姬儀光回到人間，第一件事就是辭職。

雖然有一點捨不得樊俞行那張臉，但她實在不想與凡人有太多交集，當斷不斷，必受其亂。

姬儀光從口袋拿出一顆黑乎乎的石頭，有氣無力地說：「你什麼時候才會發光？再不發光，我頭髮都要掉光了。」

她的上仙啊，今天還是一樣無消無息呢。

✵

身爲無名驅鬼師的司皇，首當其衝要掌握的能力就是虛空畫符，若能召出眞火，則是無名驅鬼師全派喜事，能大辦三天三夜流水席的那種。

因此，能虛空畫符，還能召出眞火的樊俞行，現在竟用意念就能催動符咒，怎不教人瘋狂？

只是，老一輩的無名驅鬼師有多高興，同時就有多失落，因爲歷代司皇能力出眾，卻無人活過四十。

上一輩之前的無名驅鬼師，人人都以當上司皇爲目標；這一代子孫少，每一個都是寶貝，反而不想讓自己的孩子練習虛空畫符跟眞火咒，就怕下一個司皇是自家心頭肉，因此樊俞行想改良符籙威力才會受到強力反對。

無名驅鬼師在樊俞行之後極有可能沒落，他還想削滅師門原有傳承？與其有這種心力，還不如想想如何讓自己活久一點。

在書房的樊俞行掛掉長輩叨念的電話，一抬頭，就看見在外面徘徊不進的樊俞清。

樊俞行敲了敲桌子，示意樊俞清可以進來了。

「那個……我爸叫我通知你記得去健康檢查。」樊俞清越說越小聲，甚至不敢看他。

樊俞清小時候嫉妒樊俞行天資好，學什麼都快，十五歲就能召出眞火，不僅是他們這群預備役最快成爲驅鬼師的人，還一躍成爲人人仰望的司皇，爲此他還排擠了樊俞行好長一段時間。

年紀小不懂事，以爲四十歲遙不可及，能當上司皇多帥氣，等長大了，擁有的東西越來越多，才明白爲何秦始皇會追求長生不老。

樊俞行活不到四十歲，能力再強，都讓人感到惋惜和難受。

他每半年做一次身體檢查，從十五歲之後就不過生日，別人吹生日蠟燭是慶祝長了一歲，樊俞行吹生日蠟燭像在吹壽命燈一樣，完全是數著剩餘的日子。

雖然死後有死後的世界，他們也看得見另一個世界的人，但卻從來沒有看過死去的司皇，他們走得特別乾淨俐落，頭七之後就再也見不到。

「知道了。」樊俞行淡然地應了句，拿出符籙鑽研，對著角落一處等人高、三人合抱的壓克力箱反覆測試調整後的效果，箱底已全是畫廢的黃紙。

樊俞清看不下去，直接把桌上的符籙抽走，咻咻咻地捲起來，一邊捲一邊說：「四叔不是才念過你？不然這幾天先休息，別試了。」

「我沒有時間休息。」樊俞行想把符籙搶回來，被樊俞清一記懶驢打滾躲了過去。「還我。」

「不還！」樊俞清直接塞進衣服裡，本來想塞到褲子後面，怕被樊俞行打爆頭，臨時改了地方。「你這兩天好好休息，接了鳳凰木的委託後，老是忙到三更半夜才回家，又熬夜練習意念畫符，你以為我不知道嗎？」

樊俞行漠然地看了他一眼，又從抽屜裡拿出另外一份繼續研究。

「你——」樊俞清手指顫抖，像看見了負心漢似的，開始嚎啕大哭。「你怎麼不為我想想？我才三十就像有了個二十八歲的兒子了，每天擔心你吃不好、睡不好、身體不好，你就不能休息一下，安慰我這個老媽子嗎？」

樊俞行被他這句尾音分岔的「老媽子」驚得差點握不穩筆，無奈地看著人高馬大、虎背熊腰的樊俞清哭得像個林黛玉，只好決定先妥協。

「我知道了，你閉嘴。」如果聲音能驅鬼，樊俞清才是當仁不讓的司皇。

「沒問題。」樊俞清的眼淚收放自如，立刻幫樊俞行打掃起壓克力箱內的黃紙。「畫了這麼多張都沒用，阿行。你說幫你解決鳳凰木的那名小男生還提點你用意念畫符，這方面他懂嗎？要不要……請他幫個忙？」

「我找過。」樊俞行的語氣不無失望。「她不見了。」

「不見？」樊俞清提高了聲音。「怎麼不見了？你有他的電話嗎？」

「沒有。」樊俞行沒朋友，不主動聯絡人，通常都是別人找他，自然不習慣留外人的聯絡方法。

「你在哪裡遇見他的？」樊俞清樂觀地想，說不定能守株待兔。

「超商。」但樊俞行給出來的答案並不樂觀。「她離辭了，同事找不到她的聯絡電話，對她的印象也很模糊，看起來她是不想與旁人有過多牽扯。」

「高人的心思跟有錢人一樣，都很難猜。」樊俞清哭喪著臉想，虧俞行有這麼長的兩條腿，竟然也會讓人跑了。

✻

晚上九點，是樊俞行巡街的時間。

通常無名驅鬼師巡街是兩人一組，樊俞行卻習慣單獨行動，之前曾配過預備役讓他帶人，但因爲跟他同組壓力太大，眞遇到狀況時，新人連符都不敢丟。

巡街一般是兩小時，沒有安排固定區域，一切以當日抽籤爲主。樊俞行向來都是取最後一支籤。

今天沒有惡鬼作亂，只有新增兩名鬼口。

樊俞行把巡街地點跟結果更新到雲端資料，找了家最近的超商買咖啡，一進門就聽見熟悉的聲音。

「歡迎光——樊俞行?!」

姬儀光差點翻倒熱水，爲什麼樊俞行會找到這裡來？

這是什麼孽緣啦！

＊

有意栽花花不開，無心插柳柳成蔭。

樊俞行雖然訝異在此遇見姬儀光，但見她神色惶惶，似乎不想與他有多交集，便壓下索取聯絡方式的念頭，不想造成她的困擾。

相逢雖是有緣，但總有緣盡的時候，強求就不美了。

「姬姑娘。」樊俞行隨土地官的稱謂喊了姬儀光。「熱美式，大杯。」

超商內除了機器運轉的聲音外，沒有其他雜音。

樊俞行本就話少，姬儀光不開話題，兩人眞的可以沉默到窒息。

「好了，四十五元。」姬儀光交咖啡、收錢、開立發票，以為樊俞行會追問她為何會在這裡，他卻拿著咖啡轉頭走人。

姬儀光看著樊俞行離去的背影，眼珠子都要滾出來了，甚至出現幻覺，覺得樊俞行離去時有背景音樂，唱著「該配合你演出的我視而不見」——

就好氣！

尤其樊俞行還頂了張越來越像無名上仙的臉，更讓姬儀光不開心。

不知道是她的記憶出了差錯，還是樊俞行原來就長這樣子。今天他只是沒把頭髮梳上去，軟軟地披散下來，與無名上仙又像了幾分。

眞的好丟臉，她會挪窩就是不想跟樊俞行有太多來往，結果樊俞行只把她當成萍水相逢的過路人，說不定連她從前超商離職了都不知道，單純以爲她只是過來這裡支援。

姬儀光拿出手機，開了前置鏡頭，東照照、西照照，安慰了自己一把。「幸好長得還可以，不然長得醜卻想得美就更慘了。」

姬儀光換來的這家超商因爲位於大學附近，大夜客人不少，進貨量跟包裏量都是前家超商的兩倍以上，到了早上交班時間還沒驗收完所有包裏是常態。店長要求她把當班事務做完才能走，所以姬儀光到這裡工作後，都忙到早上九點多才能離開。

要加班已經很鬱卒了，早班的女同事還常常拖她時段，不是睡過頭，就是跟男友吵架眼睛哭腫，今天則是經痛沒辦法下床，臨時找人代班找不到，要姬儀光先幫忙站幾個小時的班。

等姬儀光踏出超商時，差不多已經可以吃午餐了。

樊俞行讓她不開心，早班的同事也讓她很生氣，姬儀光決定怒吃一波！

摸摸自己口袋，姬儀光隨意選了一家麵店走進去。

她走進「周記意麵」，熱氣撲面而來，中年老闆自熱鍋冒起的白霧後方抬頭，笑容燦爛地招呼她。

「歡迎光臨，裡面坐。」

姬儀光看了老闆一眼，點了點頭。

現在天氣炎熱，連小麵攤都在內用區裝了冷氣留客。

「單子在這裡，需要滷菜外面夾喔。」老闆娘從裡面端了一大盤生餛飩走出來，見姬儀光才剛入內，笑容可掬地向她推銷。「我們家的餛飩很好吃，是招牌菜，可以嘗試看看。」

「好，謝謝。」姬儀光笑著回應，低頭選餐，眼角餘光卻不斷地瞄向在騎樓下揮汗煮食的那對中年夫妻。

他們中間，多了一道人影。

那是個年紀與麵攤夫婦相差無幾的婦人，骨瘦如柴，眼窩深陷，紮了根馬尾。她的手一揮，鍋裡的熱水就濺上了端著生餛飩的老闆娘手背。

老闆娘驚呼了聲。「好燙！」

「燙到了？快沖水。」老闆放下煮麵的筷子，就押著老闆娘到水龍頭下沖傷處。「最近不是刀傷就是燙傷，我看還是去拜一下好了。」

「不用啦，做吃的本來就容易這樣，你別小題大作。」老闆娘睞了他一眼，但看得出來她心情不錯。「還好餛飩沒掉下去，嚇死我了。」

老闆依舊覺得不妥。「還是去廟裡拜一下吧，求個心安……」

「平時不做虧心事，半夜不怕鬼敲門，我才不——好好好，明天，我明天就去廟裡燒香，求平安符，你的表情別那麼難看。」老闆娘拿他沒轍，只好同意。

姬儀光隨意點了碗麻醬麵跟燙青菜，走到外面結賬，趁著距離夠近，偷偷地打量起在麵攤夫妻後方的那名婦人。

從她身上察覺不出戾氣，散發出來的都是慌亂與著急居多。這讓姬儀光很好奇。

「先生，這是找你的零錢。」

姬儀光這時才回過神來，笑著接過。「謝謝。」

「爸、阿姨，我回來了。」一名高中生抱著籃球走了進來，滿頭大汗，仔細一看，少年的五官跟那名婦人有幾分相像。

透過他的稱呼，姬儀光似乎明白了些什麼。那名過世的婦人才是麵攤老闆的元配。吃碗麵也能吃出八卦來，她還眞會選店。

「天氣這麼熱還出去打球，有沒有多喝水呀？」老闆娘關心地問，攔著不讓少年進去。「先把汗擦一擦，免得感冒了。」

「知道了。」少年無奈地翻了個白眼，從他老爸的脖子上抽走毛巾，胡亂擦了臉，隨意地掃了手臂兩下，再把毛巾給她。「我媽都沒那麼囉嗦。」

姬儀光清楚地看見這兩名婦人各自垂下了頭，獨自舔舐突如其來的悲傷。

「你這是什麼態度？跟阿姨道歉！」老闆不悅地瞪著兒子，老闆娘立馬出來圓場。

「別凶孩子，孟軒又沒有惡意，還有客人在呢！」老闆娘跟姬儀光道歉，請她裡面坐，再跟少年說：「孟軒，你先上樓洗個澡，等會下來吃飯。」

少年彆扭地撇過頭去。「誰要妳管。」

「你——」老闆又要開罵。

「好了好了，都別吵，該做什麼就去做什麼。」老闆娘分開他們父子，左右手各趕一個。「你還有空跟孩子嘔氣？麵要糊了。」

姬儀光的鄰桌似乎是這家店的常客，知道不少關於這一家子的消息，雖然幾個人講得很小聲，但架不住她五感靈敏，聽得一清二楚。

原來周父跟周母是少年夫妻，男方二十、女方十八，兩造就結婚了。

夫妻倆都不是知識份子，書念不多，能做的都是勞力工作，但他們很勤奮，日子過得還可以，只是後來誤信朋友，賠上了畢生積蓄不說，還幫人作保了兩百萬。那時他們的大女兒才剛上小學，兒子還在念中班，一家四口差點撐不過去。

等到負債還清，好不容易能喘口氣時，周母卻得了癌症，發現時已經末期，半年後就走了。

妻子過世五年後，孩子都大了，周父才開始認識新對象，但是都不久，最短三天，最長三個月，只有現在這個跟了周父快一年，她離過婚，和前夫有個女兒。

三姑八婆眞的好可怕，居然知道這麼多事。

配著這些背景故事，姬儀光吃光了麵、青菜跟店家爲了致歉而贈送的味噌湯，飽到有點想吐。

這家麵攤生意不錯，姬儀光沒想占用位置，抽了面紙擦擦嘴巴就往外走，一出店家，迎面的熱氣快把她蒸融了。

「好熱……」她望天嘆了口氣，懶懶的不想動，腦子卻一直轉著周家的事。

她在周母身上感受不到恨意跟怒氣，可是她又故意燙傷老公的新歡，製造一些不起眼意外跟傷口，究竟是爲什麼？

難道是吃醋？

不，不像。

周母教訓周父的女友是可以歸納在吃醋，可是周母臉上的著急又該怎麼說？若是爭風吃醋，在兒子頂撞丈夫女友時，周母爲何沒有露出得意的神色？

這眞的太奇怪了，全然說不通呀。

「小心！」

一股力道將姬儀光往後帶，隨即一輛過彎未減速的車就在她面前疾駛而過，要不是有人拉了她一把，這下鐵定出事。

「謝——樊俞行？」姬儀光一回頭就愣住了。「你怎麼在這裡？」

「動土大典，來鎮場。」鳳凰木事件後，來自建商的委託案明顯增多。樊俞行扶著姬儀光站好後，蹙眉打量她。「走路不看路，在想什麼？」

「阿行，你怎麼突然跑了？害建商以爲有怪東西，拉著我問好久。」樊俞清追了過來，上氣不接下氣。雖然他沒見過姬儀光，不過她身上穿的衣服正好是他買的、洗的，一眼就認了出來。「你就是教阿行用意念畫符的小兄弟嗎？我是他師兄，我叫樊俞清，是現役無名驅鬼師二號，只要不叫我老二，你叫我什麼都可以。」

「安靜。」樊俞行輕輕一睞，樊俞清立刻捂住嘴巴，退後兩步。

師兄弟個性天差地別，看得姬儀光直想笑。

「妳遇到什麼事了？」

剛才姬儀光想破頭想不出個所以然來，樊俞行一問，就把在麵店裡看見的事講出來讓他拿主意，結果卻是旁聽的樊俞清先有了意見。

「如果是吃醋的話，潑手幹嘛？直接潑臉呀！」如果有人搶他老婆，何止潑臉，菜刀先擺上來。

「我們接過幾門案子，亡魂有事想麻煩陽世子孫，爲了引起注意，因此刻意讓後代意外頻傳。」樊俞行把湊上來的樊俞清撥到一旁，提供新的思路。

姬儀光搓著下巴，凝神思考。「所以，元配有事想跟她老公的女友說，用這種方法讓對方找靈媒協助？」

周父都勸女友到廟裡燒香拜拜求個平安，可見這些小事故之頻繁，但這人卻沒放在心上，周母應該很嘔吧。

樊俞清又插話了。「跟老公的新歡有什麼好說的？」

「安靜。」樊俞行又補了句。「再吵就回去。」

樊俞清這次作勢在嘴巴上加了拉鏈。

「所以呢？」樊俞行側頭，淡然地問：「妳想幫她？」

「這個嘛，我跟她有緣，不然這條街一堆小吃店，我就選到這一家。」既然都讓她看到了，不處理一下寢食難安。

「妳打算怎麼做？」

「上班前來看看吧，那時候麵店也該打烊了。」現在人潮太多，做什麼都不方便，現代科技太先進了，一有個風吹草動都能鬧上爆料公社。「我先回去休息了，你們忙吧。」

姬儀光朝他們揮了揮手，雙手插兜，過街而去。

樊俞清用手肘頂了頂樊俞行。「你留 Line 跟電話了嗎？」

樊俞行不僅沒有回答，連眼神都不想給，將人丟在原地，轉頭就走。

然而在樊俞清跳腳抱怨的時候，樊俞行已在群組裡指定了今晚的巡街區，把這一帶包了下來。

第7章　放不下心的媽媽〈下〉

當晚十點多，「周記意麵」的鐵門拉下，整條街寂靜無聲。姬儀光緩步來到門口處，手還沒舉起來，旁邊就先響起腳步聲。

姬儀光撇過頭一看，果然是樊俞行！

該說意料之中嗎？姬儀光對他會出現在這裡一點都不意外。

「下午聽你問的時候，就覺得你會過來。」

樊俞行直言：「來看妳如何處理。」

「你不是接過這種案子嗎？」姬儀光好奇。「都怎麼處理的？」

「通常找上我們都是條件沒談攏，要處理的是陰間事，不是陽間事。」樊俞行不帶感情地說，居然讓姬儀光有種毛骨悚然的錯覺。

「這種家務事，我也不確定能不能處理好，說不定會讓你失望。」姬儀光說歸說，沒真的把樊俞行的期待度納入考量，抬手對空打了記響指。

「來人。」

突然一陣風颳來，在樊俞行前方形成一股旋渦，轉眼間，清瘦的周母便出現在兩人面前。第一眼，她就認出姬儀光是今天來過的客人。

周母直覺不妙，轉身想逃，卻發現走不出麵攤騎樓，更無法穿牆而過。她驚慌地說：「我有令旗在身，妳不能收我！」

過世好幾年了，周母不是沒遇過有陰陽眼的人，但這些人一般都當他們不存在。像姬儀光這種去而復返，又挑打烊時間用符法強制招她出來的人，能打什麼主意？不就是爲了收鬼嗎？

周母神色淒惶，只想離兩人越遠越好，可惜最遠不過就四、五步的距離。

「妳別慌，我沒要收妳。」姬儀光安撫她。「我是中午看到妳的樣子感覺怪怪的，沒有傷人的意思卻朝別人潑熱水，所以來問妳究竟想幹什麼，需不需要幫忙？」

周母瞪大雙眼，一張枯槁的臉上出現這種表情，大半夜看來還挺駭人的。

「眞的嗎？妳、妳可以幫我嗎？」

「嗯，盡量。」姬儀光不敢把話說死，任何事都有風險，更何況這世界最不缺的就是意外。

樊俞行斂目，手指悄然夾住腕間鐵片，以防萬一。

周母看著一動一靜的兩人，朝姬儀光說：「我想跟阿如說幾句話。」

「阿如？妳是說妳先生的……好朋友？」

「嗯。」周母低下頭，苦笑說：「我觀察她一陣子了，她眞的對我先生跟小孩很好，沒有私心，也不虛假，不像之前那幾個都是表面上說得好聽，其實把我的小孩當成拖油瓶。我已經可以排隊投胎了，請了令旗回陽世，就是想請她好好照顧我先生跟小孩。」

姬儀光搔搔頭，不解地說：「她現在不就已經把妳先生跟小孩照顧得好好的嗎？妳都要投胎了，想見的應該是妳先生跟小孩吧？」

周母的行爲從頭到尾都讓她覺得矛盾。

「我……」周母解釋不了，揣揣難安。

「簡單來說就是吃醋。」一旁沉默的樊俞行發了話。「就算她能接受丈夫找了女友，能大度接納對方的存在，想請對方好好照顧丈夫跟小孩，心裡還是會不舒服，所以才想在投胎前以女主人的身分囑咐對方。」

樊俞清回程一直在他耳邊碎念這件事，代入自身角色推演所有可能性，樊俞行就算不想聽，也被塞了滿腦子的愛恨情仇跟八點檔劇情。

「……這樣喔。」姬儀光頓時覺得自己腦容量不夠用，轉得不是很清楚，但勉勉強強說服得了她。

周母頭都抬不起來了，好像講了大話卻被人打了臉一樣。

「妳別在意啦，就像我有件很喜歡的東西，但我不能用了，送給需要的人，我也會捨不得呀。」不知道這比喻恰不恰當，姑且當它差不多吧。姬儀光認眞地問周母：「我可以幫妳，看妳要託夢還是面當跟她說都行，這次眞的是妳最後的機會了，妳確定要說這些無謂的話嗎？」

「這怎麼會是無謂的話呢？」任誰被說心心念念的事很無謂都會不開心，周母也不例外。

姬儀光用旁觀者的角度剖析給她聽：「她對妳丈夫跟小孩好，絕對不是因爲妳，是因爲妳丈夫，愛屋及烏才對妳的小孩好。如果妳丈夫對不起人家，她會爲了妳留下來做牛做馬嗎？不可能吧！妳說妳觀察她一陣子了，那妳有看到妳的小孩對她的態度嗎？」

周母低頭不語。

「妳的小孩永遠都是妳的小孩，不會因爲妳過世了、投胎了，他們的母親就換了人。孩子們也大了，到了不喜歡跟父母出門的年紀，有自己的價値觀跟朋友圈，其實妳要找的是能陪妳丈夫下半輩子的人吧？」說到這裡，姬儀光突然懂了，原來這就是樊俞行說的吃醋的原因。

「……是的，我想爲我丈夫找個可靠的人照顧他，我們這輩子都太辛苦了。」周母悲傷地吐露心聲，欲哭無淚的模樣讓人不忍。

因爲愛，她不忍見丈夫年老孤獨；也因爲愛，她不想見其他女人睡在丈夫身邊。這就是周母矛盾之處。

生離死別，不得不放手的痛，沒走過的人不會懂。

姬儀光對周母說：「妳想怎麼做，想好之後跟我說，我再幫妳。」

周母看向她，重重地點了頭。

✶

隔天一早，周家兒子精神萎靡進了浴間洗漱，等會要到學校上輔導課，卻看到放寒假回家、天天睡到近午的姊姊，就坐在沙發上發呆。

「喂，妳怎麼了？」他踢了踢長姊，皺眉問。

她頭也沒抬地說：「我夢到媽媽了。」

他一愣，立刻坐到姊姊旁邊。「妳說什麼？」

「我夢到媽媽了。」她轉過頭來，眼眶濕潤泛紅。「媽媽跟我聊了好久，她知道我考上T大，知道我交了男朋友，知道我跟社團認識的朋友吵翻，知道我養了一隻貓，她知道我好多事，好像她從來都沒有離開過一樣。」

「我、我也夢到媽媽，昨天晚上！」他驚詫回視姊姊，一一數來。「媽媽也知道我很多事，知道我代表學校參加機械設計比賽，知道我喜歡誰，知道我小時候吃太多麵包，現在看到麵包就想吐。媽剛走的時候我還很喜歡吃麵包的……」

「那媽媽有跟你說阿姨的事嗎？」她驀然坐挺，瞪著眼問弟弟。

他立刻接話：「要我們對阿姨好一點嗎？」

「對！」她訝異地張大了嘴，過了一會兒才有辦法正常說話。「所以，媽媽昨天眞的有回來?!」

「一定有。」他抹了把猶帶水珠的臉。「我都不知道爸爸以前做粗工時腳受過傷，站久或走久了，半夜睡覺很容易抽筋。」

在麵攤工作，一站就是好幾個小時，忙的時候連上廁所的時間都沒有。這幾年下來，周爸爸都睡不好，可是爲了小孩的學費跟生活費還有家裡的開銷，硬是咬牙撐下來。

「我也是……」姊姊哭了出來。「我都不知道爸爸送我到T大那天發著高燒，回家還幫人油漆，只爲了賺幾百塊錢，但他拿給我的生活費足足有一萬塊。」

弟弟不敢說爲了買手機跟爸爸冷戰，爸爸只好拿出裝冷氣的錢幫他買了新款，整個夏天都睡在悶熱的房間內。

「媽媽說阿姨很照顧爸爸，不嫌他窮，也不嫌我們累贅。我們大了，有自己的想法，以後也會有自己的家庭，如果我們往後不能同等地對爸爸好，至少幫爸爸留住願意照顧他的人。」她抽了幾張面紙把臉擦乾淨，黯然地說：「我覺得媽媽說的很有道理。以前我總是把小如阿姨當外人，不喜歡她插手家裡的事，還凶了她幾次，小如阿姨一定很難過。」

「但她對我們還是一樣好。」他也凶過幾次阿姨，還說了「妳又不是我媽」之類的話。

「我以為只要她對爸爸好就行了，別來管我的事，卻沒想過我的態度也會影響阿姨的去留。你說，媽媽特別託夢給我們兩個，是不是阿姨已經有離開爸爸的想法了？」

「不會吧，昨天還好好的。」阿姨一直笑瞇瞇的，好像沒看過她難過的時候。他抓了抓頭，以他現在的腦袋瓜考慮不了太深遠的問題。「欸，我們都夢到媽媽，那爸爸會不會也夢到了？」

他突然提出這個疑問，姊弟雙雙從沙發上彈了起來，躡手躡腳來到父親的房門前，偷偷地扭開門把，推出一小道縫隙。

從這道縫隙裡透出來的景象是周父的背影，他剛睡醒的頭髮亂糟糟的，衣服皺得不成樣子。只見他一手拿著相框，一手揩著眼淚，正低頭無聲地啜泣。

姊弟倆默默地帶上門離開。見到父親悲痛的一面，怎麼可能沒有震撼？兩人回到客廳時，互看一眼，彼此的眼眶都已全紅。

「咳，為了爸爸，我以前會對阿姨好一點。」他揉了揉鼻子，撇過頭說。

「我也是。」她低下頭，抹了把眼睛。「這是我能為爸爸做的事。」

至少不讓他爲難，也讓媽媽安心。

「謝謝妳幫我，讓我可以沒有遺憾地離開。」周母來到超商向姬儀光致謝，如果不是姬儀光將她羞於面對的事實揭開，恐怕她會錯失最後一次好好與丈夫、兒女說話的機會。

「如果妳自己不願意放下，我也幫不了妳。」姬儀光不想居功。「去吧，一路走好。」

周母朝她鞠躬，身形慢慢淡去。

姬儀光從懷裡拿出那顆黑乎乎的石頭，又失望地收了回去。

「那是什麼？」樊俞行突然出聲，嚇得姬儀光差點左腳拐右腳。

「你這個人很奇怪耶，走路一下有聲音一下沒聲音是想嚇誰？」姬儀光看了看天色，都翻魚肚白了，他還沒走。「你都不用睡覺的嗎？」

「想看結果。」樊俞行沒有隱瞞，昨晚姬儀光在周母身上打了道符，報了超商的位置就來上班了，後續發展如何，任誰都會好奇。

「沒什麼好看的，就是幫她製造個機會，至於她會怎麼做，我控制不了，我又不是萬能的。」再厲害的人都無法保證結果一定是好的，她會的東西其實不多，能做的有限，並不像凡人眼裡認爲的無所不能。

「留個聯絡電話吧。」樊俞行突然拿出手機。原本他不想打擾姬儀光，但是突然間又不想斷了聯絡。

姬儀光拒絕了。

「下次吧，如果我們眞的有緣，下次見面，我再留電話給你。」姬儀光拉過樊俞行另一隻手，在他掌心作畫。「這是入夢令，以你的能力，說不定還能讓生者入夢，就當是給你的補償。」

對長年練習符籙的樊俞行來說，學這道入夢令並不困難，看著姬儀光一筆筆畫完就差不多記住了，還能反著畫出來。

他握緊拳頭，將筆尖帶來的痲癢包覆起來，也將姬儀光垂眸作畫的模樣烙進了心裡。

樊俞清在事後知道前因後果，乾巴巴地安慰了一句：「至少下次見面就留電話給你，不是見一次給一個號碼，這樣你得找到她十次才集點成功……」

要是下次還能再遇見姬儀光，除了電話，樊俞行會再問問有沒有禁言咒之類的，每天拍一張在樊俞清的腦袋上。

第8章　外出工作的爸爸〈一〉

樊俞行坐在書房內，桌上攤著不少本書籍，甚至還有極具年代感的布質卷軸。

文獻已經追溯到晉朝，無名驅鬼師發跡年代的文獻，還是找不到任何與無名上仙有關的資料。

按照姬儀光的說法，這人就算貴爲上仙，也是無所作爲的老祖吧。

找不到無名上仙的事跡，自然看不到姬儀光的側寫。她到底是什麼人呢？

都一把年紀了，還是個能力高強的神祇，個性還像個小孩子似的，開心就笑，生氣就癟嘴，小性子要得有模有樣，卻常說出讓人聽了心傷的話。

自從姬儀光再次消失後，樊俞行對她的來歷就更加好奇，可是越查越沒有頭緒。

沒有無名上仙的文獻，唯一找著的姬姓神祇就是文王姬昌的長子姬伯邑考，被姜子牙封神爲紫微大帝，永鎮北極。

姬儀光是無名上仙收養的孩子，連名字都不能確定是她父母給的、上仙取的，還是爲了入世而編的，眞的無從找起。

要是眞的遇見她第三次，不知道姬儀光願不願意說……還是找找祖師爺的訊息跟她交換？她似乎對祖師爺的來歷很感興趣，如同他對她的好奇。

鈴——

樊俞行拉出掛在胸口的紅色羽毛，正在沉吟時，手機響了。

「司皇，唐製作過來了，想見你一面，有空嗎？」

唐製作是T臺的節目製作人，在這行浸淫快二十年，樊俞行爸爸還在世的時候，就跟無名驅鬼師一派有聯繫。

「在哪？」看在上一輩的交情，樊俞行應了。

「一樓風廳。」

唐製作這次過來不是敘舊，是有案子要委託。他一見到樊俞行，就激動地站了起來。

「俞行！」

樊俞行微微蹙眉，但很快就恢復原狀，淡淡地回應了他的招呼。「唐叔。」

「我知道你忙，就不耽誤你時間，直接說正事吧。」唐製作坐了下來，從公事包裡拿出一疊資料。「我們要做一檔靈異節目，實境走訪鬧鬼的地點，請了幾位民俗老師跟我們一起出外景，爲了安全起見，想請驅鬼師隨行。」

「不接。」樊俞行看都沒看就拒絕。

「爲什麼？」唐製作不能接受，繼續勸說。「怕酬勞不夠嗎？放心，這期靈異節目很受電視臺高層的推崇，預算已經撥下來了，價格好談。」

與民俗老師相比，他更相信樊俞行。

「不是錢的問題。」

他不缺錢，所有無名驅鬼師也都不缺錢。他們的工作門檻太高了，不是那麼容易被取代的，而且委託他們的人多半非富則貴，所謂「三年不開張，開張吃三年」的俗話，眞的能在他們身上體現。

唐製作不解地問：「那是什麼問題。」

「道德問題。」樊俞行看向他的眼神銳利得讓人不敢迎視。「沒事去打擾對方做什麼？」

唐製作的行爲在他眼裡就像刻意跳進老虎圈裡挑釁，藉此娛樂他人，卻逼第三勢力在老虎反抗時出手射殺，這樣合理嗎？

他從以前就覺得「人無害虎心，虎有傷人意」這句話應該反過來寫。從他正式掛上驅鬼師的頭銜，已經不知經手過多少案件全是業主自身貪念所結的果。

「你以爲我願意嗎？還不是爲了拚生計。你知道一檔節目可以養活多少人？現在電視臺都喜歡買國外的節目來播，本土的節目越來越少，不下猛藥，企劃根本沒辦法出線。」他滿腹苦衷，一臉憤慨。

「這不能說服我。」樊俞行還是不同意。活不下去不是傷害他人的理由。「唐叔，我們出了手，那鬼就算能投胎，也是三世殘疾。既然知道是你主動招惹的，我們爲何要幫你傷他？」

相安無事，井水不犯河水不是很好嗎？誰都有生存的權利，鬼也一樣。

人不一定會變老，但一定會變鬼。

「又不是一定要你出手，我只是爲團隊買一份保障，讓大家能安心錄影。」很多時候根本拍不出什麼東西來，全靠主持人跟來賓做效果。「俞行，你是叔叔從小看到大的，有見過唐叔因爲認識你們而做出什麼不軌的事嗎？」

驅鬼師不得有名，但事實上，無名驅鬼師很有名。

不少人想找無名驅鬼師處理事情卻沒有門路，甚至不惜灑下高額仲介費，就是希望知情的人能引薦。像唐製作這種認識掌權者又知道對方名字的人，傳出去絕對是大家爭相巴結的對象，但他始終守口如瓶，因爲他眞的把樊俞行的父親當朋友。

「俞行，我還有請民俗老師，眞的遇上什麼事，你就先讓民俗老師處理，非到緊要關頭，你不必出手。」唐製作繼續遊說。「你就幫幫叔叔吧，我們團隊裡已經不止一位幕後到外面兼差養家了，總不能爲他們開了條活路，卻要他們拿命去拚吧？」

樊俞行沉默片刻，最終翻閱起唐製作提供的企劃資料。

「記住，非到緊要關頭，我不會出手。」樊俞行這麼說，無疑是默許了這次的委託。「也請你約束你的團隊，別有挑釁的行爲。」

如果有，到了緊要關頭，他還是會出手，但是會晚個幾秒。

有些人不給點教訓，不眞的痛過一回，不懂得收斂。

他接受這場委託可不是爲了給他們有恃無恐的理由。

✴

半夜十二點，所有人配戴好民俗老師及樊俞行提供的護身符後，準備開機。

樊俞行站在唐製作旁邊，漠然地注視著攝影機前爲觀眾前情提要的主持人。

這裡是座廢棄了將近二十年的遊樂園，就在完工前夕，發生了一場嚴重的爆炸案，炸死很多工人。

警方在現場發現了大批硫磺，還有甲苯殘留，但不知道爲什麼現場會有這些建築根本用不到的物品。奇怪的是，始終無法查明爆炸的原因，所有線索都無法結合成一個圓。

當時遊樂園的負責人正在巡視興建進度，也因爲這場爆炸失去了一條腿，後來這座遊樂園就無限期封園，沒有開張，沒有轉賣，久而久之，就傳出了鬧鬼的消息。

有人說看過民國初期的人影在園區裡出沒，也有人看過三三兩兩的日軍，還有人見過穿著血汗衫的工人，說法相當多種。

直到後來查史料才發現，遊樂園興建的地置正是當年日據時代軍方的祕密樂園，默默死在裡面的人不知凡幾，屍骨就地掩埋，久了自然陰氣沖天。

遊樂園的負責人買下這塊土地後，爲了貪快還本，並沒有先翻土整理先人的遺骸，再讓土地曝曬三年陽光把怨氣化掉，而是直接在上面蓋了建築物，因此就有人推測這起爆炸案是亡者怨氣所引起的。

「俞行，你有看到什麼嗎？」唐製作搓了搓手臂，不知道是不是晚了起風，溫度驟降，突然冷了起來。

樊俞行看了一眼在唐製作身邊好奇觀望，但不敢站得太近的男子。

他穿著早期赤腳漢子的粗布衣褲，臉被砸爛了半邊，還時不時地往眼眶裡塞他被挖出來的眼珠子，身上不少被刺刀刺出來的窟窿仍淌著血，但沒有攻擊的意圖。

樊俞行移開目光，從容地說：「沒有。」

祖師爺傳下來的術法只能驅鬼，就連他提供給節目團隊的護身符都具有攻擊性，沒辦法幫他們恢復生前正常的模樣。不知道姬儀光有沒有這種能力。

又想到她了……

樊俞行深吸一口氣，覺得自己這陣子像中了蠱，動不動都會想到姬儀光。

攝影機前的民俗老師一直說這裡陰氣很重，要主持人跟來賓小心不要走到偏僻的角落，盡量待在寬敞的地方。殊不知今天的錄影對於在這片土地遊蕩的孤魂造成了不小騷動，他們正圍了一大圈，而民俗老師所說的「寬敞的地方」——已經不寬敞了。

這位老師應該看不見吧，否則怎麼有膽接這份工作？

樊俞行從頭到尾一聲不吭，就看主持人跟來賓帶著假哭腔對攝影機解釋他們發現了什麼東西，民俗老師偶爾搭腔解釋個一、兩句。

期間，有個比較凶的鬼想對主持人動粗，一靠近人就被灼傷了手掌，連退了好幾步，同時嚇阻了其他蠢蠢欲動的鬼魂。

樊俞行暗暗嘆了口氣，改良過後的符籙殺傷力還是很強大。

整體來說，錄影的過程相當平靜，只要不提現場數以百計的另類觀眾。

這數量實在太可觀了，如果今天過來的驅鬼師有密集恐懼症，一定立刻發病，不是跑，就是狂丟符開始燒。就算是讓他來燒，也要兩天才處理得完。上次看到這麼多數量，還千瘡百孔、四肢不全、面目全非的，是在一處古戰場。

唐製作覺得太過風平浪靜，不是節目要的效果，便決定中止錄影。他跟主持人、來賓還有民俗老師溝通套招，先讓工作人員到某處滴些紅色顏料，讓主持人發現後再請出老師施法，結尾再做個鬼來電等等，其他的就等後期加背景音樂製造恐懼感。

工作人員選定摩天輪做手腳，卻發現入口處有塊石頭擋住推門，順勢用腳推開，才看到底下壓了張符咒。

「不、不好了！我好像動到了封印。」工作人員冒出冷汗，立刻請民俗老師過來，慌張地問：「怎麼辦？」

「別緊張，我重新畫一張鎮壓就行。」民俗老師從符咒已然斑駁的印記裡推測出原本的用途，拿出黃紙跟朱砂筆，屏氣凝神地又畫了一張，讓工作人員壓在大石頭下。

「俞行，剛才有放出什麼東西來嗎？」唐製作壓低嗓音問，深怕在工作人員面前洩露心裡的恐懼。

樊俞行眼前黑壓壓一片，實在很難看出裡面有沒有新增成員，但就攻擊性來說，是沒有。

「沒看見。」

他這麼一說，唐製作就放心了，立刻讓工作人員找來另一顆石頭，壓住原來的符咒，要主持人重現破壞封印，請民俗老師處理的畫面。

節目播出時，不含廣告是五十分鐘，還有棚內主持畫面，外景前後剪輯起來，說不定連半小時內容都不到，這場錄影卻整整折騰了他們快四個小時才收工。

回程路上，樊俞行隨便找了家超商，停下來想買杯咖啡。

鎖好車，攏著外套走進明亮的超商，正在上架即食食品的店員轉過頭來。

「歡迎光——樊俞行?!」姬儀光失聲大喊，腦筋一半空白。

同樣震驚的還有樊俞行，原以爲是他的錯覺，多看了幾眼才發現眞的是姬儀光。「沒想到，妳跑到這麼遠的地方了。」

這裡地處偏僻，人煙稀少，大部分上門的顧客都是出遊的民眾居多。

「遠有什麼用?還不是被你找到了。」姬儀光不懂他們之間到底有什麼緣分，居然挪窩兩次都讓樊俞行撞上。

「那，你現在還要我的電話嗎?」

諾不輕許，言出必踐，不管樊俞行如今想法爲何，該有的態度還是得拿出來。

樊俞行看出她有些不情願，便跟她交換條件。「妳會繼續待在這間超商就不必給我電話，要走再留給我。」

想當然耳，這種方法防君子不防小人，姬儀光眞要不告而別，樊俞行又能拿她如何?

「好吧，我不走。」姬儀光近期搬遷次數太多，其實也累了，萬一換地方又遇見神出鬼沒的樊俞行，那花出去的時間、精力、金錢不都成了笑話?

更別提她還很窮……

她不想跟人間有太多牽扯，但是沒錢，很快她就跟人間也沒牽扯了，她還想繼續找無名上仙呢。

第9章　外出工作的爸爸〈二〉

叮咚——

自動門的提示鈴聲響起，在櫃檯清洗器具的姬儀光回頭一看，掛上職業笑容，揮手下了屏障。

「歡迎光臨。」

就見一名穿著白色汗衫、卡其色工作褲，全身上下沾滿泥土，年紀約在三十五歲左右的男子走了進來。

「現在便利商店都變這樣了喔？」男子東張西望，好奇極了。「還有賣便當？微波是什麼意思？」

姬儀光在收銀臺聽得嘴角直抽，這男人會不會跟世界脫節太久了，到底是從哪裡冒出來的？她偷偷打了個法術到他身上，把他生前最後的記憶接收過來。一看，實在讓人想嘆氣。

工作時被炸死的，還來不及反應就變碎片了。

事發突然，他的靈識就鎖在爆炸的那一瞬間，白光刺眼，之後就像斷電一樣，全是無止境的黑，直到前幾日才醒了過來。

「一個要六十五塊？搶劫喔！不是三十五塊就買得到了嗎？」男子還在研究便當，想想還是忍了回去，走到書報區，拿了份地圖。「地圖也要百來塊，真是黑店。」

男子拿了地圖來櫃檯結賬，從口袋裡拿出一疊鈔票，數了兩張舊版的百元鈔票給姬儀光，忍不住跟她抱怨：「小姐，你們店裡的東西也太貴了吧？不能仗著附近只有你們一家店就坐地起價。」

「是喔？那我再跟總公司反應一下，對不起。」二十年前的物價跟現在不能比呀。姬儀光啞巴吃黃蓮，有苦說不出，只能撐著職業笑容公事公辦。「這是找你的零錢跟發票，謝謝。」

男子收到後，看也不看就塞進口袋裡，拿了地圖就走出超商。

「謝謝光臨。」姬儀光癟了下嘴，從錢包裡拿出兩百塊，換下男子給的紙鈔。

她賺的錢就是這樣花掉的，好悲傷。

鬼跟人一樣會有自體保護機制，在不知道自身已死的情形下，會像人一般活著，自動忽略周遭的異樣，甚至不懂爲什麼他還活得好好的，別人卻看不見他。直到他能接受事實，才會開始注意起身旁不同之處。

遇到這樣的孤魂，姬儀光不會在一開始就點破對方不想面對的事實，而是等他慢慢消化、吸收、接受，或是圓滿了生前的遺憾才會告知眞相，就怕強行突破他的保護機制，對方一秒成了厲鬼。

只是他們在接受現實之前，所有在超商內的消費都會由她買單呀，賺的錢都還公司了。

還是下屏障的時候別把超商裡的東西轉換成鬼碰得到的物品？萬一被拿了什麼高價位的商品，到時眞的欲哭無淚。

他們拿走的東西，普通人看不見，不會出現便當飛在半空中、米飯還無端消失的情況，但是超商的庫存會有問題呀！

即食品可以報廢，地圖怎麼報廢？跟店長說有隻狗進來把地圖啃了嗎？誰信呀？老是在她値班時丟東西，只會被懷疑偷竊，然後移送法辦吧？

只能自己貼錢了。

「可惡！不要逼我哪天想不開去搶劫啊啊啊啊——」姬儀光仰天長嘯。

不是搶銀行，是劫仙人。不少仙人嫌日子無聊或是行有餘力，還特地入世找份工作呢，接濟一下救救急不是難事吧？像她上一間服務的超商管轄土地官，就是殯葬業的負責人。

算了，這事改天再說，先處理眼前的事。

姬儀光以腳在地面上虛畫圖形，請出這裡的管轄土地官。

有別於上一位老先生，這位土地官是個年輕人，一樣穿著西裝，眉清目秀，唇紅齒白，就像剛出社會的新鮮人一樣充滿清新活力，跟土地官這職位完全連不起來。

更別提他留了一字型的劉海，眞是潮到她都說不出話了，相較之下，她比較像上古土文物。

改天出土再去整理一下好了。

「那個，我是——」姬儀光是第一次跟這位小土地見面，正想簡單地自我介紹，他卻霎時化爲小粉絲，興奮地握住她雙手，不停上下搖晃。

「姬姑娘妳好，我仰慕妳很久了，今天終於見到妳本人，我真的太開心了！沒想到妳居然搬到我的轄區內還召喚我，可以爲妳服務實在是我三生有幸，以後有什麼事可以盡量奴役我沒關係，我的土地官編號是 12134578965 ——」

「STOP！」姬儀光的腦子都被繞暈了，這人來瘋的症頭也太嚴重！「你編號太長了我記不住，直接報名字給我就行了。」

「我叫阿偉。」小土地害羞地扭了扭。「妳可以叫我偉偉。」

爲何要如此爲難她？

姬儀光呵呵乾笑。「阿偉是吧，我有件事想請教你。」

「不，請不要用『請教』二字，可以爲姬姑娘服務是我們土地官至高無上的榮譽。」小土地怕她不相信還舉手發誓。「從我接受土地官培訓開始，姬姑娘的名聲就如雷貫耳，知道妳從秦朝就開始普渡眾生，千年下來不知渡化多少亡魂，實——」

「STOP！」這土地官的熱情眞讓人招架不住。「不重要的事就別提了，你知道二十年前遊樂場工地爆炸的後續嗎？」

「喔，那件事呀，算得上我這個轄區的重大歷史事件了。」

叮咚——

自動門提示鈴聲又響起，這一回的聲音比較大，進門的是生人不是亡魂。

目前能在她下屛障時通行無阻的，只有一個人。

無名驅鬼師的司皇大人，樊俞行先生。

姬儀光回頭一看，果眞是樊俞行無誤。他現在已經是熟客，不只是熟面孔了。挪窩兩次都被樊俞行逮住，篤信凡事有其因果定論及緣分的姬儀光，只能放開心胸接納他的存在。反正前後不過幾十年的光陰，對她來說，短的跟眨眼一樣，何必再折騰呢？

「一樣大杯熱美式嗎？」姬儀光走到咖啡機前，就等他一聲令下選按鍵。

樊俞行看了看小土地，微微地瞇了眼。「他是誰？」

「管這一片的土地官。」姬儀光簡單地介紹。「他叫阿偉。」

「姬姑娘，這位是？」小土地同樣好奇，樊俞行身上沒有仙氣，也不像修道人，卻能視姬儀光布下的結界爲無物，說進來就進來，果然大神認識的人都非池中之物！

「他呀，是無名驅鬼師。」姬儀光等不到樊俞行回答，就直接幫他沖了黑咖啡，誰知就在她按下選擇鍵的同時，小土地又燃燒了。

「你你你你，你就是傳說中的無名驅鬼師嗎？從晉朝發跡時起就大殺四方妖魔鬼怪的無名驅鬼師？你們實在太低調了，我任土地官快四十年了都沒有見過活的無名驅鬼師，沒想到我今天竟然能見到眞人！我實在是太激動——」小土地像看到本命偶像一樣，雙手恭敬地伸出去就要握樊俞行的手，卻被他冷冷一瞪，又立刻縮了回來，討好地笑著說：「你好，很高興認識你，我叫阿偉。」

好歹也是一方土地……

姬儀光都快看不下去了，把熱美式遞給樊俞行後，又幫小土地煮了杯拿鐵，聽著機器運轉的嗡嗡聲，另有打算。

他是個小土地，上任不到四十年，卻知道她從秦朝開始渡化有緣的亡魂，無名驅鬼師在晉朝嶄露頭角，土地官那套體系裡一定有他們特有的資料庫，小土地會不會知道無名驅鬼師的祖師爺是誰？

等剛才那件事處理好之後，她得把小土地拐來問問，難得有一個嘴巴大的。

姬儀光把拿鐵遞給小土地，見他一臉感動地收下，不禁有種照顧職場新人的前輩感。

「阿偉，繼續講那場爆炸案的事。」姬儀光沒有迴避樊俞行，讓他知道也無所謂。他不是那種見鬼就燒的人，滿有原則的。

倒是樊俞行聽見爆炸案，插話嚴肅地問：「怎麼回事？」

姬儀光解釋了一遍剛才進來的男子情況，樊俞行直覺想到之前工作人員踢倒的石頭，也把錄影的情形一五一十跟她說了。

「怎麼會這樣？」姬儀光很疑惑，對方又不是厲鬼，封什麼呀？而且那場爆炸案死了那麼多人，既然破了封印，不可能只出來一個啊？還是這個比較傻落單了？

現在就等小土地解釋了。

「我看一下資料喔。」小土地從背後拿出一本厚度堪比康熙字典的書，翻了好幾頁，終於找到寥寥幾句的資料。

跟這本書其他段相比，確實是寥寥幾句。

小土地說：「當年蓋遊樂園，為了盡快完工，工程處找了不少外地的臨時工過來。以前人事規定沒有現代嚴格，臨時工的資料很多都沒有建檔，發生爆炸後，連死了幾個人都不知道，業主怕出事，就先找道士來鎭壓，找不到家屬來招魂的死者，就通通被封印在那塊土地上了。」

「你知道有幾個人被封印住嗎？」

「這個……人都是外地來的，我沒紀錄。」小土地挫敗地說。

「沒關係，我再想辦法。」姬儀光咬唇苦思。

地府的資料只能往前追溯五百年，這起爆炸案應該還有紀錄可以調，只是前陣子她下地府就被圍了一道陰差牆，這回再下去，不曉得又會派出什麼陣仗。

對了，她好像有城隍的電話！

姬儀光衝進休息室找手機，小土地不敢再跟樊俞行攀談，只能送上一臉傻笑。

至於樊俞行，他正在思考一個問題。

如果他的精神力眞有姬儀光讚賞的那麼高，是不是能如祖師爺一般自創流派，不必改良既有的咒術，就能畫出驅鬼但不傷鬼的符籙？甚至能從亡魂那裡直接套出他想知道的前因後果？不至於遇上這種事情，只能仰賴姬儀光爲他說明。

知道的越多，就越覺得自己渺小，如果不增進實力，似乎沒有跟姬儀光並肩而立的資格。即便他的壽命可能只有尋常人的一半，也不是他爲自己實力不夠找的藉口。

樊俞行突然很想試一試，究竟他能走到什麼程度，能不能離姬儀光近一點。

第10章 外出工作的爸爸〈三〉

面子大就是這樣。

城隍沒接電話，隔天卻直接到超商找姬儀光。

「姬姑娘。」城隍是名中年男子，樸實憨厚。穿著Polo衫、爸爸款牛仔褲，鑰匙還別在腰間，看起來人畜無害。「抱歉，昨兒個太忙了，沒辦法接電話。下回姬姑娘可以直接用靈識找下官。」

「只不過想請教你幾件事而已，不用那麼大費周章。」她又不是城隍的直屬上司，用靈識找人好像在叫小弟一樣，不妥，沒看她連請土地官都畫符呢。「不過你怎麼知道我在這裡？」

「阿偉說的。」

嘴真大呀。

姬儀光呵呵了兩聲。「他有跟你說，我找你的目的嗎？」

「有，您想知道關於二十一年前，七月四日東址遊樂園工地的爆炸案死亡名單。」城隍拿出手機刷了幾下，一分鐘調出資料。

小土地真該學學，都什麼年代了還拿康熙字典？

姬儀光接過手機來看，城隍列了個 Excel 表，上面有亡者名單、生年卒年、死亡原因。

「那年的爆炸死了三十二個人，當月入地府報到的有十八個，十四個被封印在當地。前幾日封印被破解後，昨天報到了十個，四個失蹤，就是名單上末四位。」昨天他沒接電話就是跟鬼差在找失蹤的亡魂，地府業務多，人手嚴重不足，到現在還沒收齊。每天都有人生，每天也都有人死，遇到天災人禍一口氣湧進的亡魂就更多。動物、植物有靈的，死後也全歸地府管。講眞的，他們實在抽不出空來。

要不是姬儀光的地位擺在那，除了大鬧地府那一次，幾千年來對他們都是客客氣氣的，他也不會親自來這一趟。

姬儀光把表格拉到最下面，掃了眼這四人的名字，把手機還給城隍。「昨天賴志銘誤打誤撞來了我這裡，等他圓滿了遺憾，我再送他回地府。其他三人，我也會幫你留意。」

「那就麻煩姬姑娘了。」

叮咚——

城隍過來，她沒下屏障，進來的很可能是客人。姬儀光急急忙忙對城隍說：「不麻煩，只要能處理好行了。我先忙，你隨意。」

「您請。」城隍也準備回去上工了。

就在他路過櫃檯，與進來的人擦身而過時，因對方的氣場過於強大，讓他覺得頗爲壓迫，不由得多離了一步遠。

城隍警戒地看了對方一眼。那是名清俊嚴謹的年輕男子，看上去沒幾歲，爲何有如此強大的氣場，連他這個城隍都想迴避。

「他是無名驅鬼師，還是現任司皇。」姬儀光笑著解釋，有幾分安撫的味道。

「原來如此。」城隍明顯鬆了口氣，拱手示意。「久仰。」

還以爲是什麼難纏的人物，又要發警戒通知各單位注意，然後忙個人仰馬翻，光是現在的業務就已經讓他們應接不暇了。

樊俞行不習慣這等「古禮」，微微點頭。「你好。」

「我還有事，先走一步了。姬姑娘、司皇，告辭。」城隍走出超商後，沒幾步就不見了人影。

姬儀光認識的人，不是神就是聖，樊俞行並未詢問城隍的身分，不想再知道姬儀光與自己的距離有多遠。

「你今天來得比較早耶。一樣是大杯熱美式嗎？」姬儀光抬頭看了時間，才過十二點不久。

「嗯。」樊俞行應了聲。

「你最近案件這麼多？」姬儀光把咖啡遞給他，收錢打發票，一邊跟他碎念。「工作結束就早點回家休息，超商的椅子又沒有多好坐，還一坐好幾個小時，你不怕肌腱發炎哦？」

「嗯。」樊俞行沒有多說什麼，也不知道該怎麼跟姬儀光解釋這幾天都沒工作，會過來不過是想確認人還在。

因爲他回去的時間越來越晚，作息嚴重失常。讓樊俞清大驚小怪地說，他喜歡上姬儀光的機率很高，還拍了拍他的肩膀說這條路很難走，但是會支持他到底。

樊俞行不知道樊俞清所謂的「難走」是指同性相戀的道路，直覺是在說自己的壽命，只點了點頭，沒有反駁，導致無名驅鬼師內部流言越滾越歪樓。

司皇大人眞的是美強慘的代表呀！

幸虧樊俞行沒有將無名上仙的事說出來，不然傳成三角關係更可怕。

「你……」姬儀光側頭打量他，疑惑地皺起眉頭。「是不是去打肉毒桿菌還是玻尿酸？我怎麼覺得你的五官好像變得比較……柔和了？」

是她的錯覺嗎？跟昨天相比，他好像去做了微整形，看起來更像無名上仙了。

「柔和？」樊俞行想了想，直接把他的推測說出來。「我昨天在研究不傷鬼的符籙，可能是這層關係。」

「不傷鬼的符籙？」這怎麼聽怎麼玄呀。姬儀光來了興趣，急忙問：「不傷鬼的話，你要如何驅鬼？」

「達到嚇阻效果就行，屢勸不聽再下重藥。」樊俞行淡定地說：「越來越多委託並非遇上厲鬼，只是生活上有所不便而已，早就該改良。」

姬儀光挺欣賞這想法的。「你研究出什麼門道了嗎？」

「摸了些規則出來，沒有實際用過，不知道效果如何。」他也不想隨便在路上抓隻鬼來試驗，萬一把對方打到魂飛魄散，可沒有挽回的餘地。

樊俞行看她一眼，試探地問：「不如妳幫我看看吧。」

「好喔好喔。」姬儀光拿出紙筆，兩人就在櫃檯研究起嚇阻鬼的符籙。

叮咚——

姬儀光抬起頭來，揮手下了屏障。「歡迎光臨。」

樊俞行收起畫滿符籙的紙，退到一旁，觀望起眼前這名男子，決定試試他剛才跟姬儀光研究出來的探符。

一揚指，這名男子的情況就在他腦海裡過了一遍。這是爆炸案的罹難者賴志銘，昨天已來過超商一趟。

賴志銘走到放酒的冷藏櫃前打量，幾排看了下來，頻頻喃著「好貴」，最後拿了三瓶最便宜的啤酒到櫃檯結賬。

姬儀光掃了條碼，狀似聊天地問：「這麼晚了還出來買酒？睡不著呀？」

「心情不好。」男子嗓音低落地說，遞出鈔票後還沒拿找零，就直接在櫃檯開了酒，大口咕嚕聲豪邁又清楚。

姬儀光遞出零錢跟發票，像個知心小妹妹一樣地關懷他。「怎麼了？不嫌棄的話可以說出來給我們聽聽，跟不相干的人吐吐苦水比較沒壓力，說不定我們還能幫點忙。」

賴志銘略有心動，嘴巴才剛打開，又隨即閉上。「還是算了，沒什麼好講的。」然後他把喝完的啤酒罐放在櫃檯，胡亂地把零錢跟發票塞進口袋，一手一瓶啤酒拿著就走出超商。

姬儀光以為今天沒戲唱，正要把屏障卸掉時，賴志銘又走了回來，手中的啤酒擺上櫃檯。

「妳說，現在什麼時候了？」

姬儀光看看時鐘。「一點二十三分。」

「是日期！」

「三月十日。」樊俞行不疾不徐地補上。「民國一百一十年。」

男子挫敗地低低嘆了一聲。「你們相信嗎？我一覺醒來居然過了二十一年，連回家的路都找不到了！」

「你想回家嗎？」姬儀光關切地問。

「我回去過了，就是回去過後才覺得奇怪。」賴志銘又開了罐啤酒，喝了一口後，煩躁地抓亂了頭髮。「我老婆好像看不見我，她還老了好多；還有我兒子，我記得出門工作的時候他才這麼小，」他比了個高度，只比他的膝蓋高一點。「現在已經長得比我還高了。妳說我是不是掉進了什麼奇怪的地方，像那個什麼龍宮的故事一樣。」

賴志銘說到最後，一直不住地嘆氣眨眼，彷彿不這麼做，下一秒就會在外人面前丟臉落淚一樣。

樊俞行又到冷藏櫃前搬了十幾瓶酒到櫃檯結賬，跟男子說：「相逢即是有緣，我陪你喝。」

等等，這句話好耳熟？那不是她常說的話嗎？

姬儀光刷完條碼，就見向來寡言的樊俞行跟男子攀談了起來，原本的咖啡也不喝了，直接開了罐日本啤酒。

「你兒子怎麼會認不得你？」樊俞行啜了口啤酒，隨意地倚在櫃檯，看起來很愜意。

姬儀光差點移不開目光，樊俞行越來越像上仙，而且轉變就在一夜之間。這跟他研究符籙會有關嗎？

無名驅鬼師跟上仙到底有沒有關係？上仙明明是在秦朝時不見的，跟晉朝還差了一段時間啊，這——

姬儀光發現自己走了神，暗罵自己不應該，立刻把注意力放回賴志銘身上。

只聽賴志銘感傷地說：「我離家的時候他還小，不記得很正常。」

「沒照片嗎？」樊俞行問。

男子根本沒老，跟照片裡的模樣應該不存在嚴重落差的問題。

「好像發生過火災，都燒光了。」賴志銘抹了把鼻子，聲音有些哽咽。「我回去看他們時，母子倆正在整理房間，好像要分租出去。我老婆翻出了我兒子國小的作文，提到家裡發生火災，所以他長大後想當消防員。」

「嗯。」樊俞行專注的眼神在在表現出他是個好聽眾。

賴志銘驕傲地說：「我兒子今年就考上消防員了。」

「恭喜。」樊俞行舉酒向他道賀。「很有出息。」

「我也這麼覺得。」賴志銘說起兒子，驕傲的神情溢於言表，但很快又暗淡下來。「只是他看到作文時，跟他媽媽說這些東西保存下來了，可是爸爸的照片卻全都燒光。還說——」他最終還是忍不住啜聲，悲傷地說：「還說他已經忘了爸爸長什麼樣子……」

姬儀光心有不忍，軟聲問：「你想讓孩子記得你的模樣嗎？」

「當然！我還希望可以跟他們說說話。一覺醒來二十一年過去了，說出去誰相信？」賴志銘覺得很不對勁，卻說不出來哪裡奇怪，只覺得腦袋無比脹痛，像是遺忘了什麼事情。「怎麼會這樣？」

樊俞行大抵猜得出來是怎麼回事。這是排斥接受自己身死的訊息所導致的矛盾感，但又不能強行喚醒他。他看向姬儀光，用眼神示意。

「我幫你拍張照吧，說不定能讓你兒子看見。」姬儀光的手機放在休息區，這時只能跟樊俞行商借。「你有什麼話想跟妻兒說的嗎？」她不知道從哪裡變出了一張愛心形的紅紙，又從臂上口袋裡抽了支筆，一併遞給賴志銘。「你可以寫下來。」

「要幹什麼？」男子疑惑地看著樊俞行遞出來的手機，更是不解。「這是……相機？」

「呃，對，最新的相機。」姬儀光這時才意會過來，男子離家時，應該是人手 B.B. Call 的年代，手機還不普及。就算知道手機，也猜不到現代手機有五花八門的功能。「我幫你把照片洗出來，貼在店裡。我們店裡的遊客量不少，說不定你的家人或朋友會來這裡消費，就會看到你的照片跟留言了。」

「嗯。」賴志銘聽了，似是覺得有些道理，接過紙筆，低頭寫下歪七扭八的兩排字。

「阿滿，謝謝妳養育我們的兒子，辛苦了。」

「嘉維，爸爸好希望可以陪你一起長大。」

姬儀光揪著一顆心，拍下了賴志銘強顏歡笑的照片，在他離開超商後，施法把背景換成了二十年前超商的樣子，再用印表機印了出來。

「來幫我加工。」姬儀光從休息區拿出美工用具，要樊俞行來幫把手。「咱們來做個小看板吧。」

第11章　外出工作的爸爸〈四〉

超商裡多了個小看板，主題是「老客人舊回憶」，底下還注明歡迎投稿。

但基本上，除非是等人或是排隊上廁所，很少人會主動注意超商裡贈品之外的看板訊息，就算店內有集點贈品活動，多半也是問店員居多。

不過這次的看板最讓人眼睛爲之一亮的地方，在於上面只有一張泛黃、老舊的照片，背景還是早期陽春型超商，不知道是從哪裡挖出來的，下方字條因受潮而褪成了粉色。

賴志銘就在角落裡盯著看板上的照片發呆。這張照片明明是在這個櫃檯前拍的，爲什麼會變成二十年前的背景？

就在他百思不得其解，卻有一竅要通不通之際，只見他已長大成人的兒子帶著已邁入中年的妻子進入了超商。

他們眞的來了?!

「阿滿！嘉維！」賴志銘激動地喊著兩人的名字，卻被他們視爲無物般擦身而過，如同他回家的那天。

他見妻兒目不斜視地往盥洗室走，看板相當明顯的就貼在門邊牆上，他們卻連眼角餘光都吝嗇給予。男子相當著急，在盥洗室外不停來回踱步。

「阿滿，我在這裡！妳抬頭看一下牆壁，看一下啊！」賴志銘在旁邊激切呼喚，卻沒有任何作用。

超商盥洗室只有一間廁所，賴嘉維讓母親先進去。他在外等候時，就拿手機出來低頭滑看社群網站的新訊息。

「嘉維，你看看我，爸爸在這裡！」賴志銘又是揮手又是敲牆的，卻全是一人的獨角戲。「不然你看牆上呀！你看，那什麼板子？」

賴妻出來後，換賴嘉維進去。而賴志銘已經轉得像隻無頭蒼蠅，全無章法了。

幸好，就在此時，賴妻不經意地抬頭掃了眼牆上張貼的訊息。她一眼便鎖定已被法院判定死亡的丈夫照片，不敢置信地張大嘴巴。

「嘉、嘉維，你快出來，快出來呀！」賴妻激動地喊著剛進廁所的兒子，還沒等到他出來，眼淚已流個不停。

「什麼事啊？這麼慌張。妳冷靜下來慢慢說。」賴嘉維來不及打理好自己，匆匆地洗了手就跑出來，看到母親淚流滿面地指著牆上的手工看板。仔細一看，居然有母親跟他的名字，老照片上的男人還跟他有幾分相似。「媽，這、這是？」

「這是你爸爸！」賴妻哭到視線都模糊了，雙手貼在牆上，臉靠得相當近。「阿銘，你到底去哪裡了？怎麼都不回來！」

賴嘉維瞪著那張照片，愣了許久才回過神來，直接找店員問：「小姐，請問你們貼在看板上的照片從哪裡來的？」

「好像是大夜班店員找出來的舊照片，應該是以前辦過什麼活動留下來的，就順手做了個看板給客人繼續貼心情小語，怎麼了嗎？」女店員小心翼翼地回答，眼前這名年輕男子眼眶泛紅，情緒激動，她很怕他有什麼狀況，默默地後退了一步。

他深深地吸了口氣，試圖冷靜地說：「照片上的人是我爸爸，已經失蹤二十多年了。」

女店員倒抽了口氣，不知道如何該處理這樣的巧合。「那、那……」

「那張照片可以送我嗎？」這可能是他父親在世上唯一僅存的照片。

「我幫你問問店長喔，你稍等一下。」女店員立刻跑到櫃檯後方打電話，順便通知姬儀光。

大概過了半小時，店長過來了，問清楚原由後，相當訝異這樣的巧合，立刻把照片從看板上取下，連同紙條一起給這對母子。

賴志銘看著妻子接過他的照片，緊緊握在手裡，按往胸前，全程泣不成聲。賴嘉維則雙眼通紅，扶著母親，緩步往停車場走去。

爲什麼他只是一張照片？爲什麼他只能是一張照片？他明明也是這個家的一份子，他明明離家不過兩個月，爲什麼一切全變了樣？

誰能告訴他？

✲

打卡上班，跟中班店員交接完後，姬儀光從盥洗室接水出來準備拖地，看著空空如也的看板，萬千感慨全化爲一聲輕嘆。

不枉她賣面子請在地政局工作的小桃花仙幫忙，讓她找點事請那對母子到地政局走一趟，再下了點暗示讓他們接近超商時會想進來。

叮咚——

客人進門了，姬儀光只能先把拖把靠牆放著，往櫃檯走去。

「樊俞行？」怎麼又來了？他幾乎天天報到。姬儀光不禁好奇。「你的案子也太多了。」最近鬧鬼鬧得很凶嗎？

「嗯。」樊俞行輕輕地應了聲，沒有多做解釋。

姬儀光也習慣他這樣了，直接問：「一樣大杯熱美式嗎？」

「拿鐵。」樊俞行在她即將按上美式咖啡的選項時，丟了個不同的答案。「熱的，不加糖。」

「喔……好。」姬儀光一怔，邊煮咖啡邊偷覷他。不過他那張臉實在看不出喜怒哀樂。「你心情不好？」

「沒有。」樊俞行從她手上接過咖啡，回視她關心的眼神。「爲什麼這麼問？」

「你點了跟平常不一樣的東西。」

樊俞行看了看手上的咖啡，不經意地說：「突然不想喝苦澀的東西而已。」

這句話聽起來含意深遠哪。

姬儀光抿了抿唇，猶豫一下，還是問了：「你遇到什麼棘手的問題嗎？說說看，說不定我能幫得上忙。」

想到樊俞行在研究不傷鬼的符籙，便直覺他在驅鬼上遇見了身不由己的事。

身不由己很痛苦的，尤其在職業道德跟自身原則互相矛盾之下，很多時候都是違背自己意願去完成業主的委託，還要在能力範圍之內把傷害降到最低，壓力山大，更何況他還有司皇的頭銜。能力越強、地位越高，所要承受的壓力、考量的層面以及必須擔起的責任就越大越廣越深。這也是她有能力卻窩在一家小超商裡蹲守有緣人的原因之一。

可憐的是樊俞行不能說走就走，如果找不到另一個能虛空畫符兼召出眞火的無名驅鬼師，他還得一路扛到老死。

「沒事，別擔心。」他煩心的事沒人可以說，連她都不行。

因爲她就是當事人。

「這樣呀……」姬儀光摸了摸鼻子，也不好意思追問下去。「那我去忙了，有事再叫我。」

她還沒拖地呢。

樊俞行跟在她後面走到休息區，坐在離姬儀光最近的位置上，凝視著她忙碌的身影，緩緩地，抛出了個餌。

「我們的祖師爺留有的紀錄不多，但從其他文獻側寫得知，他是霧水成形，無父無母，降世時已是少年。」

「霧水成形的？」一團霧，跟混沌不是沒兩樣嗎？姬儀光拉著拖把快走到他面前，眨著水汪汪的發亮眼睛，恨不得他能再多說一點。「還有呢？」

「祖師爺降世時正逢戰亂，民不聊生，怨氣聚成厲鬼，他以神火開道，自稱無名。所謂的神火應該就是妳說的太陽眞火。」樊俞行靜靜地看著姬儀光乍青現白的表情。她會對祖師爺如此好奇，八成跟那位無名上仙有關吧。這個認知令樊俞行的心有點發緊。

她跟無名上仙還有一層姻親關係，而他只是姬儀光生命裡將如夏蟬短暫停留的一個人。就算他眞的對姬儀光有不一樣的情愫，注定這輩子都不能宣之於口。

「霧水、無名、神火……」姬儀光細數關鍵，這些都跟上仙有重疊的部分，不得不讓她懷疑無名驅鬼師的祖師爺就是無名上仙。但是上仙顯世，爲何不來找她？就算她行跡不定，他總有辦法找到她的。「有祖師爺的畫像嗎？」

「沒有。」樊俞行藏住情緒，淡聲回應。「就跟那位父親的照片一樣，全燒了。」

「燒了？」姬儀光驚呼。「怎麼會燒了呢？火災嗎？」

如果是，她要去暴揍祝融，管他是本家還是遠房親戚，照揍！而且往死裡揍！

「祖師爺有訓，不得遺留任何畫像。」樊俞行略有停頓，喝了口拿鐵，抿去了帶著乳香的氣味，才緩聲說：「前輩留了不少資料下來，但是關於驅鬼師本身的歷史，多半都是口述相傳。據說祖師爺過世時是有肉身的，並未化爲霧水。弟子遵照遺囑燒毀畫像時，心生不忍，留了兩幅想傳世，畫像卻自行起火焚毀。」

「什麼?!」他們祖師爺比她還低調！

「其實歷代司皇的畫像跟照片也留不住。」樊俞行又丟出另一則令人震撼的消息。「不是燒了，就是霧了，辨不清楚五官。不知道我死後是不是也這樣。」

「……」姬儀光完全說不話出來。

樊俞行也不在意她的反應，一股腦兒把他知道的事都說給姬儀光聽。「祖師爺不用符，也沒有法寶，是收了第一個弟子後才開始研究符籙。生逢亂世，妖鬼橫行，數量龐大，爲求速效，符籙效力才會以剛強狠厲爲主。」

可惜亂世尚未結束，祖師爺就歸天了，連不惑之年都不到，歷代司皇也在這點上追隨祖師爺的腳步，通通活不過四十。

「嗯……」姬儀光斂眸思索，這聽起來很像仙人托世。如果不是無名上仙，還會有誰呢？以前教育不普及，對鬼神之道相當崇敬，看見了異象也沒有膽子深究。如果不是透過輪迴來人間歷世的神祇，要降世助人，隨便從山洞走出來、石頭蹦出來就行了，不像現在降世都得小心翼翼，把所有痕跡抹得漂漂亮亮，還得安排好身家跟來歷。

這年頭，神明也不好當了。

「祖師爺的事，大概就這些。」以口相傳的史料本就容易遺失，甚至失眞，加上戰亂、天災、門派分歧，能留下來的資料就更少。

不是驅鬼師們怠惰不書歷史，是寫了也沒用，最後都會化成灰，編撰得再辛苦，不出三分鐘又全燒光了

姬儀光不是不識相的人，知道樊俞行跟她說這些，鐵定是有什麼事想問。

這男人的反射神經特別長，長到都可以幫地球打個漂亮的蝴蝶結了。昨天他在超商見到城隍這張新面孔，最好一點疑問都沒有，留到今天問是典型的樊氏風格。

「說吧，有什麼事情想問的？」姬儀光雙手交疊在拖把柄的頂端，下巴再靠上去，雙眼澄

亮地看著樊俞行。

他指頭微微顫動，垂下目光。她身上有太多謎團，要一一解開，必須先知道她的身分。

「妳究竟是哪路神仙？」

他這麼問，姬儀光並不覺得奇怪，能讓土地官恭敬對待，當然會直覺把她列進仙班。

「唔……該怎麼說呢？」姬儀光搔了搔頭，神情不是爲難，僅是苦惱該怎麼解釋。她輕輕地嘖了聲。「嚴格說來，我不算神仙，我是上——」

叮咚——

自動門的提示聲響起，姬儀光轉頭一看，抬手下了屏障。「歡迎光臨。」

樊俞行眉心聚起，不滿姬儀光話才說到一半就被打斷，而且還是關鍵處。他抿了口咖啡，看向來人。

又是因爆炸案而身亡的賴志銘。

樊俞行早發現看板上的照片不見了，以爲賴志銘是來跟姬儀光說這件事，卻見他周身散發著不尋常的黑氣，似乎有入魔之癥，連忙站了起來，快步走到姬儀光身後小聲提醒。

「他不對勁。」

「對。」姬儀光也有同感。「變成厲鬼還說得通，怎麼會入魔呢？」

一旦入魔，地府就管不了他了。這中間出了什麼差錯？

姬儀光以腳尖偷偷在地上畫符，把小土地請出來問，又抬手下了第二層屏障封住門口，只能進，不能出。

第12章　外出工作的爸爸〈完〉

小土地是摔進來的。

因爲他過來的時候，正巧遇上姬儀光設下第二道屏障，那就像進電梯看到兩邊門即將合起時湧上的反應，使他立馬加速衝刺，宛如棒球選手盜壘一般，飛撲進超商。

然後趴到姬儀光腳邊。

「姬姑娘安好。」小土地抬頭對她一笑，原本冷凝的氣氛被他這麼一撲，全撲熄了。

姬儀光抖著嘴角說：「不必行此大禮。」

「不大，不大，剛好而已。」小土地也覺得自己挺蠢的，抹著額上根本沒有的冷汗，站了起來，再向樊俞行問安。「驅鬼師大人好。」

這稱號聽得樊俞行挺頭疼。

「喊我司皇即可。」他末了想想，又加了句但書。「不用大人。」

「是，司皇大——司皇先生。」小土地從善如流。

賴志銘不知道最後進來的小土地是誰，但是聽到驅鬼師一詞時，面色明顯一僵。

「驅鬼師……驅鬼師……」賴志銘周身散發的黑氣更加濃郁了。他直勾勾地望向姬儀光，慘白的臉色透著死絕。「妳說，我是不是死了？」

到了這時候，再瞞也沒有意義，不過是自欺欺人，甚至讓他在知道眞相後，加速魔化。姬儀光閉了閉眼，只能硬著頭皮承認。「是。」

「不，不可能，我不相信，我不相信！」賴志銘崩潰大喊，兩手抱頭，不願接受這樣的打擊。

姬儀光不敢移開視線，緊緊地盯著賴志銘，深怕他會出什麼意外，一邊問著小土地：「你知道他昨天發生了什麼事嗎？」

「他就跟著他的妻小回家呀。」小土地略爲心虛地說：「之後的事，我就沒注意了。」

樊俞行捏了個法術扔到賴志銘身上，幾個畫面閃過腦海。「他回家聽見妻小說他失蹤多年，已宣告死亡，而且有提到遊樂園的建案，懷疑他接這份工作被炸死。」

「你怎麼知道？」姬儀光猛然回頭，訝異地問他。

「用符咒。」樊俞行才覺得奇怪。「妳不是會嗎？」應該還比他厲害吧。

姬儀光一拍腦門。「靠，我忘了。」

別說搬到這裡來就受到土地官的影響呀。

「賴先生，你確實已經往生了，這是事實，改變不了。但我們可以盡量幫你彌補生前的遺憾。你有什麼想法都可以說出來。」姬儀光有些自責，語氣帶了愧疚。

這件事是她沒有處理好，應該要多給他一些暗示，讓他從現實裡接受到眞相時，反應不至於大到一腳踏進魔道，直接跳過厲鬼階段。

錯失了二十一年的時間，妻子老了，兒子大了，世界完全變了個樣，任誰都接受不了這樣的落差。是她疏忽了。

「不是妳的錯。」樊俞行感受出她的低落，悄聲安慰。「妳大可不必做這些。」

姬儀光苦笑。

這些都不是理由，既然做了，不是就該做到最好嗎？瞧瞧她把事情搞成什麼樣了？

「生前的遺憾……我又沒有死，爲什麼要彌補生前的遺憾！」賴志銘拒絕接受事實，這種與現實抗衡的掙扎讓他身上的黑氣更加嚴重。「我要跟我家人說話，我要他們看得見我，我要跟他們一起生活！我沒死，我不要死——」

「不好！」姬儀光大喊出聲，一道術法就拍到賴志銘身上，抑制他的變形。

「爆炸了……工地爆炸了……砰的一聲，全沒了……我也沒了……碎了……」賴志銘想起生前最後一段記憶，雙目通紅，臉色轉黑。「都沒了，都沒了——」

他的妻子、他的孩子、他努力的目標、他所付出的一切通通都沒了！

全因爲一場爆炸！

他不甘心，他不甘心——

賴志銘抱頭掙扎，痛苦難當。等他再抬起頭來時，已獠牙外露，雙眼泛青，頭頂隱隱約約有了突角。

姬儀光深吸一口氣，開始全神專注念起佛經。

小土地見狀，也拿出了他的康熙字典，翻到佛經附錄，隨著姬儀光虔誠念了出聲。受到佛經頌音影響，賴志銘情緒稍有沉澱，頭上的突角消了回去，獠牙也慢慢變小變短，只是神情依舊難受，像是承受了萬均苦痛。

「唔——」賴志銘受不了如同緊箍咒的佛經，摀上耳朵卻阻擱不了多少。「不要念了……我叫妳不要念了——」

賴志銘撲向姬儀光，卻讓樊俞行一個符咒打了回去。

祖師爺是留下了驅魔的方法，但效力比驅鬼還猛烈，他不敢貿然使用，所以使出來的術法都是跟姬儀光討論過的，屬於弱化後的驅鬼術。

「你！」賴志銘瞪向樊俞行，突然興起了一個很要不得的念頭。「身體……我只要有身體就可以回家了——對，身體，我要身體！」

他改撲向樊俞行，有個身體能回家的想法驅使著他，無形中居然頓悟了魔物的能力。只要傷了人，對方有了邪念，就可以將之吸收，融爲自己的力量。

樊俞行一個縛術打了過去，賴志銘便像被困在蜘網中心般，手腳身體全被符咒擰成的繩索縛綁。

「姬姑娘，魔物只能用佛法渡化，我們不是吃這行飯的，不夠力呀！妳認識大士或如來嗎？」小土地慌張地喊著，他的職涯還沒面對過魔物呢。

姬儀光沒有理會他，繼續念佛經。

或許就像小土地說他們不夠力，加上樊俞行的縛術是剛研究出來的，不僅沒有攻擊力，主要還是拿來縛鬼用，而男子已經魔化，困不了太久。

小土地實戰少，大場面見得不夠多，嚇得在一旁瑟瑟發抖。「請、請不到佛祖下凡幫忙，只有眞火能對付魔物了……」

眞火?!

樊俞行轉頭看了他一眼，隨即夾起腕間鐵片，就要召出眞火。

「不行！」姬儀光抬手阻止，慌亂地說：「你動了眞火，他就不能投胎了。」

「可是魔物已經不屬地府管轄了。」小土地脆生生地說。

姬儀光瞪了他一眼。她怎麼請出個豬隊友來？

「我知道妳不想傷他，但妳有辦法請出大士或如來嗎？」小土地知道的事，沒道理她不清楚，而且男子魔化時，她就是念佛經壓制下來的。

「我跟他們沒什麼交情……」星君什麼的她還有辦法，佛陀並不是神，從她出生到現在也沒見過兩次面，賣不了臉。

姬儀光不知如何是好，無力感重挫著她，自責更是源源不絕地湧上，侵蝕著她的心。

「身體，我要身體——」賴志銘趁著沒有佛經壓制的時候一股作氣掙脫出來，這回他不是奔向樊俞行，而是找上了姬儀光。

現在是只要身體不管男女了嗎?!

姬儀光一記火牆擋住賴志銘，他又轉向小土地，後者眼明手快，立刻躲到樊俞行身後尋求庇護。

不是只有這三個選擇！

賴志銘轉身往外跑，卻在門口被屛障彈了回來。他不信邪又試了一次，得到的只有滿滿的挫敗跟羞辱。

就像他的人生一樣，是場笑話！

「都是你們害我不能跟家人相聚，我要殺了你們——」賴志銘把錯全歸究到樊俞行跟姬儀光身上，怨恨增長了他的獠牙跟指甲，皮膚也開始灰敗龜裂，額頭上的突角已然成形。

他已經徹底入魔了。

姬儀光憂急攻心，舉起手來，就是使不出法術。

不是沒有方法對付他，法術閉著眼睛甩出來也是千百八個。是她沒有辦法渡化他，又不想讓他魂飛魄散，只能先學樊俞行把賴志銘釘在原地，爭取緩衝時間。

「有誰跟如來交情好，我也賣得動面子的？」姬儀光不願放棄，埋頭苦思，越想腦子越是空白。

正要求助小土地的康熙字典時，賴志銘的手動了下，指甲飛速增長，眼見就要傷到姬儀光。樊俞行一時情急，打出了個術法，直接卸了男子手臂。

「怎麼好端端的會魔化？沒有魔氣怎麼魔化？沒道理啊。」姬儀光想不出來跟大士如來交好的神仙，又一直想不透這點，腦袋都快炸開了。

難道眞的讓樊俞行把他燒了？

不行，一定還有其他辦法。

姬儀光不死心，還要小土地幫忙查這方面的資料時，賴志銘的軀體居然開始脹大。

「姬、姬姬姑娘……」小土地嚇得連指向男子的氣力都沒了。

姬儀光白了他一眼。「不要連著叫我的姓好嗎？」

「儀光，他變大了。」樊俞行要她看向賴志銘，這種情形他驅鬼了十三年也沒見過。

「不好，他想同歸於盡。」姬儀光大驚失色，不管用什麼術法都沒辦法讓他消氣。「你冷靜點，想想你的老婆跟孩子，你要是有什麼三長兩短，就眞的再也見不到他們了！」

別說這輩子死得冤枉，下輩子更摸不著邊！

「我已經死了，他們看不見我，就算有什麼三長兩短……」賴志銘淒烈一笑，那是一種不管不顧，只圖爽快的神色。「那又如何？」

賴志銘脹大的速度變快，像隻癩蛤蟆一樣，讓人感到又不適又害怕。

姬儀光還是無法狠下心來傷害他，眼見賴志銘的背都快抵到天花板了，樊俞行默然地以指夾住腕間鐵片，召出眞火。賴志銘瞬間被火光吞噬，身形陡然縮小。

「啊——」賴志銘放聲大叫，痛到在地上打滾，卻無法將身上的火花蹭熄一分。

姬儀光驚詫地回頭。「樊俞行！」

「沒有其他的方法了，不是嗎？」樊俞行也不好受，看著賴志銘在眞火的焚燒下，身軀漸漸蜷縮，如泓的雙眼滿是痛楚。

都已經走到這一步，總要有人狠心點。

姬儀光無法反駁。他說得對，沒有其他方法了，怪只怪她能力不足又太過自信，才會害賴志銘入魔。

都是她的錯。

姬儀光悲痛自責，渾身如蟻啃咬，卻逼著自己看完這場因她的疏忽而造成的悲劇。眼見賴志銘被眞火焚燒而痛苦掙扎，她恨不得狠抽自己兩巴掌。

看看妳的自以爲是造成了什麼無法挽回的結果！

眞火先是燒去賴志銘的血肉，再燒垮他的骨架，直到將他燃燒殆盡，連灰都不留，才熄滅了最後一絲火光。

這人，已徹底消失，魂飛魄散，唯一留下的，只有那張照片跟紙條。

姬儀光難受地低下了頭，雙手緊握成拳，久久不語。小土地則抱著他的康熙字典喘氣，不知該如何是好。

樊俞行站在原地，做好被姬儀光責怪的準備。但等她收拾好心情，幾個術法把環境恢復原狀，解開屏障，卻對這件事隻字不提。

「你們先回去吧，好好休息。」這一仗，大家都累了。

姬儀光很想立刻把自己摔在床上，蒙被狠狠地大哭一場再睡上一覺，可惜她現在走不了。

「姬姑娘，那我就先走了喔。有什麼需要協助的地方，我隨傳隨到。」小土地收起他的康熙字典，向兩人告辭。「司皇先生，我先走了，再會。」

樊俞行向小土地點了點頭，目送他離開。

「你也回去吧。」姬儀光消沉地看了他一眼，眼裡沒有任何怨懟責怪。

她怪的，是自己。

這樣卻讓樊俞行非常難忍。

他沒走，就在休息區坐著，姬儀光左右不了他，兩人也沒有再說一句話。

到了下班時間，姬儀光換下員工制服，打過卡，低頭走出超商。

臨去前，她看了眼休息區，樊俞行已經不見了。

陪了她一陣也算有情有義了。

姬儀光嘴角一勾，發現笑不太出來。反正都下班了，不笑也沒關係，就算一路哭回家，都不會有人投訴她。

結果走沒兩步，她就被人攔了下來。

「姬儀光，妳又想逃了嗎？」

擋在她前面的，是去而復返的樊俞行。

第13章　想贖罪的姬儀光〈一〉

姬儀光想不透為什麼她會坐上樊俞行的車，跟他一起去吃早餐，然後——

把他帶回家?!

她怎麼會把樊俞行帶回家了呢？

「找不到鑰匙嗎？」樊俞行見她站在門口發呆，開口問了一句。

「沒，沒……」該說是找不到腦子才對，她真的累了。姬儀光摸出鑰匙，開門前躊躇地看了樊俞行一眼。「你真的要進來？」

「我不介意裡面很亂。」樊俞行回視她，淡然地說。

姬儀光太精明了，不進去看看，誰知道她是不是真的住在裡面。

再者，別說什麼逃得了和尚逃不了廟。姬儀光大可今天就跟房東退租，換掉手機門號，再次人間蒸發。

只能說一朝被蛇咬，杯弓蛇影了。

姬儀光嘀咕地說：「你怎麼不問問我介不介意？」

這還是她第一次領人回家好嗎？

姬儀光打開房門，房間不大，約四坪左右。裡面不能說亂，但也沒有整齊到哪，追根究柢就是東西太多。

而且顏色很雜，都非常鮮豔。

「妳很愛吃零食？」樊俞行看著房裡開放式三層櫃跟折疊式小桌上全都是零食，洋芋片、蜜餞、巧克力棒、草莓泡芙、蔬菜餅乾，琳瑯滿目，而且都吃一半封起來。

想起剛才去吃中式早餐，她連塊原味蛋餅都吃不完，怎麼跟個孩子似的？

「還好。」姬儀光關上門，看著自己放了一堆絨毛娃娃的床，眞想躺上去蒙被大睡，但是她還有客人要招呼。「你要喝什麼？」

眞心希望樊俞行別像待在超商那樣幾個小時都不走。

姬儀光拉開冰箱，裡面存放的飲料比起她的零食毫不遜色，樊俞行不由得皺起眉頭。

「幫我選個不甜的吧。」除了咖啡，他不喝水以外的飲料。

「……喔。」姬儀光開著冰箱門發愣，出現了選擇困難症。

這要求挺爲難人的，因爲她嗜甜如命，裡面沒一種飲料是不甜的。

最後姬儀光拿了罐綠茶給他，就見樊俞行盤腿坐到小桌子旁邊，開了綠茶，喝了一口就不動了。

姬儀光不知道在心虛什麼，又倒了杯水給他。

然後兩人就雙雙陷入沉默，氣氛無比尷尬。

姬儀光從冰箱拿了罐紅茶出來，小口地啜著喝，幾口後實在受不了這種相對兩無語的狀況，就張嘴乾巴巴地說：「我不會逃走的啦……也不是沒有渡化失敗的例子呀……」

人是複雜又反覆的東西，人心更是多樣，可以很美好、很簡單，也可以很污穢、很貪婪，甚至很病態。

像她就遇過要她殺了另一半外遇的對象、要看到子孫發財當大官的，最常見的就是想續魂還陽，還指定重生到白富美或高富帥身上。小說看太多了吧？這些她通通都辦不到啊。

命裡有時終須有，命裡無時莫強求。她能做的，就是在不影響天道輪迴裡，彌補那些死去的人的遺憾。

她能力有限，遇上了解決不了或是搞砸的事，難免會沮喪低落，想自我放逐一段時間，反正難過難過就好了，眼淚抹抹還不是一樣得繼續前進，只是不知道得花多久的時間才能痊癒就是。

「這是場意外，不是妳的錯。」樊俞行低聲說。真要說，火也是他放的。

「這……並不是意外。」姬儀光低下頭，手指摳著紅茶瓶身，相當自責。「是我沒處理好，沒多少實力還硬要充老大，只想著靠關係、賣面子。我是誰呢？大家還不是看在上仙的份上才對我客套幾分……」

老而不死是爲賊，瞧瞧她活了這麼多年，都把自己活成一隻皮粗肉厚的老王八，太不要臉了。

「妳眞這麼認爲？」樊俞行見她點頭，不知爲何一股氣就衝了上來，自胸前拉出她送的羽毛，沉著嗓子問：「這個也是上仙給妳的？」

姬儀光看了一眼，搖搖頭。「這是我的。」

「教我在腦中畫符的人是妳，指點我符籙的人也是妳，妳哪裡沒實力了？」樊俞行把羽毛收回去，貼身放好。心想這羽毛要是上仙的東西，姬儀光才捨不得拿出來送他。「如果那個父親化爲厲鬼，我相信妳一定有辦法處理，但是他入了魔，連土地官都說要佛祖出面才有辦法渡化。妳就算有再大的本領，遇到不會的事，還是不會。魔高一尺，道高一丈，沒聽過嗎？」

「哪有你這麼安慰人的……」還頂了張上仙的面孔，讓她好想哭呀。

姬儀光低頭隱忍情緒，手指在紅茶的瓶身上，無助地劃著圈圈。

「妳別多想了。」樊俞行身爲司皇，訓練底下的驅鬼師時，除了教導術法之外，還要端正驅鬼師的心態跟觀念。閒聊他不行，像這種告誡，他能說一大篇。「人死如燈滅，沒人有義務給他機會去圓滿他生前的遺憾，妳已經盡力了，妳沒有對不起他，甚至還幫了他。」

「可是他入了魔……」姬儀光走不出這個坎。

「也不是妳逼他入魔的，那是他本身的悲劇。」如果姬儀光要爲這樣的悲劇買賬，那她得付出多少代價去引渡她每一次遇上的亡魂？「他入魔、被眞火燒得不能超生，已經是既定事實，任誰都改變不了。唯一能做的，就是爲還活著的人盡一點心力。他的妻小還在，我們還能爲他們討點公道。」

「公道？」姬儀光不解，急切地問：「什麼公道？怎麼討？」

「遊樂園的負責人還活著，只是換了公司名稱，改讓兒子當負責人。縱使斷了條腿，他還是有條件快活度日。」瘦死的駱駝比馬大，遊樂園建地爆炸死傷無數，請完保險，付完賠償，大老闆還是有足夠的資本過上優渥的生活。

樊俞行眉心劃出深深的溝壑，略為不豫地說：「只是現在過了法律追溯期，得另闢蹊徑請求賠償。不過以驅鬼師的勢力來說，這點不是問題，重點是罹難者的名單是個很大的缺口。」

「我拿得到名單，你等我一下！」姬儀光一秒想到城隍的Excel表，馬上拿出手機傳訊息給他。

不到五分鐘，清單就傳到了姬儀光的手機。

「把妳的號碼給我。」樊俞行拿出手機解鎖，就等姬儀光報出電話號碼。

姬儀光報了一串數字，也加了樊俞行為聯絡人，包括一切該有的通訊軟體都多了個好友。

「你眞的很神祕耶。」姬儀光看著通訊錄裡多出來的帳號，沒有頭像也沒有暱稱，就顯示了帳號G-hunter1。

她好奇怪多問了一句。「其他驅鬼師帳號是G-hunter234567嗎？」

「對，一直到十七，對外就用數字當代號。」

還眞的？

姬儀光訝然地張大了嘴，頗爲無語地盯著他的帳號。

不能怪她多想，在她這個姓姬的人眼裡，G-hunter怎麼看怎麼彆扭。

「我把名單傳給你。」當作沒看到好了，不要對號入座。姬儀光怯怯地望著他。「有辦法找到這些人的家屬嗎？還是需要更多資料？」

樊俞行稍稍地翻了下內容，又把資料轉手寄了出去。「這就夠了。」

陰間事姬儀光比他厲害，陽間事則是他的主場。

「那就好。」姬儀光拿起紅茶，無意識地吸了兩口，努力地思考著除了這些小事之外，她還能做些什麼。

「妳想見見賴志銘的家人嗎？」樊俞行交代好工作後，把手機收起來。

拿到姬儀光的電話，還有其他的聯絡方法，相較於門號，個人慣用的帳號還比較不會變。他稍微安心了些。

「嗯，我晚上上班前會過去一趟。」她做大夜班，跟大多數的人作息剛好交錯。她下班，別人上班。姬儀光偷覷了他一眼。「你整晚沒睡，不回去休息嗎？」

這男人的作息快跟大夜班一樣了。

「等一下就回去。」他沒忘記要問姬儀光的事。「妳還沒跟我說妳是誰。」

姬儀光猶豫了，不敢看他。

「為什麼不說話？」她原先的態度滿坦然的，怎麼現在反而扭捏起來了？

「就……覺得說出來丟臉……」在被現實打擊得七暈八素之後還要自報家門，簡直就是把破掉的面子再撕下來踩。

「有什麼好丟臉的，不敢面對自己才丟臉。」樊俞行瞇著眼訓斥她，這麼沒自信，一點都不像他認識的姬儀光，那個拿著鳳凰木的枝椏在洞裡繞圈唱歌的人去哪了？

他這麼說好有道理，她竟然無法反駁。

不敢面對自己才丟臉！她這樣畏畏縮縮的，才是丟上仙的臉！

姬儀光深吸一口氣，太久沒有自報家門，她有些緊張。「我是隻神獸，但沒有列進仙班，充其量就是活得久一點罷了。」說白點就是一頭上古神獸，已經能倚老賣老的那種。

「神獸？」樊俞行相當意外這個答案，蹙眉了都不自知。

「嗯，也可以說是四靈之一。」比起白澤、開明、諦聽、肥遺，她的知名度算非常高了。姬儀光扭著手指，有點不好意思地悄聲說：「我是——鳳凰。」

原身就是一頭七彩斑斕的鳥，顏色大抵就跟她房間擺設差不多。

「所以這是妳的毛？」樊俞行把手壓在胸口問。

「……怎麼聽起來怪怪的？」可以別那麼省事，說羽毛會死嗎？

「好了。」樊俞行站了起來，決定讓她好好休息。「我晚上再來接妳。」

「接我做什麼？」姬儀光一臉傻樣。

不能怪她，她眞的想不出來。

「接妳過去賴家。這種事，要做好配套措施。」樊俞行見她更發傻了，完全無法想像她是頭傳說中的鳳凰，怎麼呆得跟家養的小獸差不多呢？「別多想了。火是我放的，我也有責任。妳早點休息吧。」

樊俞行也不用她送，姬儀光才剛站起來，他就走出大門，還順手帶上了。

家裡小，他的腿又長，眞的一眨眼就追不上。

姬儀光只好掏出手機，傳了「謝謝」過去，然後把鎖上門，準備衣服洗澡。

就在她要進浴室前，手機傳來訊息通知。她一撈過來，滑開螢幕。

「G-hunter1：嗯。」

姬儀光笑了，也不知道自己在笑什麼，就是覺得心定了些，笑意也不像剛下班時那麼勉強。難過是必然的，但是活下來的人，還有機會彌補。這是她的福氣。

第14章 想贖罪的姬儀光〈二〉

這男人怎麼會在這裡？

姬儀光時不時地偷覷著身旁的中年男子，沒想到樊俞行竟然能說得動他。

遊樂園的負責人。

他跟他兒子一起過來了，帶著賠償金，還有陪同見證的律師。

「我們拜訪過十三家，做完賠償跟和解，就剩這戶。」樊俞行把列印下來的名單拿給她看，上面只剩賴志銘的名字，也是入魔後被眞火燒歿的臨時工。

「他爲什麼肯聽你的？」姬儀光悄聲問。

這種死無對證的事，負責人怎麼會跳出來承認呢？事情還過去那麼久了，裝聾作啞才是天性吧？

「心裡有鬼，寫成愧字，就聽我的了。」樊俞行爽快承認，沒有隱瞞。「當然驅鬼師的身分起了不小的作用。他也說最近有亡靈纏上他。」

看來城隍說的失蹤魂口是跑這兒來了，不像某個倒楣蛋不找事主，反而遇上了她這頭兩光神獸。

姬儀光苦笑一下，心頭像壓了顆千斤石。

「司皇先生，到了。」

照著資料來到賴家門口，負責人的兒子回頭請示離他有幾步遠的樊俞行，不解爲何臨行前還要去接這名堪稱袖珍的男孩。

聽說司皇斷袖，看來不是空穴來風……

「嗯。」樊俞行示意他按門鈴，發現嚴肅以待的卻是姬儀光。感覺她的背都弓起來了，他就在她耳邊輕聲說：「沒事，放輕鬆。」

「我知道，可是很難。」姬儀光的自責像泡了鹽水的麻繩，絞在脖子上，越勒越緊。她低下頭，指甲縫都被她摳下一塊皮了。「我是殺人兇手……」

這句話聽得樊俞行心中一刺。

他撥開姬儀光的手，不讓她繼續自虐。「妳召不出眞火，兇手是我。」

姬儀光嘴巴開開闔闔的，卻說不出一句話，只覺得又不是多好聽的頭銜，樊俞行何必爭著要？

這樣好像回到以前，她還懵懵懂懂，不諳世事，做事隨心所欲時，老是惹出一屁股的麻煩要上仙在後面收尾。每每當她內疚低落，下巴快貼胸時，上仙總會說——

妳是我養大的，教不好都算在我頭上，我都沒自責了，妳傷心什麼？

事情都發生了，後悔能解決問題嗎？實際點，該做什麼就做什麼。

補償不就是讓活著的人能開心點嗎？對哪一方都一樣。這沒有訣竅，只有盡力做，誠心做。

沒事，我在呢。

自從上仙走後，她一個人跌跌撞撞，不知經年，歷經過失敗、做無用功、被騙被利用，全是自己窩在一處暗自難過，悶頭哭過一場，擦乾眼淚，再站起來繼續做姬儀光。

今天卻有個人對她做了類似上仙會做的事，說了類似上仙會說的話，還長得很像上仙。她雖然不至於把兩人搞混，或是把感情轉移到樊俞行身上，但禁不住會想哭的呀！

一個人努力久了，又犯了錯，這時最受不了溫情攻勢，就算她比別人多活了幾千年也抵抗不了。

樊俞行見姬儀光頭低得不能再低，也沒辦法再說些什麼，因爲賴家的人來應門了。

「找誰？」來應門的是賴志銘的獨子賴嘉維，他只開了內門，警戒地看著門外的人。

「請問是賴志銘的家屬嗎？」開口是負責人聘請過來的律師。

聽到父親的名字，賴嘉維雙眼一瞬瞪大。「你們是誰？」

律師拿了張名片放在賴嘉維眼前，機械式地說：「我是賴志銘生前雇主委託的律師，想跟家屬談論身故賠償一事。」

儘管做好心理準備，聽到父親確實逝世的消息，對賴嘉維的衝擊依舊不小。他沉默了好一會兒，才把外門的鐵門打開，領他們進入客廳。

賴嘉維的母親才剛洗好碗，從廚房走了出來，見兒子身後來了陌生人，有老有少，難免感到困惑。「阿維，他們是……」

「他是律師，說是爸爸生前雇主委託他來談賠償的事。」

賴嘉維的母親險些站不住，顫巍巍地問：「你、你說什麼？」

「媽，妳坐。」賴嘉維把母親扶到單人沙發上，進廚房倒了四杯水出來，再拉了張矮凳子，坐到母親旁邊，招呼他們一行人說：「你們坐吧。」

樊俞行拉著姬儀光坐到雙人沙發上，不動聲色地打量賴家的格局。不好不壞，也不知道是賴嘉維的爺爺還是更上面的長輩亡靈還住在家裡，目前來看是沒有負面影響。

其實姬儀光一進賴家後，也跟樊俞行做著同樣的事，只是她多了些小動作，在這間屋子的角落裡各別打上驅邪避凶的術法，但對賴家的亡者長輩沒有影響。她用靈識問他：

「爺爺，你一直留在這裡，沒想過去投胎嗎？」

爺爺嚇了一跳，哀求地說：「仙姑，妳別收走我，至少讓我看阿維結婚生子好嗎？這孩子很可憐，從小就沒爸爸，我就是因爲這樣才留下來的。」

這讓姬儀光更加揪心，偷偷地打了個印記在他身上。「放心吧，你能看到他結婚生子的。」

代替他的父親目睹他成家。

她打在這位前人身上的印記是赦令，任何神明跟鬼差看見他都不會收魂、渡化或拘魂，只待這位前人立下的願望實現，就會自動回歸地府。

樊俞行聽不到靈識對話，但是可以感受到姬儀光情緒上的變化，對照賴姓長輩的反應，或多或少都能猜出個所以然。

他輕輕地拍了下姬儀光的背心，無聲地安慰，雙眼仍緊盯著剛看完賠償項目的賴家母子。

「我有幾個問題。」賴嘉維的眉心深深皺起。「為什麼我父親走了二十幾年了，才來通知我們？」

「是我們的作業疏失，以為沒有臨時工的紀錄。一拿到名單，我們就開始處理賠償的事宜，未能及時通知你們，真的非常抱歉。」負責人的兒子把姿態擺得很低，身旁的父親也握著拐杖，面露沉痛歉意。

「你們一句作業疏失，就能消弭我們二十一年的空白嗎？」想起父親下落不明，母親一人扛起家計，還要四處打聽父親下落，記憶中的她沒有休息過一天，這種日子光想就讓人崩潰。結果父親早就過世了，還死於一場爆炸，連屍身都沒有，要他們如何接受？

賴嘉維紅著眼質問負責人父子倆：「工地為什麼會爆炸？為什麼之前沒有仔細搜尋比對罹難者的身分？這麼多年了你們到底在幹什麼？我要一個滿意的說法！別想隨隨便便拿張支票就想搪塞過去！」

「這件事，我們都覺得很詭譎。」負責人嘆了口氣，把手覆上裝了義肢的右腿，悲淒地回憶起當年的慘狀。「那時我就在現場巡視，大部分的工人都在趕建雲霄飛車的軌道，不知為何就突然爆炸了，還是連環爆，所有人都措手不及。」

不曉得是不是因為回憶起了慘痛往事，連帶著痛楚也跟著回籠，負責人在敘述的同時，不斷地揉著斷肢的根部。

「第一起爆炸發生時，大家都慌了，沒人想到要報警，只想著快點逃，現場亂得不得了。

雲霄飛車的軌道很高，上面的工人急著下來，第二起爆炸間隔不到五分鐘，他們就更急了，摔下來好幾個，沒被炸死都摔死了。空氣裡都全是硫磺的臭氣，天空落下來的建材碎片還會混著碎塊肉末，宛如人間煉獄。」事隔多年，慘劇依舊歷歷在目，刻骨銘心。「第三次爆炸後，我就沒有了意識，再醒過來，人已在醫院，右腿也沒了，卻比一堆人多留一條命……」

賴母已泣不成聲。

「然後呢？」賴嘉維壓抑著龐大的怒氣跟悲痛，冷靜地詢問：「我沒有要聽你的故事，我要事發原因！為什麼會爆炸？你們到底有沒有做好安管？」

「抱歉，年紀大了，容易感慨。」負責人接過兒子遞來的手帕，胡亂地擦了把汗。「警方調查的結果是說現場堆積了太多硫磺跟甲苯，氧化反應後產生爆炸，又因為堆放多處地方，才會產生連鎖效應。其實調查報告的細節，我記得不是很清楚，說不定也記岔了，只是有一點印象非常深刻，公司進貨的建材裡，根本沒有硫磺跟甲苯。」

當初在參與節目錄製的時候，樊俞行就聽主持人稍微介紹過當年的爆炸案，警方的調查似乎無法突破這一層。

負責人繼續說：「出貨的化工原料廠說，有位洪小姐以食物加工廠的名義訂了一噸的硫磺，送貨地址就是遊樂園工地，因為工頭在事故中罹難，也不知為何他會留下這批硫磺，沒有請司機原車送返；甲苯的情形也是一樣，都說是洪小姐訂的貨，但甲苯是用農藥廠的名義下單，而我們公司並沒有姓洪的女員工。」

「你跟人結怨？」賴嘉維直覺反問。

「警方過濾了我所有交友情形，包括三等親以內家屬也比照辦理，都沒有頭緒，抽絲剝繭就是找不到這位洪小姐。」負責人臉色冷凝，說起這事，他不止腿疼，簡直渾身都疼。「化工原料廠說這個人先匯了八成的貨款過去，到貨後再匯最後兩成，但是對帳的時候，就是找不到那筆匯款資料。對方的會計信誓旦旦地說看到款項入賬後才安排工廠出貨，訂購單、出貨單卻全數受潮、無法辯識，調查到這裡，線索就斷了。」

這真的……太詭異了，沒人說得出話來。

「怎麼像聽了場鬼故事？」姬儀光在樊俞行耳邊悄聲說。她怕音量太大被其他人聽去，所以離樊俞行非常非常近。

樊俞行有一瞬間無法反應，但很快就回過神來。

他明白姬儀光的意思，這樣抹去線索的手法並非普通人辦得到的事，光是讓會計有匯款的錯覺就不單純。

「你也這麼覺得，對吧？」姬儀光聽樊俞行淡淡地應了聲，更有底氣了。「人界交友關係沒問題，異界就不知道了。他究竟是衝撞了誰？居然惹來這麼大的事。」

「我在他們父子倆身上看不到其他鬼氣。」原本纏著他的幾名亡靈在家屬獲得賠償後已離開，現在很乾淨。「還是妳看到什麼？」

「我也沒有。」如果有的話，早就在見到他們兩個的時候就說了。要催化這麼大的事件，這股怨恨絕對不小，藏得再好，也不可能一點異樣都沒有。「不是討完債離開了，就是這對父子也是倒楣被波及。」姬儀光在懷疑。

只是掛了個負責人的頭銜，就要負責到底。

就在樊俞行跟姬儀光低聲討論之際，也沒有忽略另一邊同時進行的對話。

負責人哀淒地說：「警方找不到下訂硫磺跟甲苯的人，最後只能把我交給檢察官，以業務過失致死的罪名起訴，判刑五年。我因為腿傷的問題，申請緩刑入監，之後遇上總統大赦，就提前一年出來，直到今天才找齊所有罹難者的身分。」

儘管希望很渺茫，賴嘉維還是忍不住多問了句：「那，我爸的遺體呢？」

負責人搖了搖頭，賴母哭得更大聲了。

「那個、那個工地在哪裡？」賴母整張臉都哭紅了，得握著兒子的手才能撐著不倒。「我要去招魂，阿維。我們要把你爸爸帶回來，不能讓他在外面當孤魂野鬼。」

姬儀光低下頭，雙手握拳，指甲都陷進了掌心裡，呼吸像被掐住一樣，連帶著喉嚨都鎖得緊緊的，只覺得又愧疚又羞恥。

她不能在這時候說出真相，也不敢在這時候說出真相：賴父已經連轉世投胎的機會都沒了。

「沒事，我在呢。」樊俞行在她耳邊輕聲說。

姬儀光拚命忍著不哭，呼息間卻有了滾滾水氣。

賴家母子在問清楚前因後果之後，明白再生氣、再難過，都無法倒轉事實，就收下了負責人兒子雙手遞出來的支票，在律師的見證下，雙方簽了和解書。

「賴太太，我們也不願意發生這樣的事，實在很抱歉。如果您有什麼需要幫忙的地方，都可以跟我們說，儀式的所有費用我們也會負責，您這邊只要確定日期，其餘的就交給我們安排。」負責人的兒子也留了名片給賴嘉維，以便後續聯絡。

雙方和解後，樊俞行一行人不再多待。臨走前，萬分慚愧的姬儀光抬手打了抗火的護身符到賴嘉維身上，保他工作平安。

她能做的，僅有如此。

「司皇先生，我們都按照你說的做了，那些亡靈……」一出賴家，負責人的兒子便立刻詢問樊俞行。

「放心，今天都會處理好。」爲了安撫他們父子倆，樊俞行一人發了一張折成八角形的符。律師在旁看得頗爲心動。「司皇先生，也可以給我一張嗎？」

樊俞行看了他一眼，卻是拿出支簽字筆，拉過他的右手，在他虎口畫了道符，冷聲說：「缺德的生意少接，尤其是爭財產跟監護權的案件。」

後面跟了兩個老的、三個小的，坐車時不嫌擠嗎？

「司皇先生，這……」律師額頭冒出冷汗。

「保你幾天就夠了。我再厲害也敵不過你自己作死。」樊俞行看了他們三人一眼，帶著姬儀光就走。

✵

「晚餐想吃什麼？」

「啊？」還沉浸在自己思緒裡的姬儀光猛然聽見這句話，一時反應不來，樣子看起來傻傻的。

樊俞行實在無奈。「別想了，以後多關照點就是。」

「招魂那天……我想去現場……」姬儀光可憐兮兮地說：「至少做個假象讓他們母子安心。」讓他們以爲把賴志銘招回來了。

「好，我再帶妳過去。」

像這種吃力不討好的事，心太軟是硬傷，容易反噬自己，也不曉得她是如何撐過之前那些年的。靠朋友或賣面子請別人幫忙，遇到像小土地那樣的身手，不是更棘手嗎？

當周周末，賴家母子在負責人的兒子陪同下來到事發舊地。半蓋好的遊樂園因一場爆炸而殘破不堪，雜草叢生，荒蕪淒涼。

想到丈夫就在這裡悄聲離世，儀式還沒開始，賴母已哭得幾乎要癱軟在地，全靠賴嘉維跟負責人的兒子左右撐著。

樊俞行帶著姬儀光遠遠觀看。

「這裡……很不平靜。」姬儀光不禁深深皺眉，異界人口的密集程度比得上戰場了。「氣場很亂。」

「嗯，比我上次來更渾濁了。」而且戾氣更重了些。難道這中間又發生了什麼事？

「其實我們也不能管太多閒事，除非不安分，這種的我們都不會主動收。」不管在什麼地方，撈過界都讓人反感，什麼事都要拿捏分寸，做多不行，做少也不行，人跟神都很累的。

當然，神獸也很累。

姬儀光抬手下了屏障，讓它足足繞了遊樂園一圈。雖然這些亡魂都被束縛在這塊土地，還是多一層防護比較安心。

招魂儀式開始後，姬儀光便結印召出了風，在法師面前捲了幾片葉子起來。

賴母見狀，高興地拉著兒子不斷地喊：「是你爸爸！你爸爸來了，阿維，快叫爸爸回家！」

「爸，回家了！」賴嘉維帶著濃重的鼻音破聲高喊，令聞者心酸。

姬儀光無力地垂下手臂，問樊俞行：「我這樣像不像佞臣呀？只會耍這點心機跟手段騙人……」

樊俞行不知從何安慰起，只好實話實說：「佞臣等級太高。妳這樣，頂多算神棍。」

佞臣不是只出一張嘴，還得滿腹心機才不至於早死，以姬儀光的個性看來，可能不到三天就被拖到菜市口斬首了。

第15章　想贖罪的姬儀光〈三〉

把賴志銘魔化一事歸究到自己身上的姬儀光，連著幾天都睡不好。樊俞行怕她再次一走了之，開始定點逮捕，接送她上、下班。

一開始她還不習慣，扭扭捏捏坐上車，到現在已經死魚眼——不是，是淡然處之，連樊俞行遞過來的宵夜、早點啃起來都不怕胃抽筋了。

習慣眞是可怕的東西。

實際到賴家走一趟後，姬儀光開始隔三岔五往賴家跑。

賴母一個人拉拔兒子長大，也是這幾年的日子才好過一些，平常省吃儉用，身體落下不少毛病，一會兒那裡疼，一會兒這裡痛的。每次拜訪，她都會順便帶些保健食品或食療偏方，再偷偷施法改善賴母健康問題。她都是挑下午時段來陪賴母說話、逛逛黃昏市場，樊俞行並不知道，以爲她都在家裡休息。

賴嘉維因爲受訓的關係離家兩周，放假回來正好遇上在廚房幫賴母包餃子的姬儀光，頓時沉下臉來。

「你怎麼會來我家？」

「我……」姬儀光對賴家人心有愧疚，面對賴嘉維的質問，吞吞吐吐地說不出話來，神情心虛。

他嗤笑了聲。「不是和解了，又來我家幹嘛？覺得我們家還不夠慘嗎？」

「我只是來陪賴媽媽……」順便巡視一下環境，防範其他問題發生。

流年有起有伏，不是說這個月看著好，下個月一樣順利，所以她每次過來都會留意周遭的氣息變化。

但是賴嘉維不相信這個人的動機會如此純粹，也不想讓母親見到間接害死父親的相關人等，連行李都顧不得先放下，便伸手用力推擠姬儀光，把兩手沾滿麵粉跟油脂的她往門口趕。

「走，這裡不歡迎你！」

他不知道姬儀光跟遊樂園的負責人沒有關係，也不知道她其實是女子，動作非常粗魯。

從洗手間出來的賴母一見到兒子像趕髒東西似的把姬儀光往外推，連忙喝止他。

「嘉維，你在幹什麼？把小姬放開。」

「小雞？」低頭看了看矮了他一顆頭的姬儀光，賴嘉維的笑容裡惡意滿滿。「媽，妳幹嘛把這種人放進來？」

賴母趕了過來，把姬儀光護在身後。「你是怎麼了？受訓回來變得陰陽怪氣的，小姬哪裡惹你啦？」

「媽，他是害死爸的那群人，妳信他？」

「你爸是命不好，怪不了別人，而且他也不是小姬炸死的，不要遷怒別人。這孩子怕我心情不好，這幾天常來陪我。他是個好孩子，你別一回來就嚇人。」賴母對姬儀光諸多維護，聽在她耳裡卻是萬般難受。

她沒有炸死賴志銘，卻連累他再也不能轉世投胎，每逢祭祖跟農曆七月的日子都不能回來看家人。

「我就是看不慣他們有錢人的做派，覺得人命能用錢買。」他受訓時一直在想這些事，以往因為沒父親而受盡嘲笑的回憶跟畫面撲湧而來，加上母親為了維持家計、讓他念書，中年之後病痛不斷，他越想越恨越不甘，這些是錢能彌補的嗎？

好不容易集訓結束，一回到家就看到姬儀光在廚房在包水餃，好像把這裡當成自己家了。他有什麼臉把這裡當自己家？賴嘉維憋在肚子裡半個多月的氣就這麼衝了上來。

「嘉維，你在說什麼呀？難道你要別人以命償命嗎？況且你爸爸過世的時候，小姬還沒出生呢。你是救人救火的消防員，怎麼會有這種念頭？」

「媽，妳就是太好心！天知道他來我們家有什麼意圖。」賴嘉維指著姬儀光，眼中全是防備。

賴母覺得好笑。「我們家能讓他圖什麼？」

「反正我就是不想看見他！」賴嘉維瞪了姬儀光一眼，回房之前還刻意用行李撞了她。

「唉。」賴母嘆了口氣，轉頭安慰姬儀光。「小姬，抱歉喔，我兒子剛出社會沒多久，很多人情世故還不懂，經歷的事也不夠多，你別把他的話放在心上，嗯？」

「賴媽媽放心，我沒事。」姬儀光笑得有些僵硬，回廚房繼續包餃子。

當白白胖胖的餃子下了鍋，顆顆飽滿水亮，賴母盛了一大盤要給兒子當晚餐，到門邊喊他出來吃飯，大少爺卻不賞臉。

「我才不要吃那個人包的水餃！」他隔門大喊，姬儀光遠在廚房也聽得一清二楚。

「賴媽媽，我等下還要上班，先回去了。」姬儀光看情況不好再待下去，洗淨雙手，跟賴母道別。

「晚上了，上什麼班呀？」賴母問過姬儀光的事，不過很多時候都被打哈哈帶過去，還以爲這孩子是不想給她帶來壓力才不提身家背景的，突然說有工作，她還眞嚇了一跳。

「我在超商上大夜班。」這時候回去，她還能睡一下。

「大夜班？」這麼瘦小的孩子站大夜班，身體吃得消嗎？「你不是有錢人家的孩子嗎？爲什麼還要做這麼辛苦的工作？」

「我不是有錢人家的小孩啦……」

「那、那你跟陳家什麼關係？」遊樂園的負責人就是姓陳。

「沒有關係呀。」這麼說好像不太妥當，沒關係她還成天往賴家跑，是何居心？姬儀光馬上補充：「我是驅鬼師啦。」

她跟樊俞行算朋友了吧？用一下驅鬼師的名號應該無傷大雅……

還是跟他說一聲好了，晚點再自首。

賴母不解。「什麼是驅鬼師？」

「就……我不太會形容，就像是送鬼最後一程的職業吧。」只是依照樊俞行的說法，送下去的鬼已不成鬼樣了。姬儀光硬著頭皮說：「其實，我見過妳先生。」

「妳、妳見過阿銘？眞的嗎？」賴母激動地握住她的肩膀，雙眼立刻泛紅。「阿銘現在在哪？是不是在我旁邊？是不是？」

姬儀光難受地搖了搖頭，眼見賴母眼底的希冀一點一滴地消散，越覺得自己很糟糕。

「他已經不在人世間了。」最終，她還是說不出眞相，連賴志銘被封印了二十幾年也不敢提。「但是他有回來看過你們，說你們在整理房間，打算分租出去，就翻出了賴嘉維國小的作文，才知道你們家以前發生過火災，也很驕傲他考上了消防員，又聽到他說忘了爸爸長什麼樣子，覺得很難過……他很想跟你們一起生活，只是……造化弄人。」

賴母低頭輕拭眼淚，突然想起她在超商看到丈夫多年前的舊照片，說是大夜班同事找出來貼的。「你就是那個大夜班的？把我丈夫照片貼出來的那個超商店員？」

姬儀光點點頭。

「謝謝你！小姬，阿姨眞的太謝謝你了！」賴母感激涕零，決心等會一定要好好跟兒子說，讓他別再仇視姬儀光。

「不用道謝，這沒什麼。」她擔不起賴母不停謝謝，這樣只會讓她覺得更加羞愧。

賴母想把姬儀光留下來吃飯，還說要去外面買隻烤鴨加餐。姬儀光連忙拒絕，連吃素都搬出來當藉口，離開賴家時有幾分落荒而逃的意味。

這也不算藉口，她很少吃肉，多半都是吃蔬果水果堅果跟零食，尤其不吃禽類。

本是同根生，相煎何太急。

✵

到了上班時間，樊俞行雷打不動地出現在她家樓下。姬儀光坐上車，繫好安全帶，眼巴巴又可憐兮兮地偷覷著他。

樊俞行不是礦物，當然感受得到姬儀光熱切又隱忍的目光，這很影響他的駕駛。

「爲什麼一直盯著我看？」他把車停在路邊，決定跟她問個清楚。

「沒有啦，就……」姬儀光抓緊安全帶，想說伸手不打笑臉人，先笑給樊俞行看。「我跟別人說我是驅鬼師……」

「所以呢？」樊俞行低聲問，完全沒有被冒犯的感覺，反而因爲姬儀光套上和他一樣的頭銜，嘴角微揚。

「我怕你以爲我在外面拿驅鬼師的名義招搖撞騙，想說什麼時候冒出個十八號來。」姬儀光略心虛，當下她眞的只想得到用驅鬼師的身分圓謊。

「無妨，妳有眞材實學，不怕妳壞了驅鬼師的名聲。」她坐擁比驅鬼師，甚至比他還高端的能力，卻比誰都要小心翼翼，深怕壞了世間的規則，用用驅鬼師的名義又如何？他很放心她不會爲非作歹。「不過，妳怎麼會稱自己是驅鬼師？」

「就——」姬儀光把在賴家發生的事說了一遍。

樊俞行眉心蹙起，淡聲問：「妳去賴家爲什麼沒告訴我？」

「反正就陪賴媽媽說說話，然後檢查一下環境，沒什麼重要的事，爲什麼要告訴你？」

樊俞行抿唇，不喜歡姬儀光將他排除在外的感覺。

「再說，你不忙嗎？接送我上、下班已經夠占用你時間了，我總不能做什麼都拖著你吧？」他常常送她到超商後，連下來外帶杯咖啡的時間都沒有就趕著去工作。世人多以爲鬼都在夜間活動，越接近十二點就越猖狂，這也是樊俞行能配合她作息的原因。

「是嗎？」樊俞行斂下目光，聲音聽不出喜怒。他很看重姬儀光，可惜對方待他依舊客客氣氣的，說不定連朋友都算不上。

只是個超商的客人。

「反正有事我就會找你啦，沒人比你還可靠好嗎？」姬儀光冷不妨扔出了這句話，瞬間解凍了樊俞行逐漸冰封的心。

「妳覺得我可靠？」他的嘴角不可自抑地一勾。

「當然，你想得多，看得遠，又能臨危不亂，當機立斷，不可靠嗎？」她只占了個種族跟年歲的優勢，很多與生俱來的東西沒有就是沒有。就算後天受挫學乖，也會慢幾拍才意會過來哪裡要注意，就像上仙說的就是個傻孩子。「只是賴家的事我也不曉得該怎處理，每每到那裡都覺得很鬱悶。賴媽媽對我好，我難過；賴嘉維對我凶，我也難過。你跟著去受氣幹什麼，沒必要。」

「怎麼說賴志銘也是我燒死的，下次讓我陪妳去吧。」

「不用了。」姬儀光搖頭。「要不是我的疏忽，你也不會動用眞火，沒道理讓你面對這些。」

眞是頭倔強的鳳凰。

樊俞行不想逼她，兩人現在的情況也容不得他躁進，便妥協了一步。「好吧，不過妳答應我，有事記得要跟我說。」

「知道了。」她解決不了的事情當然要找人商量，到時候他別跑就成。

接下來好幾天，姬儀光沒事就往賴家跑，賴媽媽好客想留她吃飯，她不敢用賴家一水一米，總是婉拒。樊俞行問起時，她也老老實實地跟他說遇到了什麼問題。

她亂抓著頭說：「我快想不出辦法拒絕賴媽媽了。而且不管我改什麼時段去，都會遇到吃飯的問題，我的天呀……」她瘦歸瘦，但沒有營業不良呀，不用每次看見她都以吃飯作結吧！難道她看起來像飯桶？

「不過就一頓飯，爲什麼不答應她？」樊俞行注視著她，指尖輕敲大腿。

他很想拉下她的手，讓她別再蹂躪自己的頭髮，然後再幫她撫平亂翹的髮絲，可惜他不能妄動，他不想嚇到姬儀光。

「我沒臉吃呀，也怕吃了就不止一頓飯了。」肯定會有下一頓。

樊俞行也不可能要她別再去賴家，只能說：「妳就找一天陪她吃頓飯，先約好，覺得沒臉就帶食材過去，選好一點的，她平常根本捨不得買的那種食材。」

「對喔！我怎麼沒想到！」姬儀光整個人茅塞頓開。「還是你聰明，這事困擾我好久。」

「沒什麼。」不過動動嘴皮子出主意而已。「賴嘉維現在對妳的態度如何？」

「差不多那樣，看到我還是沒好臉色。」每次遇到都要狠狠瞪她幾眼，再怎麼討好服軟都沒用，也不拿她送的東西。幸好防火符是直接打到他體內，不然她有得是硬仗要打。

「知道他父親的照片是妳貼出來的，也依舊對妳沒好臉色？」賴母一直想讓賴嘉維跟姬儀光和平共處，不可能瞞著這事不說，照理看見她不可能像最初那般敵視才對。

「天曉得。」姬儀光聳肩。「反正之後不能這麼常去賴家了。一周去個一、兩次差不多，免得一直被懷疑有企圖，又讓人家母子失和。」

過猶不及都不好，誰讓她是個外人呢。

賴嘉維認爲無事獻殷勤，非奸即盜，但照賴母的思維，應該是賴家反過來要感謝她才是。

「我這顆腦袋快不夠用了。」姬儀光抱頭哀嚎，她眞的不知道怎麼辦才好。

樊俞行終忍不住摸了摸她腦袋，髮絲觸感很好。「別想了，順其自然。」

「一點都不順。」這些都是她自找的，怨不得誰。「反正就這樣吧，能做多少是多少，放著不理我也做不到。」

第16章　想贖罪的姬儀光〈完〉

跟樊俞行吐完苦水，姬儀光心情好多了。但維持不了幾天，她又受到挑戰。

賴嘉維的工作是排休，她決定留下來跟賴母吃飯的那一天，卻碰上他剛好放假。見他提了大包小包進家門，兩人一對上眼，姬儀光暗叫不好。

「你、你回來啦……」她真會挑時間，怎麼挑到賴嘉維放假的時候。

姬儀光陪笑，目送賴少爺進房、再拿衣服進浴室沖涼。

「別怕，賴媽媽在，他不敢欺負你。」賴母端了熱菜出來，放到餐桌上後，再拍拍僵化的姬儀光。

「呵呵，我沒事。」姬儀光苦笑，默默吞下賴嘉維粗暴的眼神。

好啦，至少現在不會對她咆哮，偶爾幾句冷言冷語，她還撐得住。

只是這頓飯吃得她快胃抽筋。

「小姬，你在忙什麼呀？最近很少來找賴媽媽，是不是交女朋友了？」賴母打破沉默，笑鬧了姬儀光兩句。

在賴家母子眼裡，她是個男孩子。

「矮成這樣，交什麼女朋友？」賴嘉維從浴室出來哼了聲，萬分不屑。

「沒有交女朋友啦，就想說常來打擾不好意思。而且我每周都來，也不算少了吧，呵呵呵。」姬儀光乾笑了幾聲，剛嚥下去的白飯卡在喉間，很難吞。

賴母還沒說話，賴嘉維就先搶白，盯著姬儀光的神色非常不友善。

「你是煩了，對吧？我就看你能裝多久的好人。」賴嘉維雙手環胸看著姬儀光，語帶嘲笑地說：「我媽說你是我家的大恩人，我就在想，施恩的人爲什麼要來我家做著像贖罪般的事。我爸的死跟你沒有關係，但是我爸的魂魄，是你做了手腳吧，驅鬼師？」

氣氛瞬間冷凝，姬儀光頓時一陣目眩，要不是現在坐著，她說不定已軟倒了。

「你以爲做這些我們就會原諒你？」賴嘉維嗤笑了聲。「我媽會原諒你，但我不會。」

她不敢看賴母，又處處迴避賴嘉維的目光，最後也不知道怎麼吃完這頓飯的。

離開賴家後，她立刻拔腿狂奔，恨不得變回眞身，有多遠飛多遠。她難受極了，難受到她得找人說一說。

她也想要堅強，可是眞的撐不住了。

拿出手機，最近的一通電話是樊俞行，應該說這個月她的通話對象，只有樊俞行。

她吸了吸鼻子，按下通話鍵，電話響不完第二聲就接起。

樊俞行聲音聽起來相當輕柔，心情似乎不錯。「怎麼了？」

「我覺得我自己好僞善。」姬儀光快哭出來了，站在路邊大口地吸著氣，可怎麼都吸不進肺裡。「我不知道我該怎麼辦，難不成要賠命給他爸爸嗎？」

「妳在哪裡？」聽到姬儀光因爲痛苦而喘息的聲音，向來冷靜的樊俞行一瞬慌了。「在哪裡？快跟我說！」

「我——」姬儀光抬頭看了下路牌。「我在裕平街跟忠孝路的路口。」

「妳站著別動，我馬上到。」樊俞行不敢掛電話，一路飆車過來都保持通話中，時不時會喊一下她名字，聽到她回應才安心。

三十分鐘內，樊俞行就趕到姬儀光所在的路口，見到她頹然無生機的模樣，心裡是一揪一揪的刺疼。

「受氣了？」他輕聲問，險些逼出姬儀光的眼淚。

她不知道該點頭還是該搖頭，兩手握拳擱在腿側，即便到現在她還是盡力在忍。

「上車再說。」樊俞行把人塞進駕駛座，帶著她穿梭在大小街頭，希望藉著游逝變幻的場景或多或少轉移她的注意力。「在賴家怎麼了？」

姬儀光沒有說話，冷靜下來之後覺得自己是長不大的小朋友，受了委屈就想告狀。

「還有什麼不能對我說的？妳之後還會去賴家，不先把情緒宣洩出來，再去賴家表情會好嗎？」樊俞行誘哄著。

姬儀光想了想，就把賴嘉維說的話複誦一次給他聽，難過地問：「我是不是很失敗？」

「怎麼不正視妳面對賴家人的勇氣？」先是聽她轉述就覺得氣悶，更何況當時處在砲口下的她？樊俞行深吸一口氣。「我想賴媽媽多少會受到賴嘉維的言論影響，這陣子對妳的態度不會像之前那麼自然，在她緩過來之前，我替妳去吧。」

「啊？」姬儀光回不過神，呆愣地看著他的側臉。「你說什麼？」

「我替妳去，幫妳巡視賴家環境，妳先好好休息。」

「可是——」

「沒有可是。」樊俞行拿出教訓預備役的口吻，這股威嚴從骨子裡透出，姬儀光也只有默默聽話的份。「不是不讓妳去，是讓你們雙方先冷靜一下。」

樊俞行把車停在路邊，拿出手機，隨便滑了篇新聞出來，然後把螢幕貼離她很近，近到她的鼻尖都快觸及了。

「看得見嗎？」

姬儀光盯到都快鬥雞眼。「誰看得見呀！」

「所以說，有些東西要留點距離才看得輕楚。」樊俞行把手機收回來，目光堅定地看著她。「聽話，等我覺得你們都冷靜得差不多了再見面。」

「嗯……」他這麼說也有道理。姬儀光抿了抿唇，有些愧色。「那，這陣子就拜託你了。」

「應該的。好歹我也算當事人之一。」能有機會插手，他當然要好好把握。

冤有頭，債有主，如果賴嘉維真的無法釋懷，也該找對人。

就衝著他來吧。

「謝謝你，我剛才真的好難過。」姬儀光空洞地笑了笑。她脫了鞋，把腿曲上椅子，抱著膝蓋，看上去很沒有安全感。「如果沒有你，我真的不知道要找誰，我在人間沒朋友。」

樊俞行暗暗地吸了口氣，姬儀光不會知道這句話爲他帶來多大的衝擊。「人間沒朋友，其他地方呢？」

姬儀光搖了搖頭。「上仙在姜子牙封神之後就消失了，我爲了找他，沒有什麼交際。比較熟的都算長輩，其他人多半是看在上仙跟……總之就是上仙的家人面子上照顧我，如今我學藝不精，捅了這個紕漏，又怎麼敢去找他們訴苦？萬一他們覺得我丟了上仙的臉怎麼辦？我不過是隻靈獸，對他們而言，我充其量不過是上仙的寵物吧……」

「胡說！」樊俞行突然怒火中燒，此生不曾感覺如此生氣過。「妳不是說妳是上仙的童養媳嗎？他既然認可了妳，就不可能把妳當寵物看待。」

「童養媳只是開玩笑，上仙沒承認過。」姬儀光第一次在樊俞行面前眼眶通紅。「上仙的哥哥跟姊姊在一起了，以前他們常來找上仙玩，我看見他們互動親暱，羨慕得要死，就吵著要跟上仙像哥哥姊姊一樣在一塊。而且上仙的爹老開玩笑說我是童養媳，久而久之，我就把自己當成上仙的另一半，不准其他仙子接近他。」

樊俞行默默地遞過面紙，壓抑著心緒起伏，無聲聽她講述上仙的事。

「我想你應該覺得很奇怪爲什麼上仙的哥哥跟姊姊會在一起吧？從人類社會有所謂的倫理開始，這都不會允許，但是在上仙誕生的那個時代，他們都是天物萬物靈氣孕育而生，他們的排行都是依照化形的前後決定的，其實彼此間沒有血緣關係。姊姊老是問我跟上仙的情況，怕上仙沒照顧好我，也會教我如何跟道侶相處，她說眞正的道侶睡覺是不會穿衣服的。

「我喜歡抱著上仙睡覺，不過他老嫌我年紀小，不肯脫衣服，不管我怎麼鬧著要跟他在一塊，上仙就是不肯讓步。等我開始在人間流浪才慢慢明白，其實……上仙並不喜歡我。他疼我、寵我，只是因爲我是他帶大的孩子，我也曾想過上仙不告而別是不知道如何拒絕我，不想跟我在一起，才用這種方法離開。」姬儀光眼淚砸了下來，心防徹底決堤。「他臨走前問我想住在哪，我以爲他終於想娶我了，誰知他蓋了棟房子給我就……是我太懦弱了，不敢承認上仙對我沒有男女之情，因爲不抱著這點希望，我根本走不下去……我沒有家，沒有朋友，只有上仙……可是他不見了……他不要我了……」

「妳……」樊俞行多想喊出無名上仙不要，他要！可是，他能給姬儀光多久的保障？頂多再護她十年。「妳的上仙不會不要妳，他總有一天會回來的。」

「是啊……總有一天……」爲了這一天，姬儀光已經數不清自己等了多久。「對不起，讓你看笑話了，我就是……一時沒撐住。」

她太累了，眞的好累。

「儀光，妳想成爲驅鬼師嗎？」樊俞行突然有個大膽的念頭。「我會比妳早走一步，但是無名驅鬼師會一代一代傳下去，會一直有人陪妳，成爲妳的依靠。妳願意嗎？」

「我？」姬儀光聽得一愣。

「嗯，成爲眞正的十八號。」樊俞行似乎想起什麼，輕笑出聲，難得開了個玩笑。「不是人造人十八號，是無名驅鬼師十八號。」

「驅鬼師……」姬儀光遲疑了。「你們的案子多嗎？」

「還行，有時候是鎭場、淨宅，不全是驅鬼。」

姬儀光想了想，從懷中掏出貼身帶著的黑乎乎石頭，呆呆看著。

「這顆到底是什麼？」看著像經年累月壓縮出來的泥團，上次一見就讓樊俞行有股說不出來的感覺。

「女媧石。」姬儀光解釋：「這是上仙的姊姊給我的。她說我在人間累積功德，只要讓這顆石頭發光，上仙就會回來。可是我努力好多年了，它還是沒發光，一樣烏漆抹黑的。」

她所謂的年，可以用一百爲單位。

「所以妳渡人是爲了上仙？」樊俞行心頭又有說不出來的苦澀。

「起初是，後來就成了習慣，不幫忙自己心裡也過不去。」姬儀光收起女媧石，像是恢復了點元氣，笑著問樊俞行：「加入驅鬼師的事，你說了算？畢竟我是外姓人。先說好，我行不改名，坐不改姓的。」爲了上仙，她可以試一試。

「不否認內部會有反對聲浪，但我有絕大部分的話語權，不會讓妳改名換姓。」樊俞行大抵猜得出來會遇上什麼挑戰，不過對他來說，都不是問題。「只要妳願意加入，絕對可以是驅鬼師一員。除非妳願意，我不會告訴任何人妳的性別、妳的眞身，唯一不能保證的是其他驅鬼師會不會纏著妳學本事。」

「這些我倒不怕，只要用在正途就好。」如果她要打進無名驅鬼師的圈子，起碼要露兩手眞本事，光靠樊俞行當關係戶也不成。此處只會是她暫棲的地方，沒必要進裡面滾一身泥。姬儀光深吸一口氣，給了時限。「我會好好考慮要不要領這個十八號，明天再給你答案。」

「好。」樊俞行應下。

隔天一早，渡過了轉輾反側一夜的樊俞行才剛拿起手機，就看見姬儀光傳來的訊息，名稱還改爲 G-hunter18。

「以後就請老大多多指教了。」

姬儀光會答應，不過是因爲樊俞行在她傷心無助時，剛好遞來一張面紙，安靜地聽她發洩。她認了這個朋友，也想名正言順地幫他，讓自己喘息一段時間。

第17章 無名驅鬼師十八號正式上線

不知道前面幾任司皇表現如何，單以樊俞行來看，其爭議性很大。

他能召出眞火，並將眞火咒篆刻在鐵片上，轉瞬間就能使出，不止掌握了虛空畫符的能力，還能用意念驅動咒術。如今一揮手、一指彈就能驅動符靈，實屬百年難得一見的天才。

但他任性狂妄，不顧傳承，在司皇一職可能無人繼承的情形下，一意孤行竄改符籙，試圖降低威力，對無名驅鬼師一脈的貢獻可說以負數呈現。

雖然他決定保留祖師爺流傳下來的驅鬼五靈符，不做任何變動，自行借天地之氣研發新符籙且頗有所成，但還未進一步打響無名驅鬼師的名氣，又擅自將他在外結交的小男友帶回，更列爲現役十八號驅鬼師！

前一批退役的驅鬼師知情後，紛紛趕回主宅，要求樊俞行收回成命。退役、現役、預備役的三十幾名驅鬼師則將樊俞行、姫儀光團團圍住，興師問罪。

樊俞清的伯父樊瑞城曾是一號驅鬼師，在他那一輩無人能虛空畫符及召出眞火，司皇之位空懸，他便是領頭人。

「你是司皇不錯，卻不代表你能爲所欲爲。你喜歡男孩子，我們不想干涉，可你怎麼色令智昏，把人帶回來，還讓他掛上驅鬼師的名號，簡直胡來！」樊瑞城怒拍桌子，指著樊俞行破口大罵。「你對得起你父親在天之靈嗎？」

「我什麼時候喜歡男孩子？」怎麼在場的人除了他和姬儀光，個個都這麼肯定。樊俞行下意識看向樊俞清，要他解釋。

「你連人都帶回來了……」樊俞清十分心虛。他也不知道八卦傳得這麼快，連他爸都知道了，還當著樊俞行的面前指出來。

「你們誤會了，我不是男孩子。」姬儀光打了響指，解開障目，原本在眾人眼中是個男孩子的她，頓時成了個小姑娘，長髮紮成馬尾，臉部輪廓變得更加柔和親善，骨架也小了點，唯獨身高沒變。「而且樊俞行也沒喜歡我，他只當我是朋友。」

樊俞行：「……」解釋不了，就這樣吧。

所有驅鬼師都被姬儀光的術法驚懾，年紀輕一點的直呼好酷，年長一些的則有不同考量。只有樊俞清哭喪著臉看向面無表情的樊俞行，連難過都不能顯露出來，他兄弟眞的太可憐了。

「妳是什麼人？」樊瑞城站了起來，不可置信地盯著姬儀光，眼睛恨不得把她燒出兩個洞來。「妳到底有什麼意圖？」

「我想大伯誤會了。不是她想成爲驅鬼師，是我請她成爲驅鬼師。」樊俞行冷聲說：「意念施咒是她提點的，沒有她協助，我也無法繪出探符、定身符。有她成爲驅鬼師一員，即便日後沒有司皇一職，無名驅鬼師終將不落，甚至人人都可擁有與司皇比擬的實力。」

「但她……終究不是樊家人。」樊瑞城有些動搖，還是不願意鬆口。「況且她本身就有能力，算是帶藝投師，萬一學了我們的東西就走呢？」

「姬儀光能力出眾，能通陰陽，我不覺得她會貪圖祖師爺的傳承。」樊俞行又說：「縱觀無名驅鬼師分支、旁支，又有誰是祖師爺的血親？不都是他收養的孤兒嗎？若血親眞如此重要，無怪乎旁枝斷根，無法拓展。」

「你！」樊瑞城氣得臉紅脖子粗。「簡直強辭奪理。」

「爸，阿行說得有道理。」樊俞清怕老爸氣到中風，偷偷拉了一把，在他耳邊悄悄說：「阿行對人家有意思，近水樓臺先得月懂不懂？好不容易阿行願意交朋友了，你不要現在搞破壞！小心四叔、五叔他們揍你！」

原來傳言還有幾分可信，性別有誤，但喜歡是眞。

雖然他們這一輩的老傢伙常反對樊俞行的決定，但對這個從小愛護到大又注定短命的孩子，說沒有私心偏愛是假的。前頭他已經對姬儀光的能力有些動搖，後面又有樊俞行的喜歡推波助瀾，樊瑞城再想反對也找不到有力的論點和助力。

「算了，其他人不反對，我就沒意見。」樊瑞城能屈能伸，立刻退居二線。

樊俞清一方面想幫樊俞行，一方面想彌補流言帶來的傷害，不必樊俞行出馬，就自動幫他私下搞定所有驅鬼師，全票通過十八號加入。

雖然澄清了樊俞行不愛紅顏愛藍妝的謠言，同時間也坐實了樊俞行暗戀姬儀光，但苦於宿命作弄，無法表明心跡，只能以無名驅鬼師爲餌，把人留在身邊的眞相。

更可憐了有沒有？

眞是聞者傷心，聽者流淚，我們司皇大人還是個癡情種呢。

決定了姬儀光的身分後，退役的驅鬼師便一個一個離開，離去前都交待樊俞行要好好地過日子；預備役因爲年紀小又慕強，很想跟姬儀光講話，卻被快速帶離現場，只能一步一回頭地偷看站在樊俞行旁邊顯得特別嬌小的她。

「以後妳就是我們的一份子了，這裡永遠都是妳的家，沒人能趕妳走。」樊俞行向姬儀光保證。「妳可以搬進主宅，也可以在外面租房子，想繼續工作也沒問題。生活上有任何困擾，都可以回來主宅求助。」

一旁的三號驅鬼師等了老半天只聽見福利，沒有責任，忍不住插嘴：「她不用巡街嗎？還有輔導預備役？她是不是該跟預備役一起上個課，知道我們祖師爺的符籙跟規矩？」

樊俞行沒有回應，只是靜靜地看著他，直到三號尷尬不已。

「欸，我說你什麼都好，就是壞在這張嘴。沒事多吃飯，少講話，ＯＫ？」樊俞清馬上過來架開三號。「我把他帶走了，你們聊。」

等人都散得差不多，樊俞行才說：「剛才三號說的話，不要放在心上，我希望無名驅鬼師成爲妳的依靠，不是要妳拿什麼條件來換。」

「你不能這樣。」姬儀光反而有不同看法。「沒有坐享其成的道理。如果無名驅鬼師要成爲我的依靠，首先要先接納我才行。我不以眞心相待，誰又會給我眞心？該我擔的責任，我不會推辭，你照著排就是。」

樊俞行聞言，心頭一暖，姬儀光願意付出，就表示她眞心想融入這個團體、願意留下來。他笑著應了聲。「好，如果妳不喜歡，記得跟我說。」

「你不要覺得對不起我，畢竟除了上仙，只有你給我一處遮風擋雨的地方，是我要謝謝你。」姬儀光永遠承他這份情。

「嗯……」樊俞行斂目，把眼底複雜的情緒藏了起來。

不管他做得再多，始終遲了那個人一步。

✻

姬儀光巡街分在樊俞行這組，九點開始，到十一點送她上班。她排休當天，會安排一堂兩小時的課程，輔導預備役驅鬼師借天地靈氣畫符、施咒，以及如何保護自己。

由於姬儀光的咒術自成一脈，難度沒有樊俞行依據自身能力研闢而出的符籙來得高，大大降低了入門門檻，不僅現役驅鬼師會來旁聽，連退役的驅鬼師都會回來進修。

樊瑞城這一輩的驅師格嚴格來說年歲都不大，只是驅動靈咒所要耗費的精力實在太多，在執行任務時，遇上負隅頑抗的亡靈，很容易因爲體力、反應跟不上而出意外，因此在五十歲的分水嶺都會選擇退役。

而今接觸了姬儀光無私分享的符令後，居然有種寶刀未老，能重出江湖的感覺，實在讓人又驚又喜。眾人紛紛讚揚樊俞行做了個明智的決定，全然忘了一開始反對得最嚴重的就是他們這一群長輩。

無名驅鬼師服役的年限拉長確實是一大貢獻，姬儀光用實力在主宅內站穩了腳步。樊俞行認爲，待日後大家明白她眞正的樣貌，對她一定更加用心、不敢怠慢。更甚者，日後有沒有人能繼承司皇一職，也不是那麼重要了。

樊俞行很慶幸能遇見姬儀光，圓滿此生期盼。唯一遺憾的是不能長伴她左右，也不知道該如何開口跟她說，其實他的時日不多。

「小十八這麼厲害，說不定能解決你短壽的問題，要不然……你問看看？」樊俞清等了好幾天了，都沒看到樊俞行有任何表示。「你是怕失望嗎？」

「不是。」樊俞行看著會議室裡侃侃而談的姬儀光，柔了眉目。「天下沒有白吃的午餐，你想過她替我延壽要付出什麼代價嗎？這種逆天改命的事，何必說出來讓人爲難？我不想讓她爲難。」

他不想說還有一項原因，他不想看見姬儀光難過、憐憫、同情自己，這種種他曾在別人身上感受到的情緒，總是令他特別不舒服。

「我已經跟大伯他們說了，別在儀光面前提我壽元的事。你也一樣，不准拿這件事打擾她。」樊俞行冷聲告誡，直到樊俞清點頭才收回目光。

他已經接受了不能陪伴姬儀光太久的事實，只想有生之年都不會看到無名上仙現身。

這是他在這段注定沒有結果的感情裡，唯一的自私。

第18章　等待主人的米克斯〈上〉

大夜人手不足，姬儀光有了三急，都得火速解決，不能讓店內空懸太久沒人服務。每當這時候，她都有自己是入伍新兵的錯覺。

她進了趟洗手間，前後不到兩分鐘，店門口就多了一隻棕色的米克斯犬。

超商門口時常會有流浪動物過來乞食，姬儀光早已見怪不怪，只是有一點引她疑竇。

外面正下著傾盆大雨，雨勢浩大如亂箭，打在身上都會覺得疼，爲何這隻米克斯只有濕了部分皮毛？

姬儀光打了個術法到牠身上，末了只能嘆氣。

結婚是遺棄毛小孩的理由嗎？

姬儀光從休息室裡拿出一個大紙箱，拆開後鋪在超商外面，讓米克斯有個暫棲之所，又幫牠下了屏障，讓雨滴落不到牠身上，再施法烘乾牠被打濕的毛皮。

牠是個小女生，眼神清澈炯亮，絲毫沒有被遺棄的痛苦，似乎對主人會再回來接牠一事深信不疑。

姬儀光心疼地摸了摸牠，再以食指抵在米克斯的額頭上問：「小乖乖，妳叫什麼名字？」

「汪汪！」亮亮！

「亮亮是吧？妳在這裡乖乖的，不要亂跑，姊姊拿東西給妳吃喔。」除了導盲犬，動物其實不能進入超商，姬儀光也只能照規矩行事。

就算她有辦法把這隻米克斯帶進來，牠也寧願在外面等牠的主人吧？瞧牠癡癡望著東邊的路口，八成是牠主人離去的方向。

眞是造孽喔。

姬儀光開了狗罐頭跟礦泉水，倒在關東煮的碗裡，放到亮亮面前，摸了摸牠的頭，看牠尾巴搖得歡快就覺得心傷。

有種同是天涯淪落人的感覺。

想起上仙離開的那一天，她的世界像毀了一樣，瞬間成渣，痛了好久才有力氣邁出下一步。只希望亮亮意識到自己被拋棄的時候，不要過度悲傷。

「孩子，妳要堅強。我想辦法會幫妳找個新主人，不會再把妳丟棄的新主人。」姬儀光難受死了，忍住沒甩出法術讓棄養牠的人晚年淒慘落魄。

今天大夜客人不多，又沒有需要協助的異界朋友。姬儀光大部分的時間就蹲在超商外面陪亮亮看路口，聽雨聲，讚嘆雨幕，然後在心裡咒罵亮亮無良的飼主。

挑這種雨勢大得跟颱風天一樣的日子丟狗，就是不想讓亮亮追上。

幸虧牠的飼主腦袋破洞還沒有到特別嚴重的程度，聽說有些人怕寵物自己找路回家，還挑半夜載到深山野嶺裡野放，最好那裡會有人有食物！

姬儀光真的超生氣的，手抬了好幾次，最後都悻悻然地放下了。

怨氣不是她濫用能力的藉口，所有作爲最後都會化爲因果，循環在飼主自己身上，不必她路見不平，多管閒事。

可是還是好生氣啊！

姬儀光受不了這種火大的感覺，只好悶聲擦起玻璃、桌椅，再拖了一次地板轉移注意力。

很快的，大夜班的尖峰時間到了。因爲下雨的關係，今天沒有晨練的人上門，都是上班族跟學生居多，每個人進來都無比狼狽。姬儀光鋪在門口止滑吸水用的紙箱馬上就被踩得破爛。

「不好意思，雨傘請放在外面，雨衣請脫掉再入內喔！」

姬儀光忙著結賬、煮咖啡、呼籲消費者的同時，還不忘探頭注意門外的亮亮。見牠乖乖地待在原地，才放心處理手邊的事，再找空檔把地板的水漬拖乾，以免有人滑倒，又要投訴吵賠償。

跟早班的同事交接完，順便把亮亮被棄養的事跟對方說，要她幫忙留意亮亮的動向，別讓牠亂跑。也打了通電話給店長說門口有隻米克斯被遺棄了，先讓牠暫留幾天，她會幫牠找個新主人。

或許是姬儀光太常做這些在別人眼裡屬於份外的事，店長跟同事絲毫不覺得奇怪，不僅同意讓亮亮在門口暫居，還幫牠做了個臨時牌子，請大家不要欺負牠。

姬儀光進休息室換下制服，才剛拿出手機確認有沒有新訊息時，電話就進來了。

是樊俞行。

她接起電話，就聽見那如流水淙淙的清冷嗓音輕聲地喊了她的名字。

「儀光。」

她耳朵有點癢。「你已經在外面了嗎？我快好了，你再等我一下。」

今天下班拖了點時間，樊俞行應該等很久了。

「我有事要處理，會晚點過去，妳先在超商等我，吃點東西。」

「不用啦。」姬儀光連忙說：「我自己坐公車回去就可以，你忙吧。」

「下雨了。」樊俞行淡然地回了她，不給她機會拒絕。「待著等我，很快就到。」

「好吧，那你慢慢來。」她剛好可以留下來處理亮亮的事。

結束了跟樊俞行的通話，姬儀光走出超商，舉著手機，從各角度拍下了亮亮的模樣，然後就蹲在牠旁邊，把照片傳到網路上，附上亮亮出現在超商門口的原因，詢問有沒有人要領養。她還有加一句「如果前飼主回心轉意想把她帶回去的話更好」，當然這機率相當渺茫。

樊俞行到超商來接人時，見到的就是一人一狗蹲坐在門口發呆的畫面。姬儀光看起來十分苦惱，眉頭都要黏在一起了。

「怎麼了？」樊俞行收了傘，摘下墨鏡，蹲在姬儀光面前，跟她大眼瞪小眼。「不舒服？」

「不是啦，是因爲牠。」姬儀光指著亮亮。「半夜兩點多被主人扔到這裡來，我想找人領養牠，可是回我留言的都在攻擊飼主。」

樊俞行實在拿她沒轍。亡靈和活人幫不夠，連寵物都要管了嗎？

「妳把領養文傳到哪裡了？」

姬儀光找出她最新發文的平臺，直接把手機給他。就見樊俞行手指在螢幕上翻飛，沒多久就把手機還給她，螢幕已經轉回了桌面。

「你做了什麼？」感覺好神祕喔，她居然看不懂。

「請媒體業的朋友幫點小忙，讓他們把亮亮的事傳出去。」

「謝謝。」姬儀光由衷道謝，讓司皇大人賣面子的事，還算是小忙嗎？「如果亮亮能順利找到新主人就好了。」

姬儀光沒有在網上留私人的聯絡方法，給的是門市資料跟電話，還有門市地圖。送養動物也不是一、兩個小時就能成的。姬儀光請同事幫忙留意，如果有人打電話來要看狗的話，跟對方約好時間後再告訴她，她會立刻過來。

沒有親眼看看對方是圓是扁，是善心人士還是披著羊皮的狼，她不放心，可不能把亮亮再送進虎口裡受苦，也請同事交班時，把這件事跟晚班的人說。

交代好所有事，姬儀光才放心離開。臨走前，她又摸了摸亮亮，柔聲說：「別怕，超商裡的哥哥姊姊都是好人。」

是啊，尤其是牠面前這個人。樊俞行默默在心裡補上這句話。

「好了，走吧。」她也不能太耽誤樊俞行的時間。「等我跟店裡借支傘。」

「不用了。」樊俞行一手打傘，一手護住她肩膀，就這樣和她共撐到汽車旁，再把她塞進副駕駛座裡。

傘幾乎都遮在姬儀光身上，因此樊俞行上車時，左半邊都是濕的，髮梢還在滴水。姬儀光先是打量四周，見沒有人看得見車內動靜，抬手就把樊俞行的衣服跟頭髮全數烘得乾乾爽爽。

樊俞行側頭看了她一眼。「挺方便的。」

「要不是怕被人發現，我不撐傘也行啊。」還能讓大雨讓出路來呢。以前使出來會被當成神明供起來拜，現在使出來，只會被抓起來研究，可能天天有人吵著採訪，網友還會不斷地以鍵盤鑽研，想要破解她令大雨讓道的祕密。

想想現代人還眞可怕。

「嗯，低調點好。」像他們這門的驅鬼師已經盡量低調行事了，還是容易受名氣所累，什麼亂七八糟的委託都找上門來。

他能冷著臉推掉不想接的工作，但姬儀光這頭根本不知道什麼叫硬起心腸的四靈鳳凰，不是會出手相助，就是發現不能相助後，躲起來自責，只能幫找得上她的有緣人。

樊俞行開出超商的停車場，就見姬儀光目光不移地看著門口的米克斯，隨著車子駛遠，脖子越轉越後面，他決定找事情轉移她的注意力。

「妳還記得我說的靈異節目吧？在遊樂園工地拍的。」

「怎麼了嗎？」姬儀光轉過身來，雙眼眨巴地看著樊俞行。

「節目播出後，有幾組年輕人效仿，到那裡做了些不太禮貌的事，帶了些東西回去。早上我就是在處理這些，所以來得晚一點。」

「難怪你說那裡的戾氣變重了，看來那些不知天高地厚的年輕人又在那裡自拍打卡、說一點都不恐怖了吧？」姬儀光眞想翻白眼。沒事就多喝水呀，何必自作孽？比較有成就感嗎？

「不止。」樊俞行拐了個彎，面色依舊冷然，但說出來的話差點讓姬儀光一頭撞在擋風玻璃上。「不曉得誰說童子尿可以驅邪，一群大學生就集體脫褲子在那裡撒尿，回來不是腳不能動，手不能抬，就是只剩眼珠子能轉。」

這也太挑釁了吧，簡直跟衝進一群不良少年裡面比中指沒兩樣，他們是笨蛋嗎？

姬儀光抖著嘴角，也有點無話可說的意思。「童子尿……確實是可以驅邪啦……」懂得用的話。

「他們都不是童子了。」樊俞行怕她誤會，沒想那麼遠，又補了一句：「都不是處男了。」

她這下眞的無話可說了，臉囧得像被人揍過一樣，只能弱弱地問上一句：「處理好了嗎？」

「好了。」順便帶了主宅內的驅鬼師親測姬儀光教導的方法，先喚醒亡靈神智，再協商溝通，以渡化爲主，驅散爲輔，同意後再燒香上供，請地府派陰差來帶人。「城隍爺說妳有先跟地府打過招呼。」

早上來帶人的就是他那天在超商看見的中年男子，城隍爺公。

在場的驅鬼師知道姬儀光能直面地府，樊俞行也早就見過城隍，在陰差領魂離開後，又激動地圍住樊俞行不讓人走。

「總要先拜個碼頭，畢竟以後麻煩對方的機會多的是。只是沒想到會是城隍帶隊，八成是對無名驅鬼師好奇吧。」姬儀光低頭傳訊息感謝城隍幫她做了一次面子，又跟樊俞行說回了這次的委託人。「你就算處理好他們的身體，也處理不好他們的腦子吧？正常人做不出這種事。難道他們出發前喝醉壯膽了？」

「嗯，喝烈酒。」要不是看在他們情況滿慘的，眞想讓他們再受幾天折磨。

都這麼大了，還分不清楚什麼可以玩，什麼不能玩？眞是天要亡誰，必先令其蠢。姬儀光只能雙手合十，爲他們的腦袋默哀。

樊俞行在一處大型的十字路口停了下來。大雨滂沱中，有位老奶奶載著斗笠，拿著好幾串玉蘭花穿梭在車陣之間，卻沒有一位駕駛願意把窗戶搖下。

老奶奶一轉過身來，半邊身體血肉模糊，手上的玉蘭花不是米白而是淡粉色。

她敲著樊俞行的車窗，叩叩叩——

「少年仔，要買玉蘭花嗎？」

樊俞行目不斜視，裝作沒看見，姬儀光同樣目視前方，不敢轉頭。

等老奶奶放棄，去找下一輛車時，姬儀光抬手甩了個術法到老奶奶身上，將她半邊身體補全。

又心軟了。

本以爲在賴志銘的事情過後，她會低落好一陣子，卻沒影響她繼續幫助亡靈。

受虐至死的孩童、情傷過重而尋死的失意人、受不了父母期望及壓力而自盡的準考生等等等等，他已經不只一次在進入超商時，遇到她正在開導或是渡化這些有緣人，見他們變成點點金光，隨著土地官離開，她就會露出安心的表情。

不是愉快，不是滿足，而是安心，慶幸沒有再次發生賴志銘的悲劇。她會怕，卻沒有因爲恐懼停下腳步，而是咬牙繼續前進，做她認爲對的事。堂堂四靈之一，何必這般辛苦？顯個神蹟，就能受世人供養了吧？

樊俞行無奈地搖搖頭，就算她的出發點不純粹，是爲了讓無名上仙回來，但能做到這種程度嗎？他對此感到微惱，卻不知道自己望向姬儀光的眼神柔得都能滴出水來，就像被雨洗滌過的明亮車窗。

「遇到這種的，妳都怎麼處理？」他不主動驅鬼，一般都當沒看見。

「就像你看到的這樣，修補魂體，有攻擊性的就先處理，沒有攻擊性的，就等七月普渡完，她就會跟著魂群回地府了。」沒有陰差來帶或是請土地官領走的都是這樣做，讓他們完完整整的，再慢慢意識到自己已經不在人世。

樊俞行鬆了口氣，就怕姬儀光再埋頭進去，又一路處理到在世的家屬，但他馬上想起一件事。

「妳沒偷偷回去過遊樂園的工地吧？」

第19章　等待主人的米克斯〈中〉

姬儀光不解。「我去那裡幹嘛？」沒事找事？

「回去修補那些人的魂體。」在工地徘徊的亡魂魂體百孔千創，加上賴志銘在那裡發生意外，難保她不會想過去看一眼。

因爲自責把自己送到賴家挨罵，心軟再回到案發地順手幫個忙？很有可能是她會做的事。

「心有餘而力不足。」再怎麼說她都不是神呀。姬儀光感嘆地說：「我沒辦法一口氣修補那麼多魂體，萬一引起騷動就麻煩了。靈界跟人界結構差不多，也有霸凌的現象，有的人補好了，有的人還是支離破碎的，容易有紛爭。」

一旦好心辦壞事就慘了，她沒那麼蠢，不懂審時度勢。

樊俞行稍微放心了些。這時交通號誌轉爲通行的綠燈，駛上路後，他又險些因爲姬儀光脫口而出的話急踩煞車。

「除非我現出眞身。但現出眞身就低調不起來了啊！」人都有身體慣性之類的，神獸也有，她的慣性就在於現出眞身時會不由自主地嘶鳴一聲。

開玩笑，神獸的叫聲怎麼可能會小？加上那一身豔豔火光，沒上Discovery也能上BBC！

聽她這麼一說，樊俞行不免好奇起她說的眞身模樣。這年頭，誰見過眞正的靈獸？

不過好奇歸好奇，他不會表露出來。最好姬儀光這輩子都不要以眞身示人，免得受人覬覦，引來不必要的麻煩。

他至少還有十年的時間能慢慢布署，讓無名驅鬼師除了驅鬼之外，更提升自身能力，代代守護姬儀光。

樊俞行正要找間早餐店停下來用餐時，姬儀光的手機響了。

是超商打來的電話，姬儀光火速接起。

同事在電話那頭激動地說：「小姬，T臺新聞分享了你的文章，馬上有人打電話來說要領養狗狗耶！對方也是X市人，說現在下雨，不忍心狗狗在外面待太久，想要立刻來看牠，看能不能快點把牠帶回家。你要過來一趟嗎？」

「眞的嗎？好喔，我馬上過去！」沒想到這麼快就收到了回應。姬儀光收起手機，大眼眨巴眨巴地看向樊俞行。「那個……俞行，我同事說有人要來看狗，你能載我回超商嗎？」

「好。」樊俞行翹起嘴角，轉著方向盤走回原路。

他喜歡聽姬儀光喊他的名字，有一股奇特的鼻音，像在撒嬌一樣，讓人捨不得拒絕她任何要求。

想領養亮亮的人是一對中年夫妻，家裡做模具生意，小有資產，曾養過一條土狗，照顧了十六年後過世。夫妻倆萬分傷心，好一段時間不敢再養寵物，只能默默地資助動保協會或個體，捐狗糧、贊助醫療費，直到看見了亮亮的照片。

他們說亮亮長得跟他們之前養的那頭老狗很像，胸口都有一小撮白毛。

若不是中年夫妻提醒，姬儀光還眞沒發現這點小小的特徵。

她悄悄地在夫妻倆的腦海裡注入靈識，審閱兩人生平。確實如他們所說，十分愛護那條沒有名貴血統的土狗。兩人也極富愛心，資助附近八家學校貧生的午餐費跟書籍費已經十餘年，從未間斷。

姬儀光鬆了口氣，也爲亮亮開心。

此時天已放晴，她蹲下來摸了摸牠的頭，開心地說：「亮亮，妳有新家囉。他們會好好愛妳，不會丟棄妳的。我保證。」

「汪汪！」亮亮歡快地搖著尾巴，回應她的撫摸。

中年夫妻也蹲下來摸亮亮，在姬儀光還沒過來之前，他們就跟亮亮相處得很融洽了，越看越喜歡這隻米克斯。

姬儀光沒什麼送養動物的經驗，但也懂得留下中年夫妻聯絡方式，方便以後去探望亮亮的新生活。中年夫妻打算先把亮亮帶到動物醫院檢查，確認有無植入晶片，也是想好才來的，不是一頭熱。

但是，亮亮卻不肯跟他們走！

用盡各種方法，牠死活就是牽不上車，就連用抱的都掙脫下來，一直縮到牆邊，說什麼就是不願離開，任誰都拿牠沒辦法。

姬儀光食指點上牠的額頭，細聲問：「亮亮，妳爲什麼不走呢？」

「汪汪汪！」我要等媽媽回來！

「他們當妳新的爸爸媽媽不好嗎？有罐頭，有玩具，還有軟呼呼的床喔。」姬儀光就像電視購物臺的主播，聲色表情都相當誇張。

但是亮亮不爲所動，叫聲還更高亢了，熠熠發亮的眼睛寫著清楚的拒絕。

「汪汪！」我有媽媽了！「汪汪汪！」我不需要新媽媽！

亮亮珍藏的記憶透過靈識回傳給姬儀光。牠就像一臺監視器，時時刻刻記錄著主人的樣子，彷彿全部的狗生都在主人身上，只要看到主人就會特別開心。

牠喜歡主人牽牠散步，牠喜歡主人蹲下來摸牠的頭，軟聲細語地跟牠說話，喜歡主人一回家就喊牠的名字，喜歡主人跟牠玩遊戲，拿著零食放在牠鼻子上，等主人一聲令下才能吃，然後被稱讚好乖。

她記憶裡所有的一切都是主人。

這讓姬儀光好難過，久久說不出話來。

亮亮如此喜愛的主人卻不要牠了。亮亮看到主人跟未來丈夫因爲飼養問題爭執的畫面，卻選擇相信牠的主人，只要牠乖乖待在原地等候，主人就會回來接牠。

這個小傻瓜！

姬儀光氣歸氣，卻能明白牠的感受。要是有人說換個上仙給她，她也不要呀！只是殘酷的現實在於她能養活自己，亮亮卻有難度。

「汪汪！」我有媽媽了！

亮亮不斷強調，每聲叫喚都讓姬儀光揪心不已。樊俞行見她神情難受，心臟像被棉線綑了好幾層似的，每一次跳動都有受縛的痛楚。

「怎麼了？」他單手搭上姬儀光的肩膀，輕聲詢問。

「亮亮不願離開，想等牠的主人回來。」姬儀光嘆了口氣，沒注意樊俞行就搭著她的肩膀，連她站起來了都沒收回去，一心只爲亮亮難過，還有對中年夫妻感到抱歉。「牠凌晨才剛被丟棄，想來還沒辦法接受主人不回來了。如果你們眞的很喜歡亮亮的話，能不能請你們稍等幾天？要是覺得不方便也沒關係，不勉強。」

中年夫妻也明白狗狗的本性就是這樣，這也是牠們受人喜愛的地方，又如何會有勉強的感覺，反而更心疼亮亮了。

「沒關係，我們可以等。我們會多來看亮亮，多跟牠相處，讓牠習慣我們夫妻倆。」丈夫如是說。

這不是愛面子說的話，是發自內心的誠懇之言，姬儀光感受得到。

「謝謝你們。」這眞的是亮亮的運氣。

送走了中年夫妻，姬儀光又跟亮亮玩了一會兒，才讓樊俞行半哄半騙上了車去吃早餐。

＊

現在網路發達，很多事都不再是祕密或是一隅新聞，亮亮被遺棄的文章被新聞媒體分享後沒多久，中年夫妻想領養亮亮、牠卻因爲前主人的關係而不願離開超商門口的事，也被旁邊偷錄的民眾放到網路上，激起了千層浪。數以萬計的人都對亮亮感到憐惜與不捨，用言語和文字撻伐遺棄忠狗的主人。

接下來幾天，亮亮都住在超商外面，很多網友在線上看到新聞後，都找來超商看牠。亮亮很親人，每個來找牠玩的人都能看到牠大搖尾巴歡迎。

但若有人想要帶牠走，原本溫馴的米克斯就會開始抗拒跟吠叫，每每要讓店員分神出來制止，呼籲大家別因為一時的惡趣味把牠對主人的依賴當作娛樂，甚至在門口跟超商的官網上公告，要大家尊重亮亮。

但一周還沒過完，亮亮就不見了，而且是在姬儀光值班時間發生的事。

當時她正在補貨，背對門口，等她轉身，就沒見到亮亮了。

她原先以為亮亮是去上廁所，五分鐘過去了，牠還沒回來；十分鐘過去了，門口依舊空蕩蕩的，她就覺得不妙了，馬上衝進休息室調出門口監視器的畫面。

所以當樊俞行過來超商的時候，不見狗，也不見人。

他立刻撥了姬儀光的電話，在接通的那一瞬間才發現自己一直屏著呼吸。「妳在哪？今天不是有上班？」

「亮亮不見了，我在調監視器的畫面，等我一下。」姬儀光用肩膀夾著手機，眼睛緊盯螢幕，雙手調整時間軸快進跟迴放，看到了亮亮被帶走的影像。牠不僅沒有任何掙扎，還主動跟著對方離開，尾巴搖到都快要斷了。

那絕對是牠的主人。

姬儀光盡量截下對方的正面影像，放大後才發現這人有備而來。帽子、墨鏡、口罩把五官全遮了起來，僅有身形看得出是名年輕女性。

把圖存好後拿到機器列印，樊俞行見姬儀光悶悶不樂，接過圖一看，大概也知道發生了什麼事。

「輿論逼人。」他下了結論。

「重點是她不想養亮亮了，把狗帶走只是想平息風波。」這是她最害怕的地方。

姬儀光走出超商，來到監視器的死角處。樊俞行跟她走了出來，只見她確認過四周都沒有人後，便按照一長兩短促的規律，不斷地吹著口哨。

接著，越來越多狗、貓，甚至是老鼠、蛇都跑了過來，乖得跟什麼似的，但除了移動外，牠們都沒有發出任何聲音，也沒有出現互相獵捕的現象。

即便如此，樊俞行還是看得頭皮發麻。

姬儀光舉著圖片跟牠們說：「幫我留意照片裡的狗，如果牠好好的跟牠主人在一起就沒關係，要是牠在外面流浪，就把牠帶回我這裡，知道了嗎？」

動物們擺尾表示知道，之後便各自散去。姬儀光看著牠們的背影，若有所思。

「妳不會想幫牠們找主人吧？」樊俞行突然問了這句話。

老鼠跟蛇就算了，牠們能自己獵食，主要問題來自於人為環境的影響與生存空間縮減，這不是他們能力範圍內能改變的事。而那些流浪的貓貓狗狗覓食難度比較高，身上或多或少都帶著傷口，難保姬儀光慈悲心又在作疼，想幫上牠們一把。

不過樊俞行料錯了。她搖了搖頭，語氣分不清楚是看破、無奈還是自厭，抑或都有。

「做越多事，就越明白自己的能力有限。」姬儀光低下頭，把列印下來的圖片對折收好。「我不是不能幫這些動物找新家，但我不是專門做這些事的，時間跟精力都有限，想做也做不好，那不如不做。」

不管什麼都是有限的，人一樣，神獸也一樣。

這種無能爲力的感覺非常糟糕，但她不只得適應，還得習慣，與之並行。

姬儀光說話的樣子很平實，看不出情緒起伏，樊俞行卻有種她非常難受，而且已經難受到麻木的感覺。

「有沒有對我很失望？」姬儀光側頭問了句，笑笑的，還俏皮地眨了眨眼。

樊俞行心頭卻像被什麼東西扎了一下，麻麻癢癢的。

仔細想來，她會如此在意亮亮的事，或多或多有把自己投影進去吧？跟上仙分開後，她獨自在這人間流浪了多少年？恐怕沒有誰比她更明白被丟下的痛苦滋味。

✵

早班交接時，姬儀光跟同事說亮亮的主人把牠帶走了，外面鋪給亮亮睡的紙箱、毛巾跟食碗都已經收了起來，也在網路上說亮亮不在超商了，請大家別再過來，以免撲空。

姬儀光用靈識探查到亮亮是被帶往東北方。樊俞行載她回家之前，也帶她沿途往東北方尋找，卻沒有任何收獲。

隔天凌晨上班，姬儀光才洗好關東煮的機器，就發現門口趴著一隻棕色的米克斯犬。她立刻走出超商喊牠。

「亮亮！」

米克斯犬聞言回頭，姬儀光立刻哭了出來。

牠整顆頭被車子輾過，面目全非，頭骨塌陷，皮掉了一大半，要不是胸口那撮白毛，誰認得出牠是亮亮？

即便如此，看到姬儀光，亮亮還是歡快地搖著尾巴，不因爲被主人二次丟棄就再也不相信人。

牠依舊是那個傻亮亮。

第20章　等待主人的米克斯〈下〉

樊俞行到超商時沒見到姬儀光，反而是個陌生的女孩子站在櫃檯後，年紀很輕，大約高中的年紀。

「儀光呢？」

那女孩子眨巴著圓滾滾如黑的眼睛，微笑抬手指向洗手間。

「謝謝。」樊俞行走到顧客休息區等候，一見到姬儀光出來，正要出聲喊她，就見她雙眼紅腫地望過來，滿臉委屈，急忙上去詢問：「怎麼了？是她的身世太可憐？」

站櫃檯的女孩子已經死了。

「俞行——」姬儀光才剛張嘴，又想哭了，深呼吸了好幾回才壓下。

「沒事，沒事。」樊俞行拍著她的背，幫助她舒緩情緒。

站在櫃檯的女孩子看到她出來，也走到她面前，有點討好地問：「光光，我可以吃罐頭嗎？」

「這裡什麼東西都能吃，妳喜歡就拿，算我的。」姬儀光微笑回應，但樊俞行看得出來她在硬撐。

「真的嗎？巧克力也可以？」女孩子詫然地瞪大原本就不小的眼睛，興奮地問。

「嗯，都可以。」

得到姬儀光的首肯，女孩子歡悅地拍手，旋身就往零食區走去，張著大眼物色架上的產品，看見喜歡的就立刻拿下來拆包裝，咔嗞咔嗞地大嚼著。

然後就有更多拆包裝的聲音，更多咔嗞咔嗞的聲音。

姬儀光嘆了口氣，向樊俞行點明女孩子的身分。

「她是亮亮。」

「亮亮？」樊俞行看了看站在櫃檯傻笑的女孩子，頓時也不知該說什麼才好。「那隻被主人帶走的米克斯？」

「嗯。」姬儀光閉了閉眼。

這就是她哭成這樣的原因？

樊俞行怕她好不容易收拾好的情緒又崩潰，不再多問，姬儀光卻像終於遇見了可以傾訴的人一般，劈哩啪啦就說了出來。

「你知道亮亮來的時候樣子有多慘嗎？整顆頭都凹了，血肉模糊，左前肢還被壓碎，卻還是一直對我搖尾巴。我幫牠修補魂體，牠還跟我說謝謝，過來舔我的手……」姬儀光越說，雙眼越是空洞。

樊俞行知道亮亮的死對她的打擊很大，說不定又要歸咎到自己的粗心大意上，用悔恨折磨自己。

「閻王要人三更死，絕不留人到五更，狗也一樣。亮亮注定活到今天，妳再努力也沒辦法扭轉，這不是妳的錯。」

「是嗎？」姬儀光盯著掌心，喃喃回應。樊俞行說的話是有道理，她能理解，可是接受不了。「我就是覺得我什麼事都做不好……」

樊俞行眸光一閃，展臂一把將她納入懷裡，輕輕拍撫她的背心，柔聲安慰。「妳能做好的事多著。讓餓死的老奶奶飽餐一頓再上路，讓鳳凰木知道有人記錄它的歷史，讓周氏能在投胎前能有機會與親人敘話，讓賴嘉維知道他爸爸的樣子、護他平安出入火場，還有幫賣玉蘭花的老奶奶修補魂體，妳還正視自己的問題努力彌補，這些事交給我，我也做不到。」

姬儀光被他緊緊抱在懷裡，慢慢放鬆僵直的身軀，說話甕聲甕氣的。「可是我做不好的事更多……」

「妳什麼事都辦得到，就不會只是隻鳳凰了。」既然她還肯主動提亮亮的事，那他就來跟她聊亮亮，就算沒辦法完全化解她的悲傷，讓她發洩出來，不要悶在心裡也好。

「妳爲什麼把亮亮化成人形？」樊俞行鬆開了她，再指著櫃檯，毫不客氣地說：「順便幫我煮杯咖啡，我要榛果拿鐵。」

姬儀光不禁皺眉。「你怎麼越喝越甜了？」

說歸說，她還是收拾好心情，帶著身爲超商店員的專業與驕傲，走到櫃檯幫樊俞行煮咖啡。兩人一在裡，一在外，咖啡機的聲音轟轟響，把亮亮吸引了過來。

「光光，這是什麼呀？」亮亮好奇地問，還東嗅嗅西嗅嗅的。「是不是咖啡？我在家裡常聞到這味道，主人也很愛喝咖啡！」

姬儀光差點抖掉手裡的咖啡，連忙蓋上杯蓋，遞給樊俞行，笑著對亮亮說：「是呀，是咖啡。」

「我可以喝看看嗎？主人說狗不能喝咖啡，我一直很好奇！」亮亮興致勃勃的，如果姬儀光把她變成人時還保留尾巴，現在肯定搖得跟直升機翼沒兩樣。

「亮亮，我跟儀光有重要的事情要說，妳先去旁邊吃零食喝咖啡，喜歡的話再回來讓儀光幫妳沖其他口味。」樊俞行直接把手裡的咖啡給她，有點像在哄小孩。

亮亮接過，露出笑臉。「謝謝俞行。」

樊俞行一愣，亮亮以為說錯話了，擔憂地說：「我叫錯了嗎？我記得光光是這樣叫你的。」

「嗯，沒錯。」樊俞行瞇眼，微笑應下。

亮亮也跟著笑出一口白牙，捧著咖啡，繼續回去品嘗她沒吃過的零食。

「看她這樣，我都不知道自己究竟在氣什麼。」眞的是王爺不氣，氣死廟公。姬儀光拍了拍腦瓜子，跟樊俞行說她用靈識探到亮亮生前最後一段的影像。「昨天亮亮被牠的主人帶走，扔進山區，牠順著路走下來，不幸被一輛小發財車撞死。夜深了，沒什麼車，發財車開得很快，亮亮根本來不及躲……」

想到亮亮死後的慘狀，姬儀光就覺得鼻酸，仰頭想讓眼淚倒灌回去。

「妳怎麼把牠化成了人形？是牠要求的嗎？」

說到這個，姬儀光就想大翻白眼。「這小妞說狗不能進超商，我只能把牠變成人呀。」

樊俞行捏了捏鼻梁。「難怪妳這麼關心亮亮。」

姬儀光疑惑。「怎麼說？」

「惺惺相惜。」

「……這句怎麼聽起來怪怪的？」是她的錯覺嗎？怎麼好像被婊了？

「妳想多了。」他只是有感而發，又怕姬儀光深究，馬上換了個話題。「亮亮這年紀看起來差不多是高中生，狗齡應該一歲左右吧。」

會被棄養可能是長大了，沒有小時候可愛，已不復喜歡。

「說到這個我更有氣。」姬儀光咬牙切齒。「我說要幫她化成人形，她就開始叫，然後用靈識傳了個樣子給我，叫我把她變成主、人、的、樣、子。」

她不知道有幾百年沒有感受到恨鐵不成鋼的不滿了！偏偏又捨不得讓亮亮明白怨恨的滋味，憋到快得內傷。

「她主人長這樣子？」樊俞行不由得看向正在吃巧克力棒的亮亮。

白白淨淨，五官柔美，脾氣看上去很好，富有耐心，很難想像會做出遺棄寵物的事情。

「怎樣？你的菜喔？」

這話聽起來酸酸的。

樊俞行轉過頭來，看著氣呼呼的姬儀光，淡淡一笑。「只是好奇。不談這個了，我們先講亮亮吧。」

姬儀光也不想談這個，但話就自然而然脫口而出。「我把亮亮的年紀變得小一點，眼睛變得大一點，不然我怕看了那張臉會忍不住出拳。」

她可沒有不打女人的原則，生氣了照常往死裡揍！

「這不重要。」樊俞行說不談這個就不談，事實上確實不重要。「妳打算如何處理亮亮？」

「送牠回去，總不能把牠放在這裡。只是，我沒辦法圓滿亮亮生前的遺憾……」亮亮的人生只有主人，走的時候孤伶伶的不說，還是被主人丟棄的。

「至少下輩子，牠會樂天知命。」懂得快樂才是一世的好命人。

「……我也只能保牠下輩子。」姬儀光又煮了杯咖啡給樊俞行，才繞出櫃檯，走到亮亮面前，小心翼翼地問：「亮亮，妳知道妳現在——」

「我知道，我死了。」亮亮的笑容摻了些苦澀，清湛的眼神裡有著痛楚、無奈、悲傷、惋惜，就是沒有憤恨。「那輛車開得很快，我還來不及反應，痛一下就沒知覺了。等我起來就發現自己在超商外面，我就算再會跑也跑不了那麼快。光光，我死了，對吧？」

「妳怎麼沒想過要回妳媽媽那裡去？」牠的意念已經強到可以送牠來超商了，爲什麼不回家看看牠心心念念的主人？

「我知道……媽媽不喜歡我了呀……」亮亮的大眼瞬間蓄滿淚水，配上牠的笑容，看起來更讓人心疼。「可我還是很喜歡她……我不想做會讓她討厭的事……我知道光光是眞的對我好，我想跟妳說謝謝，然後我就眞的過來了。」

姬儀光馬上熱淚盈眶。

「光光，謝謝妳。」亮亮笑得很燦爛，身上開始散發出點點金光。

牠本來想等姬儀光把手指抵在自己額頭上時，跟她說聲謝謝，豈知姬儀光直接把牠變成了人。但還來不及說謝謝，姬儀光就衝進洗手間，之後樊俞行就來了。

姬儀光不敢相信亮亮生前的遺憾只是沒來得及跟她說句謝謝，忍耐許久的眼淚立刻衝破防線，掉了下來。

「亮亮……」怎麼有這麼傻的孩子呀？姬儀光抹不完眼淚。「妳放心，我一定幫妳找個很好很好的爸爸媽媽，讓妳下輩子受盡寵愛。」

樊俞行嘆了口氣，拿來面紙為她擦臉。

「那我可以當我媽媽的女兒嗎？」亮亮滿懷期望地問：「如果我是她生出來的，她一定會很愛我吧？」

姬儀光突然覺得頭有點痛。「我不能保證。」

拜託，托生在棄養她的主人家裡，不怕連當人都被棄養嗎？

不行，絕對禁止！

可是，她沒想到樊俞行會跟她唱反調。

「這提議不錯。儀光面子大，有很高的機率能讓妳投胎到原本的主人家。」

「真的嗎？」亮亮開心得直接撲抱在姬儀光身上。「謝謝光光！」

姬儀光瞪了他一眼，眼珠子都快噴出火了。她無聲地對樊俞行咆哮：「你在幹什麼？」

「子女都是來討債的，這筆債讓亮亮自己去討。」

亮亮身上發出來的金光越來越多，這表示牠能留在這世間的時間已經不長，也代表牠對這一生越沒有遺憾。

姬儀光嘆了口氣，實在拿這忠心的孩子沒辦法，怒其不爭，卻又憐惜她的不爭。「我知道了。」

她以腳尖劃地，請出土地官。

小土地很快就出現在超商裡，西裝外還披了長大衣，招牌一字型劉海已不復見。他的髮型修剪得相當俐落，兩側跟後腦下緣剃得很短，上方的頭髮抓蓬後，旁分上油，這種帶點復古的歐式油頭造型，讓她不免想起一個人。

她悄悄地轉過頭，看了看樊俞行。

「司皇先生，姬姑娘。」小土地向兩位打招呼，發亮的雙眼在對上樊俞行時，像又加入顆LED燈的亮度。

所以，他這個新造型可以解讀為向偶像致敬嗎？

姬儀光頓時被成千的囧字淹沒了。

「不知道兩位喚下官出來，有什麼吩咐？」小土地努力地營造出高大的形象，但是贗品在正貨面前怎麼裝，還是贗品呀。

還是滿搞笑的山寨貨。

「麻煩幫我送這位小妹妹回去。」姬儀光不想打擊他的信心，只好裝作一切都沒看見，將靈識凝成一顆球，一併交給小土地。「把這個交給陰司，他就知道如何處理。」

「下官知曉，請姬姑娘放心。」小土地還做出了執事的標準動作。

「亮亮，妳別怕，跟這位哥哥走，他會把妳帶到妳該去的地方。」姬儀光摸了摸亮亮的頭，突然覺得把孩子變太高了，像鳳凰木精那樣的高度比較剛好。

「嗯，我相信光光，下輩子我再來找妳玩，不要忘了我喔。」亮亮用力地抱了姬儀光，跟小土地離開之前，也跟樊俞行揮了揮手。「你要照顧好光光喔。」

「我會的。」樊俞行微微地點了頭。

亮亮跟小土地走出超商後，沒幾步就消失蹤影。

姬儀光抱著頭蹲了下去，實在很想放聲尖叫。樊俞行跟她一塊蹲下，以爲她在哭，想安慰她，誰知這個跟亮亮不相上下的傻妞抬頭起來，一臉氣憤。

「怎麼了？」反應不對勁。樊俞行問：「哪裡做錯了？」

「被亮亮打亂我的計畫了。」姬儀光抹了把臉，惡聲惡氣地說：「我才不會放過她的主人呢，做錯事就是要受懲罰！」

樊俞行凜眉。「妳原本計畫什麼？」

「讓她一直倒楣，做什麼事都不順，就像被大衰神跟大窮神附身一樣。」姬儀光抓著頭髮說：「我不能破壞她的姻緣，會被月老拿枴杖打。現在紅線越來越難牽，他上次來超商也跟我抱怨現代人好像自備小剪刀一樣，感情剪得可爽快了；加上亮亮想投胎當她的女兒，我更不能破壞她的姻緣。我也不能讓她遭遇橫禍，人生軌跡發生偏移，萬一產生蝴蝶效應，地府絕對人仰馬翻，說不定閻王還會上來找我算賬，所以我只能讓她倒楣呀！可是要是她倒楣影響到亮亮以後的生活怎麼辦？」

要考慮的層面太多了，她的腦子不夠用，就怕一個不小心又是另一起悲劇。

「怎麼個倒楣法？」

「讓她一有錢就壞東西，壞冷氣、壞冰箱、壞熱水器、壞機車。」這是她能想到最讓人感到煩躁又不得不去處理的事。

「很好，去做吧。」樊俞行鼓勵她。「最好讓她投資什麼就失利什麼。等亮亮出生後，再讓她運勢變好，絕對更疼亮亮。」

「對耶！」姬儀光以拳砸手。「我都忘了還有這招，謝啦！」

有了樊俞行的提醒，姬儀光像打了支強心針，虛空畫符，催動術法，讓亮亮的主人從下次日出後，開始不影響性命地走楣運。

「俞行，謝謝你！」她覺得胸口一股悶氣吐了出來。

他淡然回應。「不客氣。」

能見她恢復精神就好，亮亮的主人會有多倒楣，那是她家的事。樊俞行完全不在意誰是推波助瀾的功臣。

✻

姬儀光隨後撤了屏障，下半夜平靜無波。

跟早班同事交接完，樊俞行照例載她回家，姬儀光坐上副駕駛座後，胸口處突然發出強烈的光芒。

「發、發光了?!」要不是安全帶綁著，姬儀光都要跳破車頂了。她小心翼翼地取出女媧石，只見原本黑乎乎的石頭閃著七彩霓虹，亮眼灼目。

她轉過頭來，對樊俞行興奮大叫：「俞行，女媧石發光了！上仙要回來了！他要回來了！」

想較於姬儀光的雀躍，樊俞行完全不敢置信。果然人生就是如此，不要什麼就來什麼。有了無名上仙，姬儀光還看得見他嗎？

樊俞行渾身驟冷，如墜深淵。

第21章　歷劫歸來的無名上仙〈上〉

第五天了。

自從女媧石發出光芒，樊俞行已經有五天沒見過姬儀光。他深怕遇上那名刻在她心裡千年未褪的男人，自己成了個跳樑小丑，便藉故到外地待了一段時間。

然而五天了，姬儀光全然沒有聯絡他，也不曾到訪主宅，這種徹底被遺忘的滋味實在讓人難忍，卻又不得不強撐著。

「司皇！」隨行的驅鬼師見他又在出神，低聲喊著樊俞行。

他們正在委託人的家中，對方六歲大的稚子四肢大張，被縛綁在椅子的把手跟椅腳上，嘴巴也用布條繞過腦後，嚴實地綑了起來，不讓他闔嘴。

「抱歉。」樊俞行抬手示意，姬儀光的事確實影響了他。

忽略委託人妻子不信任的眼神，樊俞行看向不斷在椅子上掙扎、扭動的孩子。他雙眼通紅、充滿戾氣，四肢末端已被粗繩磨破，沁著血絲，肚子隆起大如籃球，額間一抹濃重但尋常人瞧不見的裂縫，彷彿第三隻微張的眼，正源源不絕地從中竄出黑霧。

這是被厲鬼纏上了。

樊俞行正要出手處理，委託人的妻子因為遲遲不見他拿出什麼法器，護子心切的她便率先罵了出來。

「你行不行呀?不行別耽誤我們的時間!」

「閉嘴，妳懂什麼?」委託人拽了一下妻子，不悅地瞪了她一眼，轉頭好聲好氣地對樊俞行說：「司皇先生，請您別跟我太太計較，女人家不懂事，還請見諒。」

「你幹什麼?」委託人的妻子火氣上來了，要丈夫給個說法。「我說得不對嗎?他來了之後就一直發呆，也不開口說句話，告訴我們要如何處理?如果不行就快點換人，你覺得兒子的情況能拖嗎?」

「司皇先生沒說不能處理，妳先安靜點行不行?」委託人即使對樊俞行心存質疑，也不敢表露半分。

會跟無名驅鬼師聯絡上全是同業介紹，對方財力跟政商界的影響力不曉得是他的幾倍大，提起樊俞行時，態度畢恭畢敬，讚揚得好像活神仙似的，也是對方出面才幫他請來樊俞行。

所謂不看僧面看佛面，他得罪不起樊俞行。

「兩位別擔心，司皇先生處理得來，方才只是在觀察令公子的情況，好對症下藥。」隨樊俞行過來的無名驅鬼師十四立刻編了套說法打圓場。「司皇，可以開始了嗎?」

「嗯。」樊俞行淡淡地應了聲，兩指捏住小孩額間亂竄的黑霧，往外抽了出來。

因為黑霧實在太多太濃，他邊抽邊往手臂上繞。除了他自己，只有十四看得見。樊俞行的舉動在委託人夫婦眼底看來有如耍猴戲一樣。

「你到底從哪裡找來這種神棍？」妻子惡狠狠地瞪了丈夫一眼，也不管樊俞行什麼來頭，就要上前把他趕出去。

「等、等一下，妳看兒子！」委託人指向稚子原本籃球大的肚子，就在兩人眼前慢慢地消了下去，恢復平坦。

妻子見狀，慌張地退了兩步，立刻對樊俞行生起崇敬之心，更後悔自己方才魯莽的行徑。

「司皇先──」妻子正想道歉，十四馬上抬手，示意她安靜。

樊俞行把黑霧全數抽出來之後，扔到地上。十四極有默契地甩出五道符，把黑霧釘在原處。

「你主動離開，我不傷你。」樊俞行召出眞火，同時威嚇黑霧。

委託人夫婦看得見眞火，嚇了一跳，不知道樊俞行在跟什麼東西說話，但言談中有放過對方的意思，他們就怕了。

「司皇先生，放走他是否不妥，萬一他反悔……」說不定全家都遭殃。

「我敢說，就不怕他反悔。」樊俞行淡淡地說了句，就見黑霧慢慢地凝成一道殘破不全的人影。「你若不願離開，只能把你打下地府，就算能投胎，也會三世天生不全。」

「我要投胎！」黑霧激烈地想竄出陣法，但一靠近渾身就像被烈火灼燒，疼入心肺。他又氣又急地嘶吼：「我只要抓了他，我就可以投胎了！我要投胎！」

「抓交替，能投什麼好胎？」樊俞行用眼神示意十四，讓他幫小孩鬆綁。

委託人夫婦見十四解開兒子手腳的粗繩，七手八腳地跟上來幫忙，看著孩子昏迷不醒、虛弱無比的模樣，不由得雙雙紅了眼眶。

十四在小孩身上塞了張折成八角形的符籙，退到樊俞行身邊站定。

黑霧不斷地想要撲到小孩身上，將他的身體占爲己有，再慢慢吞噬掉小孩的生命，努力了半天卻靠近不了分釐，嘶吼變得更加強烈、不甘。

「你懂什麼？就算不能投好胎，至少能離開那個鬼地方！你能想像日以繼夜待在同一個十字路口被砂石車來回輾過的感受嗎？我被撞死已經夠慘了，爲什麼還要承受那些苦難？他無辜，我就不無辜嗎？」黑霧靠近不了小孩，又無法離開法陣，越來越躁動不安，跳竄得幾乎快要維持不住人形。「反正不是他，也會有別人。我要投胎，我要投胎——」

「看來令公子是在十字路口衝撞了這位亡靈，被他纏上了。」十四知道委託人夫婦聽不見黑霧說話，便在旁解釋。

「難道是兒子跌倒的那個十字路口？」妻子想起她前天帶兒子去買菜，經過十字路口時，爲了趕綠燈的秒數，她是半牽半拉著兒子的手快速通行，兒子抱在手裡的機器人就掉了。爲了撿機器人，兒子跌了好大一跤，雙腿膝蓋磕破了皮，還在路口放聲大哭，折騰了好一陣子，她還爲此凶了他一頓。

黑霧用盡精力，陣法依舊不爲所動。他被燒疼了好幾次，氣力放盡，知道自己沒有其他辦法，只好認命地說：「好吧，你放了我，我放了他。」

運勢低的人再找就有，大不了多等幾年，但三世投胎天生不全的代價太大，不值得。

樊俞行怔怔地看著頹化的黑霧，突然興起了個念頭，還來不及細想，就脫口而出。

「我知道有誰能渡化你，讓你離開亡處。」

黑霧興起希望，連忙問：「是誰？」

「她只渡有緣人。」樊俞行斂下視線，狀似無意地說：「由我帶你去，她多少會看在我的面子上幫你。」

「……你有這麼好心？」黑霧防備之心大起。

「信不信由你。」樊俞行以指夾起腕間鐵片，瞇起眼。「或許我該替天行道，直接把你燒了，讓你永世不得超生。」

十四嚇了一跳，這不像樊俞行會說的話。若真要說，一開始亮出來不是更有說服力嗎？後面就不必浪費唇舌了。司皇究竟在想什麼？而且這時候不是該請陰差了嗎？還是抓交替的要另外處理，才通知地府帶走？

十四想了很多，礙於有外人在場，不好多問。

「能麻煩你幫我引薦嗎？我想投胎。」黑霧識相地改口。這人不能渡化他，也不是他得罪得起的人物。「我受不了這種折磨，只要好手好腳，投什麼胎沒關係。」

「十四，給我符紙，空的。」樊俞行從懵懂不解的十四手裡接過空白的符紙，比向黑霧。「附上來，我帶你去找她。」

黑霧遲疑了。「我不會……」

「會附身不會附符？」樊俞行蹙眉說。

「喔喔喔，我懂了。」黑霧往他手上的符紙竄了過來，瞬間消失得一乾二淨。

樊俞行把符紙收進口袋，對委託人說：「這個月多給你的小孩吃五行粥，固本培元。符至少隨身帶四十九天，渡過這波運勢就沒事了。」

「謝謝司皇先生。」委託人鞠躬致謝，確認事情解決後，客套了兩句，再恭敬地把兩人送到大門外。

這時，十四終於忍不住問：「司皇，你要帶他去找誰？」

「儀光。」見十四又有話說，樊俞行卻不想多留，僅以一句話帶過。「我先走了。」

「司皇——」十四見樊俞行頭也不回地離開，錯愕了一下才反應過來。「欸，你順便帶我一起去呀！」

✵

樊俞行坐在車子內的密閉空間，獨自一人，雖然口袋裡有個鬼，卻不影響他自我剖析。騙得了別人，騙不了自己。

他不過是想找個正大光明的理由去見姬儀光罷了。

✵

大夜班時段，超商內特別安靜，適中的來客提示聲，此時聽來都特別響亮。

「歡迎光臨——」

樊俞行一進來便聽到熟悉的招呼聲，但說話的人卻很陌生。

「姬儀光呢？」他蹙眉詢問，不祥的預感油然而生。

他有姬儀光的班表，今天不是她的休假日，但撥電話給她沒有人接。

「姬儀光？」男店員面露疑惑，搔耳說：「我們這裡沒有人叫姬儀光呀。先生，你是不是……跑錯門市？」

沒有人叫姬儀光?!

他不知道來這裡多少次了，怎麼可能記錯門市？唯一的可能就是姬儀光又跑了，還順手消除了這家門市所有人的記憶。

難道無名上仙回來，她就把所有事拋下就走嗎？難道除了無名上仙，其他都是可有無可的東西？

那他呢？只是她歲月指縫間的過客？

「謝謝。」樊俞行道完謝，抿緊嘴角走出超商，心裡的怒氣一波一波的，像滿月時的海潮，打得特別高、特別大，還特別狠。

附在符紙上的黑霧覺得不對勁。「你不是騙我的吧？真的有能渡化我的人嗎？」

樊俞行給他的回應是直接拍了口袋一下，要他閉嘴。

「我真是上了賊船了。」黑霧欲哭無淚。先不說有沒有能渡化他的人好了，他附上符紙後才發現這裡進得來出不去，只有任人宰割的份。

樊俞行沒空理他，拿出手機，撥出姬儀光的號碼。

電話一樣有通，沒有人接。樊俞行連打了好幾通，一面驅車往姬儀光的住處，直到她的手機再也打不通，人也到了她家樓下。

樊俞行常送姬儀光回來，樓上樓下的住戶就算沒跟他說過話，也都見過這個人，所以樊俞行來到姬儀光的房門口前，並未受到質問或阻攔。

「儀光？」樊俞行敲響房門，無人回應，拿出黑霧附身的符紙，貼到門上，冷硬吩咐：「你進去看看人在不在。」

「……」黑霧無言以對，他能不接這兼職嗎？

答案是不行。樊俞行直接把他打穿過門，用靈識跟他溝通：「裡面有人嗎？」

黑霧差點被五顏六色的房間閃壞了眼，人都死了還受盡折磨，當初找了運勢低，年紀又小的孩子當替身，原以爲能順順利利離開，殊不知運勢最低的其實是他，遇上了大煞星。

他認命地轉了圈，顏色太雜了，別說人，要是這裡養了隻豬都很難找。

「床上好像有人，看她的樣子……你要不要報警啊，我覺得她好像沒呼吸了。」黑霧正要離開床邊，房門就被打開了。

都能自己開門了，幹嘛把他塞進來？黑霧正要碎念，一看到被火融掉的門鎖，就把碎念用力吞了回去，免得死到不能再死。

樊俞行把門關上，印了道符上去，即便門鎖已經失去功用，仍然關得死緊。他著急地來到床邊，姬儀光確實趴在床上，埋在絨毛娃娃堆裡一動也不動，連呼吸都微乎其微。

「儀光？儀光！」樊俞行急迫地喊她、搖她，都不見有回應。他趕忙把她翻過身來，只見她呼吸孱弱，眼角、鼻頭、臉頰都有不正常的紅暈，唇色慘白，看起來就好像生重病了一樣！

他面帶憂色地拍著姬儀光泛紅的臉蛋，一樣叫不醒她，緊張之餘卻突發奇想，用他剛學的靈識溝通之法，強行進入她的意識裡。

「儀光，快醒醒！」

樊俞行也不能保證這方法奏效，還在思索下一步該怎麼做時，姬儀光突然緩緩睜開雙眼，靈動的大眼遍布駭人的血絲，使他才剛放下的心又懸了起來。

她一見到樊俞行就開始掉淚，撲簌簌地往兩側眼角滾落，傷心欲絕的神色彷彿天塌了一般，這時他才知道她臉上異常的紅暈是哭出來的。

「上仙……」姬儀光顫巍巍地伸出手來想碰樊俞行，她不止把整張臉哭紅了，還把嗓子哭啞了。

樊俞行一陣揪心，除了心疼姬儀光，還爲她錯認的行徑感到難受。這還是她頭一回把他們兩人搞混了，究竟是多大的傷痛才能把她的思緒徹底攪亂至此？

樊俞行還想不到該如何回應她，姬儀光就先意會過來，把手收了回去。

「不是上仙……你不是上仙……嗚啊——」她的淚水流得更急了，甚至哭到快喘不過氣，抓著樊俞行的衣服，把自己縮成了一隻蝦，整個身體哭到發顫。

樊俞行五味雜陳。想起姬儀光說著上仙要回來時的雀躍神色，與此刻的她相較，當眞是雲泥之別。

「出了什麼事？上仙沒回來嗎？」樊俞行再把她翻過來，見她哭得滿頭滿臉都是淚，抽過床頭上的面紙盒，細細幫她擦拭。

興許是哭太久了，又反覆擦拭過太多次，她的皮膚變得很乾很粗糙。

才幾天時間，怎麼把自己搞成這樣？

姬儀光聽到上仙的名字，哭到得張嘴才能吸進空氣，又說不出話來，只能拚命地搖頭，淚水都甩到樊俞行的手臂上。

「妳先別哭。深呼吸，別哭。慢慢說。」樊俞行起身找水，扭開了放在角落、已有落塵的礦泉水，先倒了些在面紙上，把瓶口附近都擦過一回，才將姬儀光扶起來，餵她喝水。

姬儀光喝不了下太多，吞了兩口就不願意再張嘴。她的眼淚暫時止住，但那雙空洞又紅腫的大眼也不是多好的狀態。

「怎麼了？」樊俞行坐在床邊，撫著她的頭輕聲詢問。

「上——」姬儀光一開口，才止住的淚水再次潰堤。看著樊俞行那張神似上仙的臉龐，明明已經哭得極累，雙眼跟嗓子都疼到不行，眼淚還是不受控制地飆了出來。「上仙死了，他死了，他早就死了……為什麼要騙我？為什麼連女媧娘娘都要騙我……上仙根本回不來……他回不來了……」

等了兩天等不到上仙的身影，又求了兩天，女媧娘娘才告訴她，其實她盼了幾千幾百年的事，只是場騙局。

上仙沒了，呵護她的上仙死了，那個無條件疼她、寵她的人早就不在了！

那她留在這世上究竟是為了什麼？

「嗚啊啊——」姬儀光哭得撕心裂肺。

樊俞行為此感到震驚，還有種說不清、道不明，連他自己都理解不了的情緒。

「女媧騙了妳什麼？」樊俞行把她抱進懷裡，輕輕地拍撫她僵直的背。

「她說上仙去歷劫了……」姬儀光哭得太厲害，還打了個嗝。「她說上仙身分特殊，是混沌所化，沒有肉身，所以他要把人世間的苦難都經歷一回才有辦法穩坐仙位，不然就會回歸混沌，滅於天地萬物之間。可是只要……只要我願意幫他圓滿死者生前的遺憾，把功德歸給上仙，他就能平安歸來……」

爲了無名上仙，她一個人走了多少坎坷又孤獨的路？

「可是這一切都是假的，都是女媧娘娘騙我的！上仙在我面前消散的時候……他就、他就已經——」姬儀光沉痛地閉上眼，哭到胸腔腹部都是一片燒灼的疼。

多少年過去了，她連自己的年歲都記不清楚，還是忘不了上仙在她面前散形、化爲雲霧的畫面。最後的他，嘴角仍是噙著一抹無所謂的笑容。

他明明知道自己就要死了，就要留她一人孤伶伶地活在這世間，爲什麼還能笑得如此雲淡風輕？難道他從不明白對她來說，他是多麼重要又不可或缺的人嗎？

一路支撐她走來的希望瞬間滅了，這種痛太椎心刺骨，痛到她寧可承受刀山油鍋之刑，也不想再品嘗半分。

其實上仙跟女媧都心知肚明，就瞞著她，每個人都瞞著她！是看她憨傻好騙嗎？還是因爲她不重要，隨便敷衍一下就算了，認爲她年紀小，心性不定，很快就會放棄了是不是？

「別哭了。」樊俞行心裡苦，嘴裡也發苦，卻得先忽略這些，專心一意地安慰懷裡正爲其他男人哭泣的小鳳凰。「上仙是混沌所化，又歸爲混沌，難保哪天再修煉出人形，就會回來了不是嗎？」

「那也不是上仙了……他沒有我的記憶，記不得我的上仙不是我的上仙，不是……他不是……」姬儀光囈語般叨叨念著，原本握緊的手無力垂下，整個人也快癱軟了。「上仙死了……俞行，上仙死了……他不要我了……」

進來這麼久，這還是姬儀光第一次喊他。樊俞行聽在耳裡，滿心酸楚。

「別難過，我還在。」只是，有一天他也會離開她……樊俞行不禁咬緊牙關，痛恨自己的無力。

他想過死後以魂體的方式留在人間。他不在乎能不能投胎轉世，只要能陪姬儀光，不讓她孤單，這不算什麼，就算落得魂飛魄散的下場，能多陪她一天是一天。

就在樊俞行興起了這點迷濛的念頭，當下正覺得可行時，姬儀光卻先崩潰了。

「上仙死了，我活著還有什麼意義……我不要活了，我不想活了，活著好痛苦……活著不死好痛苦，我不要活了，我不要活了——」她好痛好痛，痛到不想動了。

「妳胡說八道什麼？」樊俞行聽不得她說這樣的話，握著她細瘦的肩膀，把她推離一臂之遠，炙燒的怒意在見到她哭腫的雙眼跟頹靡的神色，又瞬間冷卻。

「可是我眞的好累……唔——」姬儀光生無可戀，彎腰開始乾嘔了起來。

樊俞行拍著她的背順氣，就見姬儀光又嘔了兩聲後，竟然吐出了一顆泛著藍色光芒、猶帶了些許刺骨寒意的透亮珠子。

正當他還在驚詫之際，又有件令他更吃驚的事發生。姬儀光的身體開始發光，就像那些被她渡化後周身散發出點點金光的亡靈那般，只是她身上的光芒是豔麗的紅色。

如泣血一般。

「姬儀光，妳給我撐著！」樊俞行雙眼都急紅了，他束手無策，不知道該如何遏止這令人膽顫心驚的畫面。「上仙不肯告訴妳實情是怕妳難過，妳現在這樣子就是上仙最害怕的事！如果妳眞的……眞的重視上仙，就好好振作起來！」

「對不起……」明明樊俞行著急得要命，向來冷然的臉龐全是慌亂跟緊張，姬儀光卻衝著他露出了一抹釋然的笑容。

那是一種解脫的感覺。

樊俞行的心臟像被人捏爆了般，瞳孔甚至剎那收縮，眼中所有畫面都像放慢的膠卷，就這樣眼睜睜地看著姬儀光在他面前直趨透明，隨著紅色光芒緩緩消散。

而他，無能爲力。

「儀——」他放聲大喊，拚著萬分之一機率想讓她回心轉意留下。誰知一張口，那顆泛著藍色光芒的寒珠就倏地竄入了他口中，猝不及防地滑進他體內深處。原本暖熱的腹腔登時像塞了塊嚴冰，遍體生寒不說，還引來一陣蝕骨劇痛，腦袋也出現了一些破碎不連貫的畫面。

你不爲自己想想也爲光兒想想，萬一你消散了，她怎麼活下去？

這事不能告訴她，輪迴制度初建，脆弱得很，萬一讓光兒知道，八成把地府拆了。

你放心，我會好好照顧她，你早點回來就是。

上仙，你怎麼了，你不要嚇我，不要——

樊俞行抱住腦袋，想不起來那些畫面裡的人和聲音是誰，只知道姬儀光揮舞的雙手想要抓住什麼，哭得聲嘶力竭。

「別哭……光兒別哭……等我……」

一開始樊俞行還能忍受，痛楚卻不斷地向上攀升，逐漸朦朧他的意識，身體也越來越冷，血液彷彿凍僵了一樣，似乎不再流動。

他的意識越來越薄弱，最終再也撐不住，陷入無盡的黑暗之中。

第22章　歷劫歸來的無名上仙〈下〉

喂，你醒醒呀，別睡了！

不會一顆珠子就把你噎死了吧？

哇操，你死得比我還冤呀。

耳邊叨叨絮絮的聲音像惱人的蚊子叫著沒完，還繞著他腦袋轉圈，煩不勝煩。

他蹙眉抿唇，緩緩睜開眼睛，一時間還找不回神。猶在怔愣時，一團黑霧就往他面前撲了過來，讓他下意識甩手就扔了道眞火過去。

「哇操——」黑霧大叫，這下眞的寡婦死了兒子，沒指望了！

本以爲會迎來魂飛魄散的下場，豈知那道撲面而來的眞火居然裂成兩道，往他兩頰邊掃了過去，然後消失不見。

幸好他早就死了，不然現在一定尿褲子。

黑霧不敢再靠近這個人一步，還退得遠遠的，怯生生地問：「你還好吧？怎麼說昏就昏過去了？」

「你……」他甩了甩頭，過了好久才記起方才發生的事，立刻緊張地翻身坐起，卻在肚腹下方發現一個圓滾滾、毛茸茸又五顏六色的小東西。

記憶裡，似乎也有這麼一段。

他笑了，一把將這圓滾滾的小東西托起，笑意慵懶。「小調皮，怎麼又被我壓在肚子下了？我剛才又睡得翻身了嗎？」

黑霧覺得有些怪怪的。眼前這人吞了奇怪的珠子後昏迷老半天，醒過來卻像被奪了舍，臉還是那張臉，氣場卻有了驚天動地的變化。那種矛盾的感覺就像原本很嚴謹的人突然笑得很柔媚，明明很好看，卻讓人背脊發涼。

他吞的那顆珠子到底是什麼東西？

「那個……司皇先生，你還好吧？」黑霧抖著聲音問。

他停頓了許久，才托著頭側，恍然大悟地說：「對，我是司皇。」

還真不習慣這身分，這麼蠢的名字到底是誰創的？

他努力挖掘記憶，越挖臉越黑，「能力強者司皇」是這樣用的嗎？

「不然、不然你是誰呀？」黑霧越縮越角落，很怕自己身死魂也快散了。

「我？我是樊俞行。」他淺笑了聲，把托在手裡那顆圓滾滾的小東西翻了個身。牠另一面只有柔軟的淡黃色，還有一對鳥爪，應該是肚腹的位置正微微起伏著。

他來來回回檢查了幾回才放下心，以指腹輕揉這塊淡黃色的地方，半是怨怪半是心疼。

「妳這孩子怎麼越活越回去了？嫌我擔心的還不夠嗎？」

黑霧防備地看著他，就見他捧著這隻小得像鳥、圓得像雞的東西站了起來，環視這房間，微微地嘆口氣，搖頭的樣子頗爲老派，完全不像帶他過來這裡的司皇。

他知道黑霧的疑慮及防範，但懶得解釋，從口袋摸出符紙把黑霧吸了回來，又隨便找了件衣服把他手上的小東西包起來後，便離開了這間小套房。

離去前，他看了看被眞火融壞的門鎖，大手輕然一揮，頃刻間恢復原狀。

來的時候是大半夜，離開時也是大半夜，不過中間已經間隔了一天。

他有點餓，卻懶得吃東西，只是理智告訴他不吃東西不行。就爲了這點小事，他一個人站在樓下天人交戰。

「你在想什麼？」

不知何時，一對男女來到了他身邊。男的高壯如樹，光頭又蓄落腮鬍，露在貼身背心外的肩膀跟手臂全是賁張的肌肉，黝黑的膚色讓他的肌理看起來更爲嚇人，宛如叢林裡走出來的特種軍人。

女的個子不高，站在這個光頭肌肉佬身邊更是嬌小得不像話。她的五官柔美細緻，腰細如柳，長髮及腰，氣質清靈，舉手投足之間淨是古典氣息，讓人心生好感，不由得想多加親近。

兩人站在一起，說有多奇怪就有多奇怪。

「是你呀。」他看了好久才想起眼前的人是誰。「怎麼剃成光頭了？」

「這樣涼快！」肌肉男摸了把光頭，頗爲得意地大笑。「這不是重點，先不管，倒是你終於回來啦，么兒。」

「還以為你這劫數歷個五百年就差不多了，居然前後花了兩千多年才穩定。無名，你好意思？」女子半帶嘲諷地刺了他一句，不過就她對眼前這人的了解，他根本不痛不癢。

說起來，眼前這人就是活生生懶死的例子。明知自己是混沌所化，還不好好修行，三天打漁兩天曬網，都不擔心會承受不住體內的神力而消散，他們這群掛名親戚才想出讓他以輪迴方式歷劫，逼他歷個肉身出來打底基。

只是這人好歹掛了個上仙的名號，竟然還磨了這麼長的時間，簡直丟仙！

「有什麼不好意思的？我沒有實職，歷個一萬年也沒影響。」

「你沒影響，那你懷裡那個呢？」他懷裡抱的就是姬儀光的眞身。她好幾年沒見過鳳凰了，湊上前去翻看，手一抖，臉一僵，表情古怪地說：「這……是雉雞嗎？」

五彩斑斕是像了鳳凰的毛色，但這身形，橫看豎看都是隻雞呀。

「我瞧瞧。」肌肉男跟著湊了熱鬧，品頭論足。「確實挺圓的。么兒，你怎麼養的？還沒落毛就變雞了。」

「她脫力了，不止變回眞身，還變回幼鳥期。」至於為什麼圓得像雞，按照現代的說法，那是基因問題。他揉了揉泛疼的鬢角，無力地說：「我還沒問你們怎麼把這孩子折騰成這樣，說會好好照顧她，你們就是這樣照顧的？」

一個勸他入輪迴修行，一個保證會照顧姬儀光，結果呢？

先不說他輪迴二十多世，沒有一世見他們哪一個下凡化身點撥他修行，居然還放任姬儀光在濁世中浮沉流浪，跌出一身傷。

「說得好像你沒責任似的，我留得住她嗎？眼睛一睜開就吵著要找上仙，不靠這方法，她怎麼活下去？」女子白了他一眼，不論經過多少年，這懶散的男人永遠只關心他懷中的孩子，但是方法太笨了。「這些話我們留著慢慢說，你現在怎樣？狀況還行吧？」

「很混亂。」他點了點腦袋。「我的記憶、樊俞行的記憶，還有歷代司皇的記憶，全交錯了，時空背景有點錯亂，得花時間理一理。」

他吞下的那顆珠子，就是他自己的元神珠。他在自己散形之前，哄騙姬儀光吃下去，就是怕他離去後，這孩子會幹盡蠢事，想讓至寒的元神珠幫她壓一壓底。誰知道這孩子還是難受到在他面前散了形，恢復眞身，陷入昏睡。

「算了吧，全天庭誰不知道你懶，還理一理呢？我打賭，三年後你還是放著讓它亂。」肌肉男一語道破。也不見無名臉上有什麼愧色，反而頷首，表示贊同。

「就這樣吧，不都是我嗎？」歷代司皇皆是他投胎轉世成人，因爲少了元神珠，又不懂得修煉的方法，肉身撐不住與生俱來的精神力，才會活不到四十就死去。現在元神珠物歸原主，要長命百歲不是問題。

只是不想進入輪迴就得修煉，不然還有——他算了算，還要再投三次胎才能回來當他的閒散上仙。

不管怎麼想都覺得好麻煩。

他嘖了聲，決定先忽略這個讓人頭大的問題。「找個地方坐吧，別老站著說話。」

「又發懶了，這才站多久？」女子沒好氣地睨了他一眼，還是順著他的話，找了一處最近的超商，三個人坐下來敘舊。

「噯，都忘了還有件事。」他一坐下，調整好懷裡的小雞，猛然地拍了下腦門。「老了，記性不頂用。」

「在你父親面前說老，欠揍？」肌肉男瞇眼瞪他。

「一醒來發現自己多了幾千歲，不老嗎？」事實又不是否定後就不存在。他這個人懶，卻從不欺騙自己。

不過眼前這個人倒是不斷欺騙自欺欺人，堅稱兩人是父子關係。

算了，懶得辯。

他打了記響指。沒多久，就見一名穿著西裝的老人走進超商，來到三人面前，態度恭敬，神色惶恐。

「下官參見盤古大帝，女媧娘娘。」他雙腿一曲，就要跪下。

「別別別，」盤古立刻阻止他。「你這一跪，不知道會跪出多少神來，別給我找麻煩。還有，召你出來的是他，無名上仙。」

「無名上仙?!」老土地駭然地喊了一聲，又覺得失禮，立馬低下頭請罪。「下官有眼不識泰山，還請上仙恕罪。」

相傳無名上仙乃盤古開天闢地時凝結的混沌所化，性格恬淡，不與人爭，連名字都沒有。明明能控火弄風化雨掌雷，隨便出手都能換個響亮的名號，不止受萬人景仰，連神仙都難望其項背，他卻寧願當個默默無名的小小上仙，旁觀著遂人、伏羲、神農稱皇。

此三皇，也是盤古名義上的兒子。

若不是土地官系統資料夠多，盤古大帝又把無名上仙當成最小的兒子，就算他對天地萬物毫無建樹，每回天庭聚會或是某個神仙誕辰，只要盤古大帝出席，一定會把他四個兒子拿出來說一遍，因此眾仙神沒見過無名上仙，也聽過他的大名。

無名上仙最大的特色，說穿了，就是懶。

在周朝封神的天人還有看過無名上仙，但像他們這種後來才列進仙班的，見都沒見過他的眞容。今日一會，才知道盤古大帝並非吹噓，無名上仙確實如傳聞中那般難得一見、清逸俊秀。

「在這裡就別稱我上仙了，不過是具凡胎肉體，姑且稱我樊先生吧。」至於司皇什麼的，他實在想不起轉生第一世眞的有說過「能力強者司皇」這句話？「請你過來，是有件事要麻煩你。」

「不敢，上——樊先生儘管吩咐便是。」老土地拱手，退了一步。

這種長在骨子裡的崇敬不是三言兩語就能抹去的，他也懶得跟老土地在這些縟節上打磨，就從口袋裡取出符紙，遞了過去。

「裡面有一抹車禍逝世的亡魂，與我有緣。我現在是生靈，不好下地府，勞你走一趟。」

就算不是生靈，他也不能下地府，那會像陽間的高官巡視，容易引起基層騷動。這件事也不好像其他驅鬼師以供奉方式請來陰差領靈，畢竟有級別分層問題，能請土地官走一趟最合適。

唉，以前的他哪裡需要考慮這麼多？愛找誰就找誰。

「是。下官這就去辦。」老土地雙手接過符紙，躬身告退。

黑霧就算聽得糊里糊塗的，也知道自己遇上了大人物。路上稍微打聽了一下，嚇到下巴差點闔不回去，本以爲自己倒了大霉，殊不知是撞上了大運。

與上仙有緣的亡魂，就算來世不能大富大貴，命運也不會太差。

土地官走後，女媧這才揶揄了一句：「懶散如你，還會插手管這種閒事？」

沒把那符紙放在口袋裡十年八年才處理，眞教人訝異。

「樊俞行的個性使然，這絕對不是最後一樁。」這一世的個性與他原本的樣子恰巧落在極端，雖然只有二十來年的歲月，但很多習慣都已經定形。像定時吃三餐，注定他得矛盾一陣子，既不像無名又不像樊俞行。

就像現在，他必須買些東西吃，以免胃疼。

「滄海桑田，都是會變的，但你也變了太多，姊姊眞不習慣。」女媧看他買了些食物，像是交代公事般木然地嚼著，眞心沒眼看。「不過你這回歷劫，肉身有了，名字也有了，也會強迫自己做些事，都是好的轉變嘛。」

「嗯。」他可有可無地應了聲，反正一切就順其自然。

「我看就沒什麼變。」盤古皺眉說。他上看下看，左看右看，這孩子還是一樣欠教訓，懶散得像沒骨頭似的。

「嗯。」有變沒變都是個人感覺，同吃一碗麵都有不同感受了，這也沒什麼好奇怪的。

簡單的吃了些東西，胃舒服了些，他才抿了抿唇，向名義上的姊姊兼嫂嫂打聽。「妳到底是怎麼跟光兒說的？居然讓她去圓滿亡者的遺憾？」

他的記憶紊亂，攸關姫儀光的畫面卻記得清清楚楚。這不用想也知道是樊俞行的私心，但不止樊俞行心疼，光是承接記憶，他也是渾身難受得很。

瞧著他捧在手心、捂在胸口照顧到大的孩子，因爲渡化失敗而自責，因爲別人的苦難而痛哭，甚至以爲他不喜歡她，他怎麼可能無動於衷？

誰不知道他最寶貝的就是懷裡這個？

尤其見她得知他的死訊時，哭得連呼吸都快斷了，最後還在他的化身之前散了形，只爲了追尋自己而去。就算他就是樊俞行，樊俞行就是他，那種錐心的痛苦、衝擊、驚駭、憐惜、嫉妒、無力、憤恨還是深刻在腦海裡，更因此翻了倍，只是現在從他的臉上看不出來罷了。

「是呀，女兒，妳到底怎麼跟媳婦兒說的？」盤古也想知道，怎麼兒子回來，媳婦卻歸眞了？

「我才想問你怎麼跟這孩子說的？」操心弟弟就算了，還要幫他照顧眷屬，她容易嗎？女媧瞪過去一眼，沒好氣地說：「你散形去投胎後，她哭著跑來跟我說主人消失了，還給她吞了顆很冰的珠子，問我該去哪裡找你，還說她能找的地方都找過了，整個人淒慘得不得了。我又不能老實跟她說你投胎去了，只能找點事讓她做呀！又擔心你修煉不當，就給了她五色石收集功德，萬一你眞的三十世都修不好一具仙體，那五色石剛好可以讓你用用。」

五色石是她遠古以前煉出來補天用的，所剩不多，要不是無名，她才不會拿出來呢。

「妳的五色石什麼時候是黑的了？」就算他記憶再混亂，也沒忘了姬儀光掏出來的石頭黑得跟泥巴團一樣。

「呵，你把黏土全部揉在一起會是什麼顏色？」女媧冷冷地說。

「……」他還能說什麼？「那妳後來怎麼說我死了？」

瞧瞧小鳳凰哭得多難過，哄都哄不停，還把散形當成解脫，看在他眼裡多難受？

「我總不能再拿一顆五色石給她？我只好實話實說，說你沒有肉身，神形消散了，都還沒說到你投胎歷劫，她就跑得跟飛一樣走了。」她那時候正在處理騰蛇的紛爭，沒來得及追，等她忙完，無名都回來了，還需要她做什麼嗎？「別光說我，你又是怎麼跟她講的？」

他側頭思考，末了說了句令人想吐血的話。「太久了，記不清。」

「我看是啥都沒交代吧。」想著總有天會回來，說那麼多做什麼？

盤古大帝不知道自己無意間正解了，兒子確實只留下一句「待我歸來」就散得一乾二淨。

「或許吧。」他有樊俞行的經歷，很難想像自己會做出這些不負責任的話。但是從無名的角度看，他確實就做得出這樣的事來。

欸，腦袋眞的拎不清呀。

「你呀，從這世開始好好修行吧，不爲了你自己，也爲了小鳳凰努力一把。你還想讓她再來一回嗎？」女媧語重心長地說，這傢伙要是伏羲，早就被她打得滿頭包。「拿去，你家小鳳凰幫你煉的五色石，好好修煉吧。」

無名摸著懷裡的小鳳凰，看著女媧放到桌上，恢復五彩斑斕的五色石，嘆了口氣。「知道了，我修就是。」

盤古跟女媧對視，忽而一笑，也不知道該慶幸還是該難過，無論他們多苦口婆心、告誡萬千，也敵不過小鳳凰搧搧翅膀。

幸好小鳳凰是全心全意待他，無名不在的這些年，她的努力他們全看在眼底。

「好好待她，別辜負了這小傢伙。」鳳凰其實不小隻，只有姬儀光長得讓人大開眼界。女媧看了眼弟弟，又看了眼弟妹，接下來就是他們自個兒的事了，她不宜介入太多。「我得走了，伏羲到西方交流，這幾日就會回來，等他回來，我們夫妻倆再來看你。」

「……嗯。」其實他滿想說不用特意過來，還要接待挺費神的。偏偏他還有樊俞行敬老護幼的悶騷個性，拒絕不了。

「我也差不多該走了，有事再聯絡，沒事也行。」盤古嘿嘿地笑了兩聲，拍了拍小兒子的肩膀，回來了就好，老父親沒有其他要求。

「嗯。」他明明懶得站起來，還是耐著性子送他們兩人走出超商。希望他們謹記他怕麻煩的個性，別讓太多人知道他回來的事。

他們走了，他也得回家，現在不比當初，隨便找個地方歪著就能睡上一晚。

「唉，一堆規矩。」在這世道過日子真難，回去之後，他還得繼續當樊俞行，做他該做的事。

這種感覺就像前一晚喊著隔天不想上班上課的心情吧。

✯

去取車的路上，他路過一排老舊又不起眼的民房，其中有一間，孩子啼哭聲特別響亮。一個哭就算了，這聲音聽起來，起碼有幾十個孩子在哭，萬分詭譎。

他繞到這排房子後面，一眼見到排水溝裡全是密密麻麻地擠滿了泡在血水裡的小孩子，正不斷地哭鬧，彼此推擠。

全是被墮掉的嬰孩。

他找了個相對來說比較安靜的孩子，以靈識詢問：「小朋友，怎麼沒人來帶你們走？」

小孩嚇了一跳，左顧右盼，終於在邊角看到他時，蒼白又布滿青筋的臉露出了難以置信的表情。「你看得到我們？」

「嗯。」

「那你可以讓我們離開這裡嗎？」小孩掬了把血水，他這才發現血水帶著濃稠的黏性。「我們被攪碎後排進這裡，但是很多陰差跟神仙路過都看不到我們。每天都有小孩子被扔進來，一天一個到一天七個都有。」

這小孩說話條理分明，不像外表該有的年歲。他便多問了句：「你在這裡多久了？」

「不知道。但我來的時候這家的長子還沒出生。現在他已經念大學，搬出去住了一段時間。」小孩指了這排民宅的某一間。

那也十幾二十年了。

「我叫樊俞行，是人間的驅鬼師。」至於驅鬼師不得有名什麼的，只是他當年太懶的遺毒，並沒有什麼太高尚的理由。

小孩聞言色變。「你是醫生派來消滅我們的嗎？」

「不，我是上天派來消滅那個醫生的。」神仙陰差都見不到這些孩童，他一回來就碰上了，這不是緣分是什麼？

相逢即是有緣，合該他要插手。

「天理循環終有報。你們等著，天亮後，將是新的一章。」

第23章　昏睡不醒的小鳳凰〈上〉

員警一早拿著搜索票，浩浩蕩蕩地來到民宅前，按響了某戶的門鈴。時間尚早，裡面的人仍在酣夢之中，員警按了三次門鈴，才得到一道不耐煩的回應。

「誰啊？七早八早的，趕投胎啊？」對方是個微胖的中年婦女，來應門時，不僅睡眼惺忪，起床氣還不小，但是看到屋外一票警察時，本來還張不太開的眼皮立馬睜成兩倍大。

「我們接獲線報，這裡有人非法加工墮胎。這是搜索票，請配合調查。」這次的行動負責人將搜索票攤在對方面前，爲了怕對方煙滅證據，還請兩位員警柔性地限制住中年婦女的活動範圍。

除了員警，無名驅鬼師也來了，一次還來了五個人。三個是服役中的驅鬼師，兩個是實習中的小朋友。

警方不是沒有跟無名驅鬼師合作過，要不是有先前的經驗支持，也不會在接到樊俞行線報後，以最快的時間申請搜索票，半小時內召集組員衝了過來。

「司皇先生，你這回怎麼帶這麼多人？」行動負責人是位資深員警，在警界服務二十年了，跟無名驅鬼師合作過三、四次，其中一回曾遇上樊俞行，對他印象十分深刻。

他記得那次偵辦一起分屍案，遲遲找不到破案的關鍵。直到樊俞行出現，告知被害者的頭顱已被焚毀、埋在龍眼園某處，連凶手犯案過程都說得清清楚楚，比事後帶嫌犯回案發現場重擬還仔細，最後才知道是樊俞行的委託人被受害者纏上，而他幫忙做中間的橋樑。

樊俞行面冷但心熱，警方好幾次遇上沒辦法解決，求神問卦又無法有進展的案子，都會來求助無名驅鬼師。雖然不是件件都能順利，畢竟驅鬼師找不到亡魂也無法憑空生事，卻早已是警方默認的得力資源之一、必須好好維持關係的民間對象。

不過他們通常最多出動兩位驅鬼師，這回卻來了兩倍有餘。更讓他不適應的是，樊俞行這次還帶了寵物鳥。

他偷看了一眼，不曉得是什麼品種，養得挺肥的。

「數量太多，不多帶點人，太吃力。」他摸著懷裡的小鳳凰，淡淡地回了句。

不帶多點人過來，他得多出少力啊？既然有其他驅鬼師，爲何不好好利用？還能增加驅鬼師的實戰經驗，利人利己，不是嗎？東西學了就是要用，記再多符籙都只是安慰效果。

行動負責人嘴欠地問了句：「有多少啊？」

樊俞行淡淡地瞟了他一眼，淺笑問：「想看嗎？」

「不、不用了。」行動負責人連忙搖手，抹了把不存在的冷汗，心想今天樊俞行舉止怎麼跟以往大有不同。

員警的動作太大，就算睡得跟豬一樣的人都會醒過來。一名兩鬢花白、年約六旬的老男人穿著睡衣、拿著球棒，就這樣戰戰兢兢地走出房間。

「你們——」看到家裡出現不止一名員警，老男人嚇得球棒都快握不住。

員警一見到他，馬上解釋：「我們接獲線報，此地有非法加工墮胎的情形，請配合警方搜證，謝謝。」

不知是作賊心虛還是怎的，老男人一聽便臉色發白，就要往樓下衝。還來不及靠近樓梯口，已被員警攔住，他激動地破口大罵：「你們憑什麼攔我？警察就可以私闖民宅嗎？我要告你們！」

「可以，不過我們要先搜證，請不要妨礙警方。」這種事層出不窮，他們也習慣了。「先生，麻煩你隨我到樓下。張女士也在一樓。」

「我就不下去！你能拿我怎麼樣？」

「抱歉，還請配合。」警方半推半強迫，費了九牛二虎之力把老男人帶到一樓看管，詢問身分後，初步懷疑他是非法動刀的醫生。

樊俞行一看見老人，便悄悄地往他身上扔了個法術。

這時搜索的結果陸續傳來，行動負責人也沒有避諱驅鬼師，就在他們面前聽取報告。

「樓上三樓沒有發現相關紙本文件或墮胎用的器具，但電腦裡有很多封預約的郵件，阿傑正在拷貝電腦資料以及追縱網站紀錄。」

「路口有六支監視器，其中一支拍到這排民宅的門口，已經申請調閱跟拷貝內容，確認有誰出入。」

「地下室上鎖，門把上有血液反應，但屋主不願提供鑰匙。」

「我就是不給，看你們能怎樣！」老醫生傲氣地哼了一聲，典型非暴力不合作。

「不給是吧？」行動負責人說：「不給就請鎖匠來。」

「司皇。」驅鬼師十一湊了過來，悄聲說：「我方才把這屋子繞遍了，很乾淨，沒有那方面的東西。」

因爲都在排水溝裡啊，小朋友。

樊俞行低頭輕撫熟睡的姬儀光，不輕不重地問了句：「你聽得見小孩子在哭嗎？」

十一專注聆聽，十二跟兩位見習的小朋友也豎直耳朵，末了每個人都搖頭。

「沒聽見。」十一回答。

其實他跟行動負責人有一樣的想法，覺得樊俞行變得很奇怪，就像換了個人似的。

以前他的表情是冷冷的，現在是淡淡的，雖然相去不遠，都屬於沒什麼表情的那款，但給人的感覺卻差了十萬八千里。從前的樊俞行做事嚴謹、一板一眼，現在的樊俞行一樣仔細，行事卻變得慵懶，不愛自己動手，而且變得會賣關子。

「哭得我耳朵都要聾了。」樊俞行清了清嗡嗡響的耳朵。孩子嗓門尖細，哭聲嘹亮又悲苦，從一靠近這裡他就覺得不舒服。聽不見的人眞幸福。

樊俞行打了個響指，所有驅鬼師立刻摀住耳朵，五官皺得像吃了酸梅。

十二受不住大喊：「天啊，這是有幾個孩子在哭啊？」

一個哭就已經讓人受不了了，這起碼有十個正在演奏中的交響樂團吧？

「司皇，能不能……能不能把我們的耳朵塞上，真的太難受了！」十一舉旗投降。

他還好，另外兩個小朋友都哭了。

樊俞行再次打了響指，所有人的世界一瞬恢復寧靜，臉上都露出解脫的神色。

「這裡有東西鎮著，你們才什麼都聽不見，去把這東西找出來。」樊俞行把任務派下去後，就抱著姫儀光坐到一旁等結果。

只可惜，驅鬼師們一無所獲。

就在此時，鎖匠來了，不出五分鐘便打開地下室。行動負責人要求員警開啓錄影，一推開門，簡陋的手術室立刻躍入眼簾，很有老診所的味道。

裡面的設備十分老舊，舊式的白色磁磚無端給人恐懼及壓迫感，內診椅上的隔簾不僅泛黃，還有洗不清的發黑血跡，空氣裡瀰漫著發酵腐蝕的臭味、藥劑的苦味，更是讓人皺眉。

員警魚貫入內，拍證採證，樊俞行也跟著走了進來，站到一旁，放驅鬼師四處察看。最後十二在內診臺下發現了一張用透明內頁袋保護起來的符籙。老醫生見狀，臉色丕變。

隨著時間推移，黃紙跟硃砂已些許褪色，但符籙的效力還在。

樊俞行接過，一掌眼，目色就沉了下來。上面的符文似曾相似。

「十二，打電話給唐製作，調我參與的那集節目所有母帶。」要是他沒記錯，這跟工作人員踢倒的那張符籙很像。

「你幹什麼？誰准你亂動我的東西？」老醫生見他想把符籙收起來，大喊了一聲。

「喔？」樊俞行淡淡地應了聲，符籙下一秒就在他手裡燒得連灰都不剩。他笑著問：「你說什麼東西呢？」

他都記起來了，燒了也無妨。

行動負責人苦笑。「司皇先生，你怎麼燒毀了證物？」

「一張破符紙算什麼證物？他拿符紙幫人墮胎？」樊俞行不痛不癢地說。

又不是關鍵證物，毀了就毀了，就是要毀了才能處理。

「你、你……」老醫生又氣又害怕，手腳不住地發抖。

這張符是他當年花了八十萬求回來鎮宅的，對鎮壓婦嬰的怨氣特別有用，而且二十多年前的八十萬價值不比現在的三百萬低，居然就這樣被燒沒了！

他又是怎麼從掌心裡變出火苗的？又是什麼火能在轉眼間把東西燒得一乾二淨

符籙一毀，哭聲就蓋不住了，驅鬼師紛紛捂住耳朵，表情痛苦難當，誇張的反應看得員警們面面相覷，不知何解。

樊俞行打了記響指，幫他們把聲音都蓋了過去。「十一，你帶小朋友到後面排水溝幫我擋陰——算了，帶小朋友過去會嚇死他們。」

那裡像萬鬼坑似的，說不定連十一都會嚇到腳軟。

樊俞行走到手術室的水槽旁扭開水龍頭，狀似無意地問老醫生：「你攪碎的胎兒都從這裡沖進排水溝吧？」

員警們聞言臉色大變，行動負責人立刻反應過來，吩咐其中一位鑑識員警：「去排水溝取樣！」

「等等。」樊俞行喊住他，給了一道折成八角形的加強護身符。「拿著，免得被陰氣沖煞到。」

「謝謝。」鑑識員警把護身符放進胸前口袋，嚥下恐懼，往排水溝前進。

取樣若是必要程序之一，想到員警必須把自己埋進那疊數也數不盡的孩童亡魂裡，連他都不禁打了個寒顫。

「你、你不要胡說八道……這間手術室已經十幾年沒用了，我根本沒幫人做墮胎手術，最好會把胎兒攪碎排進水溝！」老醫生面紅耳赤地反駁，臉上滿布冷汗。

某位員警止不住嘲諷的衝動，反駁了句：「十幾年沒動手術，買那麼多藥幹嘛？滿架子都是！還是去年製造的。」當他們警察是笨蛋嗎？

樊俞行先把赦令打進自來水裡，隨著流進排水溝內，暫時做了個屏障，讓亡魂跑不出去，陰差跟神明也無法收伏，再看向老醫生，把他盯得渾身發毛。

「一天不是最少一個，最多七個嗎？說謊不怕遭天譴？」

「你胡說，你含血噴人，你——唔——」老醫生指著樊俞行的鼻子大發責難，肩膀卻突然一陣劇痛，像有什麼東西鑽破他的皮肉，竄了出來。

他拉下左邊領口，毫無預警地跟一張五官扭曲、血淋淋的嬰兒臉對上，嚇得他張大了嘴，卻喊不出聲音，倒是長在他肩膀上的鬼頭睜開雙眼後開始哭叫。

「嗚嗚嗚——你爲什麼要殺了我？你爲什麼要殺了我——」

跟著進來的張女還在疑惑聲音來源時，就見老醫生轉了個方向，長在肩膀的鬼頭竟然跟著轉向張女，朝她裂嘴怒吼，連員警們都吃了一驚，盡皆瞠目結舌。

十一、十二立刻拿出符紙，樊俞行把他們擋了下來，給一人一記爆栗。

「爲什麼要殺了我——爲什麼要殺了我——」鬼頭一咆哮，張嘴就有血水噴出，模樣萬分駭人。

「不，不是……不是我！」張女頃刻間軟了腿，癱倒在地上，手腳並用想退出手術室。可不管她擺動再快，都是在地上乾划，跑不出去讓她更心慌，指著丈夫就開始撇清責任。「是他，都是他，你們都是他拿掉的！」

「肖查某，妳是在說什麼？我沒有幫人拿小孩，妳是睡太久做夢——啊——」老醫生按住胸口，沒多久，手掌下好像長了什麼東西出來，還狠狠地咬了他一口！「啊——什麼東西？」

他把領口往下拉，赫見胸口長了一顆布滿青筋的嬰孩鬼頭，眼眶黑黝黝的，正淌著血，另一邊還有顆頭要冒出來。

「啊啊啊——」老醫生看著胸口想張嘴咬他的鬼頭，兩眼一翻，差點沒昏過去。「這、這是怎麼回事——是你對不對？是你搞的鬼對不對？」

老醫生往樊俞行衝過去，因爲他身上長了太可怕的東西，員警在攔他之前遲疑了一下，等回過神來，他已經衝出一臂之遙。

員警才剛抬腳要追，老醫生便被無形的東西彈倒在地，哀嚎了好大一聲，卻不像跌倒會發出的淩厲慘叫。

待他爬了起來，眾人才知道他背後又長出了一顆鬼頭，嬰孩的哭聲越來越密集，但對比剛剛符籙燒掉後竄進驅鬼師耳裡的哭聲，已是相當柔和了，至少可以忍受。

「我聽過鬼面瘤，但我沒聽過一個人的身上能長這麼多顆，通常長一顆就很嚴重了……」行動負責人的聲音聽起來有些抖，即便他已經努力克制還是避免不了。這醫生到底造了多少孽？不能把這惡人繩之於法，他還當什麼警察！

第24章　昏睡不醒的小鳳凰〈下〉

「這只是開始。」樊俞行淡淡地說了句讓人冷汗直冒的話。「還有，不是我搞鬼，這些鬼都是你弄出來的。弄死幾個，你就會長幾顆，死不認錯還會越長越大。」他示意拿著相機的員警對準老醫生。「拍下來，可以當警世教材。」

十一、十二很不習慣樊俞行的改變，兩人跟員警反應差不多，全身都在冒汗，而見習的預備役驅鬼師卻像在看偶像，滿臉崇拜。

「你、你說……啊——」老醫生全身上下沒有不痛的地方，已經沒有力氣站起來，肩膀、胸口、後背，腰側、大腿，連臉頰、脖子都冒出了鬼頭。「好痛！啊——救我！救我——」

「小朋友，遇到這種情形，知道要怎麼處理嗎？」樊俞行無視一旁張口結舌的警方跟痛苦難當的嫌疑犯夫婦，當場開啓驅鬼師實務教學。「鬼面瘤是怨氣所化，強行驅離，被附身的人也活不長，所以我們要先淡化鬼面瘤的怨氣。」

來實習的預備役驅鬼師們紛紛拿出手機做筆記，若無旁人的認眞模樣讓員警們滿臉黑線。行動負責人拿他們沒辦法，只讓手下們繼續採證。

但大家都豎著耳朵，眼角餘光頻頻瞄向樊俞行，止不住好奇心。

「還記得之前教過你們淨魂符吧？」樊俞行順著小鳳凰的羽毛，冷眼地看著不知長出幾十顆鬼頭、衣服褲子已經被撐破的老醫生。「十一，過來畫給他們看。」

十一拿出咒紙跟硬式硃砂筆，當場畫了張淨魂符，貼到某顆正在吼叫的嬰孩鬼臉上，鬼臉便逐漸冷靜下來，不再張嘴嘶吼。

樊俞行說：「這時候就是你跟對方交涉的好時機，問他要幹什麼？」

長得比較矮小的預備役驅鬼師一聽樊俞行這麼說，立刻開口：「你要幹什麼？」

「我要他的命！我要他的命——」

「喔。」他傻不溜丟地點頭，問樊俞行：「要給他嗎？」

十一、十二默默地撇過頭去，無名驅鬼師的未來極爲堪憂。

「這個人的命可以給他沒關係，如果是委託人，我們的任務就失敗了。」他拍了拍小孩的頭，感覺好像當年在帶姬儀光，他不由得笑了笑。「你要跟他說，不能取走這個人的命，問他有什麼冤屈，你可以幫忙處理，讓這個人得到人世間該有的懲罰。如果對方賴著不走，就威脅說你會強行驅離他，那不僅報不了這輩子的仇，就算能投胎，下輩子不是缺腳就是缺手，要他好好考慮考慮，別賠了夫人又折兵。」

等等?!後輩能這樣教的嗎？十一、十二一臉活像踩到屎，不可置信地盯著樊俞行。

「司皇，這麼說不妥當吧？」十一覺得還是得盡可能地扳正一下，免得無名驅鬼師的名聲毀在下一代。

「不妥當嗎？」他努力回想之前是怎麼教的，腦中的畫面雜亂到不行，輪迴太多世了。純正的樊俞行教學方法他做不來，不過自認已比第一世好多了。在祖師爺那一世，他好像只教學生如何準確地把符紙扔到鬼身上而已。

做人就是要不恥下問。樊俞行眞心地請教十一：「那我該怎麼說？」

十一想了很久，似乎沒辦法順利表達想法，見到樊俞行殷切的神情，只好硬著頭皮，乾巴巴地說：「先勸他離開當事人，不然只好強行驅離他。」

靠，好瞎！這有什麼差別？在預備役前面，形象蕩然無存了啦！

十一想撞牆，十二想揍死他。

「喔？挺不錯的。」豈知樊俞行居然覺得好，還跟實習的小朋友們說：「就這樣吧。」

十一很想以死謝罪。「司皇，你眞的覺得好嗎？我……我剛才沒有表達得很清楚，其實我只是想說委婉一點，盡量表達出驅鬼師的氣度……」

「虛名不重要，你原本說得就很好。」樊俞行大表贊同。「夠短。」長篇大論挺累的，直奔主題不錯，不過有個地方要再補強一下。「記得問對方原因。」

「嗯嗯。」實習驅鬼師認眞地抄筆記，無暇顧及十一、十二懊惱的表情，反正司皇說什麼都對！他們對他的崇敬已經沒有理智可言。

樊俞行繼續教。「達成協議願意離開的，先分離再渡化。這符咒還沒教過，你們等一下畫的時候多練習幾遍。十一，幫我攤著符紙。」

這符咒還來不及教給徒兒，第一世就結束了，連十一、十二都不會，正巧一起教。只是畫符時，他還是捨不得放下姬儀光，偏偏這裡沒有一處能讓他放心暫擱捧在手上的寶貝。

他兩道符各畫了三次，一次比一次慢。

變慢的原因是畫到後來他懶得運筆，實在很想讓他們照著描就好，但是樊俞行原身的個性又不容他虎頭蛇尾，只好繼續撐著，可是看在門徒眼裡，他就是個好司皇。

「那個……」行動負責人不得不打個岔，因為老醫生已經被折磨得奄奄一息。「要不要先處理他，別把人弄死了。」

「還沒贖完罪，死不了。」樊俞行打了道術法到張女腹腔，後者立刻痛到在地上打滾。「讓妳受受刮宮之苦。撐著呀，妳不受就妳女兒受了，六個多月大的肚子，孩子成形了吧。」

「啊——我、我受，我受，求大仙放過、放過我女兒——」張女捂著肚子，痛到都咬破了嘴唇。

「嗯。」樊俞行輕輕地應了聲，這當然是說來嚇張女的。他吩咐驅鬼師：「這人身上的鬼面瘤就給你們練手，談不攏的先留著，去處理其他顆，免得就長越像葡萄串。」

那畫面太慘，他不想看。

樊俞行輕描淡寫說出來的話，讓人驚心膽跳。沒跟無名驅鬼師合作過的員警是看在前輩面子上才對他客客氣氣，心裡原本並不把他當一回事，但此時此刻見他一瞥過來，都會不自覺立正站好。

從老醫生身上長出來的鬼面瘤都想讓老醫生償命、讓他生不如死。墮掉他們的父母有罪，老醫生更是罪中之重，剝奪了他們出生的機會，還鎮壓他們的靈魂、讓他們不能投胎，也沒人能聽見他們悲苦無望的哭聲。

因為鬼面瘤數量真的太多，四個驅鬼師也吃不消，大約處理掉兩百多顆的時候，預備役就快撐不住了。十二只好打電話再找幾個驅鬼師來輪班，最後滿滿當當來了半打人，個個摩拳擦掌。

這回多了兩道新符咒，連預備役都充當了一回老師，覺得自己大大長進了。

「阿行，你太不夠意思了，這麼大的場面怎麼不先通知我來？」樊俞清處理了幾個，等新符咒上手了，就把機會讓給其他人練習，跑來跟一旁看戲的樊俞行抱怨。「這什麼？圓滾滾還五顏六色的？」

樊俞清想上手摸，一下子便被樊俞行隔開了。

「我的寶貝，只能看，不能摸，再摸就讓你的手抬不起來。」他說到做到。

樊俞行收回格擋樊俞清的手，嫌惡地皺眉。「你有濕紙巾嗎？」

「幹什麼？」樊俞清一頭霧水。

樊俞行把手伸到他面前。「幫我擦乾淨。」

「靠？我是多髒？」樊俞清跳腳歸跳腳，還是找來濕紙巾把樊俞行指定的部位擦過一遍。

「行了，你去玩吧，別打擾我。」樊俞行對他揮了揮手，一副打發人的樣子。

樊俞清覺得不對勁，急忙問：「你是怎麼了？前幾天失魂落魄的，今天像換了一個人，你該不會被附身了吧？你還是阿行嗎？」

「等大家都在，我再一次說，不然說太多次嫌煩。」樊俞行摸著懷中的小肥鳥，像個大老爺似的無比慵懶。「放心，我還是樊俞行。你去忙吧，我去外邊走走。」

樊俞清放不下心，在樊俞行轉身後，偷偷打了道探符過去，結果碰到樊俞行身上卻一點效果都沒有，像張廢紙一樣飄了下來。他百思不得其解，只能盯著阿行的背影苦惱。

手術室空間容納不了太多人，無事的員警跟驅鬼師便自覺地到一樓等候，彼此聊天、大吐苦水。也有驅鬼師好奇樊俞行懷裡的禽鳥，從沒見他養過寵物，還全程抱著不落地，有沒有那麼疼？只可惜沒機會跟他說話打聽。

樊俞行現在有一半的骨頭是懶的，能坐就不站著。他不想待在一樓，因爲被聊天很累，加上看到幾個驅鬼師用狼一樣發亮的眼神盯著他，總讓他陣陣發毛，好像在草原上的跳躍羚羊被盯，太不舒服了，便走到排水溝來監督。

見受困的亡靈越來越少，勞心勞力有所收穫，他心裡挺欣慰的。只要忽略來來回回辦公的陰差便行。陰差不是臉黑就是臉白，業務量大，這下臉更黑更白了。算了算，屋裡渡了七百多個，溝裡還有近兩千個。

當然不可能像小亡靈說的每天都有人來墮胎，但這數量還是非常驚人。

「沒想到你眞的救了我們。」凌晨跟樊俞行對話的那名孩童飄到了他面前，慘白的臉上露出了抹純眞的笑容。「我好久沒這麼輕盈了。」

樊俞行回過神來，笑著回應：「好好享受，投了胎就得腳踏實地了。」

「這很難講，要是投胎當了鳥呢？」小亡靈睞了眼姬儀光，半欽羨半開玩地說：「像你懷裡那隻就不錯。」

「不錯嗎？」樊俞行輕笑，指尖在小鳳凰的背上遊走。「先不說投胎成這物種的難度有多高，她過得可沒你想的那麼好。」

樊俞行撫著小鳳凰，指尖在她肥短的脖間逗弄，感受她平穩的呼息。他輕輕地嘆了一聲，不知道這孩子要睡多久才會醒過來，偏偏現在他又沒辦法灌法力到她身上，助她一臂之力，讓她早日恢復。元神珠是回到他身上了沒錯，只不過就像軟體跟硬體互不相容，他必須透過修煉升級硬體，才有辦法幫助姬儀光。

或者讓她受點刺激。

但這個他捨不得，這隻小鳳凰爲了他在人世間吃夠了苦頭。光是抱著那一點如燭火般渺小的希望獨自踽行兩千多年，就不是件簡單的事。

「怎樣都比我現在的狀況好吧？」小亡靈看著身後那群急著復仇的同伴們，他確實是裡面最平靜的一個，但不表示他沒有怨，只是他待的時間太長，已經麻木了。「如果有來世，眞希望能遇見像你一樣的人。」

「是嗎？」這句話讓盤古他們聽見，天色包準黑掉一半。

「對。像我現在就很慶幸能遇到你。」小亡靈如是說，恨不得就賴在樊俞行的身邊不走。覺得這個人看起來很慵懶，卻有種可以讓人全心全意信任的感覺，但他知道這不可能。「我要走了，希望以後還能見到你。」

樊俞行但笑不語。

小亡靈是否慶幸遇上他，對他無礙，倒是姬儀光是否慶幸遇上他，對他來說才是大事。不過，對這傻丫頭來說，她的上仙不管再好再壞，都是她最好的上仙。

結果他呢？說要好好照顧她，卻照顧到她不想活了。

樊俞行回到民宅，見所有事情都進行順利，就跟俞清說了聲要先離開，讓他聯絡所有驅鬼師自己回主宅。

一坐上車，他把姬儀光放到腿上，見她睡得肚子一鼓一鼓的，喙嘴微張，不由得想起以前照顧幼鳥時期的她有多折騰。

腦子裡有很多世的記憶，斷續得像幻燈片般連貫不起來，記得最清楚的莫過於這一世，還有與姬儀光相遇的片段。這孩子掉進他懷裡的時候還只是顆蛋呢。

當年他用靈識掃過後知道是顆鳳凰蛋，又知道神獸繁衍向來不易，卻找不到那對粗心的父母，只好由他這個閒散的仙人照看。

在姬儀光之前，他沒帶過孩子飼過靈寵孵過蛋，連坐騎都懶得馴，隨便在衣服上縫了個夾層，就把鳳凰蛋貼胸口帶著，用掌心跟胸膛的體溫還有少量的法力，穩著她的性命。

能活是命，不能活，也是命。

但小鳳凰破殼而出的那一瞬間，他確實滿心歡騰。那種心情難以形容，喜悅且驕傲，還有濃濃的期待，又因爲她在晨曦直上天際時出生，便將她命名爲「儀光」。

幼崽夭折率高，姬儀光好幾次因爲他的疏忽徘徊在生死關頭，也不曉得抱著她敲過幾戶神仙的門，最常打擾的就是神農。

神農是個大嘴巴。

打從他第一次上門，不出兩天，全神域都知道他養了頭鳳凰，還寶貝得要死。從前什麼都嫌麻煩的人，居然不辭辛勞地替小鳳凰餵藥、擦身，把所有該注意的事問得仔仔細細，一反常態的模樣讓神農愣得半天回不過神。

就因爲神農多嘴，姬儀光的父母才會找上門來，也不清楚他們是方向感不好還是運氣不好，足足花了好幾年的時間才找到他。

要跟費心養了一段時間的孩子分離挺難受的，但他又沒有理由把姬儀光留下，只能同意讓她的父母帶回去。誰知道這孩子死心眼，說什麼都不肯走，哭呀鬧的，還整天昏過去，就像知道他的烏龍死訊時，恨不得把命都哭出來一樣。

他心疼歸心疼，還是趁著她昏過去時讓她父母帶走。不出半個月，神農就抱著奄奄一息的姬儀光來找他，記得那還是第一次，他實實在在地感受到什麼叫害怕。

姬儀光的父母說她醒過來後就一直哭，不吃不喝，不管問什麼就只知道喊上仙。兩人束手無策，只好把她帶到神農那裡，再透過神農找他，免得又蹉跎數年才能救女兒。

他又喜又憂地接過姬儀光，在她耳邊輕輕地喊著，但見虛弱無比的她吃力地睜開眼，一見到他，眼淚迸出，叫聲嘶嘶，聲細但綿延，緊緊地揪住他的心。

姬儀光的母親說她正喊著上仙，一聲一聲地確認著。這聲調他聽過無數次，原來就是在喊自己。

最後，姬儀光便留在了他身邊。他對這孩子上心，卻對修煉並不上心，連帶著影響到這頭小鳳凰，明明是高高在上又天資聰穎的神獸，竟然花了七百年才修得人身，還是個瘦巴巴乾癟癟，身量不到當年盤古腰際的小矮個兒。

如果說命運從出生那一刻就決定了，姬儀光投了好胎，卻沒個好命。瞧瞧她的父母，再看看她的主人就知道。

他搔了搔小鳳凰的頸間，順撫她的背部，又將她掬了起來，親了親她的頰側，敲了敲她的凰爪子。

「光兒，別貪睡了，快起來吧，妳的上仙回來了。」

第25章　被迫分離的獼猴母子〈上〉

活了這麼大一把的年紀，他總算明白什麼叫自作孽，不可活。

簡直，不忍卒睹。

他正在為自己的懶惰還債。

別說什麼第一世正逢戰亂，亂世當用重典，所以祖師爺留傳下來的符籙效力都很強。說穿了，就是他懶得動腦去想，眞正由他留下來的符文根本不到十則，其餘都是弟子自行改良的。

可是不管怎麼改，都是以他的符文為底基，對亡魂具有一定的殺傷力，不可能完好無缺地引渡淨化。雖然姬儀光幫他補全了這一塊，這一世的樊俞行也自行研闢了幾張，卻終究與他原本的手法不同。他現在就要把這個缺口補起來，做出可以讓驅鬼師們運用自如的渡鬼符籙。

他最不喜歡燒腦袋的事了。

「光兒，快起來幫幫我吧。」他無奈地看著在桌上熟睡的姬儀光，抱怨了句。很想放懶，卻不自覺地動筆，這樣的矛盾都快把他的靈體扯壞了。

滿桌子紙張，全是為了練習而畫的符文，對他這種心隨意動的半仙來講，畫符不是件簡單事，還要讓其他驅鬼師能用符、使符，擁有驅動符籙的法力，難度更高，加上他本身時時互相抗衡的惰性……

不過，他這一世認眞又認命的個性威力不容小覷，瞧他現在如此振筆疾書，連續研究了近三個小時不停；下午一點半又開課啓蒙後輩驅鬼師，晚上還要帶小鬼頭們實案見習，想休息——他眞的只能用想的！

無名上仙活了不知多少年，從沒有如此勤奮過，早上五點起床還打坐修行了兩小時才用早餐。

鈴——

書房內線響起，不到第二聲，他就接了起來。

「司皇，唐製作想見你。」

「唐製作？」他頓了頓，直接問：「他來幹嘛？」

對方頓得比他還久，好像捂著話筒回頭詢問，聲音有些糊模。「司皇問你來幹什麼？」

「……算了，我下去。」這不是樊俞行會說的話，但他實在裝不出這一世個性該有的樣子，就算能裝，不到五分鐘就累了。

不是說江山易改，本性難移嗎？爲什麼這一世他的個性這麼與眾不同？其他幾世似乎沒有如此盡職，爲驅鬼師一門鞠躬盡瘁，只差死而後已，還恪守規矩又悲天憫人，爲世人也爲亡魂考慮萬千。

難道是因爲這世的個性與他原本的樣子互補，才讓他在歷劫尚未結束時，就在人世間與姬儀光重遇嗎？

還是冥冥中知道姬儀光會在這世崩潰？所以才讓他長成與其他幾世不同的樣子？

算了，他懶得想，反正都重逢了，現在只要等姬儀光醒過來，便皆大歡喜。

掛了內線，他抱起姬儀光，逗弄了她的小肚子跟小爪子，才放進他特別請人在外套加縫的內袋裡，還硬要縫在胸前的位置，貼心而放，著實為難了裁縫師一把。

「妳呀，真身圓滾滾的，怎麼人身就瘦得跟條小魚乾似的呢？」這麼多年下來，看是脫了些稚氣，卻不見長個子，還是小不溜丟的，混在人群裡看都看不見。

✻

唐製作聽接待他的人轉述樊俞行的話，越想越不安，始終想不透究竟是哪裡得罪樊俞行了？上回錄完節目後就一直沒再跟樊俞行聯絡，卻突然接到樊俞閱想調錄影的母帶的通知，難道上回拍攝的過程有什麼差錯嗎？

門被敲響，樊俞行胸口鼓了一大包，出現在梅廳裡，唐製作一見到他，倏地就站了起來，神色難安。

「怎麼了？」他上上下下地打量了唐製作一回，運勢平平，沒有沾上什麼異界的東西，臉上的疲備全是工作過度累出來的。「我瞧你還好啊，為何嚇成這樣？資金上的問題？」

不是遇鬼就是沒錢，最可怕的不就這兩件事。

「俞行，你……」唐製作欲言又止的模樣讓樊俞行瞬間明白過來。

「喔，變很多是吧？」不能說一猜就準，但當每個人見到他都是這種反應，就沒什麼難猜的了。「當我受了刺激吧，習慣就好。」

他就是塞不回以前樊俞行的框架，只能讓別人來適應了。

「說正事，今天來找我有什麼事？坐啊，別站著。」招呼了唐製作，他幫自己泡了杯普洱，挑著正面的位子坐下，態度愜意。

對從小看樊俞行長大的唐製作來說，眼前的人無疑是變了個人。他帶著疑惑的心看久了，覺得連五官都跟以前有些出入。

他眞的是樊俞行嗎？

「我是，別懷疑。」他只能似是而非地把對門下驅鬼師的解釋，又跟唐製作說了一回。「就是前世的回憶撿回來了，彼此個性受到影響，我現在也是挺混亂的。」

「眞、眞的？」活了這把歲數，頭一回聽到這樣的事。唐製作興致勃勃地坐了下來，雙眼發光地問：「你前世是哪裡人？」

他淺笑了聲。「歷代司皇，都是同一人。」

「同一人？」唐製作訝然地張了大嘴，這事可騙不了人。「其他驅鬼師相信嗎？」

「信，爲什麼不信？扔幾個失傳的術法就行了。」改革本來就費力，之前說要研究一些不傷鬼的符籙，所有退到線下的驅鬼師都到他面前來明示暗示這樣不行，不尊重先祖、違背祖訓。現在呢，一個個乖得跟什麼似的。

此時此刻就算他不明說，他們也已猜到了歷任司皇都是祖師爺轉世。

當然，他也遇到了一些問題。

有人問他爲什麼歷代司皇都不留畫像，也有人問他是不是眞的由霧水所化。

前者他依稀記得是怕麻煩才這麼做的，畢竟他天生靈力高，幼時又不懂得藏拙，見鬼便指鬼道鬼，父母怕引禍上身，加上亂世難以溫飽，就把他帶進山裡丟棄。之後成了名，不少人扒他身世，煩不勝煩，攸關他的事蹟能不寫就不寫。

至於畫像爲何無法保存下來，那他就不清楚了，都是他死後的事。不過見到自己這世的長相，似乎就明白了些。

每一世都長得差不多會給他帶來很多麻煩，他懷疑這不是出自盤古的手筆，就是女媧。

畫像還好，說他是霧水所化就誇張了點。事實是，他第一世被扔到山上，遇到一名獵戶，爲了躲雨而避進他歇腳的山洞，知道他的情形後，惻隱之心大作，決定帶他下山。

隔天清晨霧水很重，整座山白茫茫的，豈知他們一走出山洞，白霧就飛快散去。待他成名後，獵戶又把這事提出來，就被傳成了這樣。

唐製作縱然好奇，也不曉得該再問些什麼，就從口袋拿出封捲了兩圈的牛皮紙袋給他。

「這是你託十二跟我要的影片。」

「謝謝。」樊俞行傾身接過，還沒有天眞到以爲唐製作親自過來只是爲了送影片。「你有什麼事說吧，我最近挺忙的，得好好控管時間。」

巡街、教課、接案、修符，那滿滿的行程光想就頭痛。

照著行程跑他懶，不照著行程他慌，懷裡的小鳳凰又昏睡不醒，事事都讓他疲累不堪。

只要她醒來，一切就能好轉，就是不知道她這一覺要睡多久，也不清楚是先變成大鳳凰還是直接變回人形。

頭疼呀……

「果然沒事能瞞過你。」唐製作笑得有點尷尬，捋了把頭髮，遲遲不知該如何開口。

「等你準備好了再說吧，我先去忙。」他眞沒時間能浪費，以前活得不知年歲，現在是每分每秒都彌足珍貴。

「等等，我說，我說！」唐製作見樊俞行要走，立刻攔住他，訕然地把來意都交代出來。「就我一個外甥跟朋友去了我節目拍攝的地點探險，結果中邪了。」

「……他幹了什麼蠢事？」雖然是預料中的事，不過發生時總讓人感到厭煩，而且還不是第一起了。他揉了揉眉心。「又是在遊樂園撒尿？」

「又?!」唐製作神色變化相常精彩，可說一秒變一個表情，錯愕、尷尬、自責、後悔，跟七彩霓虹燈似的。「咳，這……不是遊樂園，是在一座廢棄的礦坑。我外甥好像被猴子精纏上，每天跟猴子一樣上躥下跳的，請了法師道士都沒辦法近身，我就想……麻煩你出面……」

他一開始就想到了樊俞行，但是在做節目之前已收過警告，實在拉不下臉。現在則是不得不過來，那孩子已經被關了起來，因爲他一直想往山裡跑，抓都抓不住，最後利用捕捉野生動物的方法發射麻醉劑，才把人帶回來的。

「猴子精？」通常動物不會主動去撩撥人類。他沉下臉問：「你外甥做了什麼事？」

「只說是去探險，遇到一對獮猴母子，其他的就不知道了。」他也是聽妹妹轉述，細節不清楚。「俞行，我知道我不能把所有責任都推掉，節目已經播完了，經過這些事，我也沒打算做第二季，就麻煩你再幫我這一回吧。」

「嗯。」他把手搭上胸前熟睡的小鳳凰，透過衣料感受她的溫度。「那就今天下午吧，我會帶人一道過去。」

權當實習課了，遇上動物亡靈或精怪的機會不多，這是難得的經驗。

吃過午飯，稍作休息後，他就帶著一名服役中的驅鬼師老四跟兩名預備役，出發前往唐製作的妹妹家。

驅鬼師的名單是隨機抽出的，不可能一口氣把全部的實習生都帶上，活像去討債的，不把委託人嚇死才怪。不過樊俞清還是強行跟了上來。

自從知道他融合前世記憶後，樊俞清對他的態度就很扭捏，想跟以前一樣跟他相處，考慮到他可能是祖師爺的轉世又縮手縮腳；每每湊到他跟前來都不講話，卻又很愛往他這裡跑，讓樊俞行非常不耐煩。

一到唐製作的妹妹家裡，互相介紹個兩句後，一行人就被領往三樓兒子的房間，一眼就能看到門外還加裝了一道粗重的緩衝鏈。

開門前，她略有遲疑。「司皇先生，我兒子很可能會衝出來，你有辦法在門外處理嗎？」

「沒事的，把門全打開，妳兒子跑不出去。」他打了記響指，示意唐製作的妹妹開門。

「這……」上次花了九牛二虎之力才把兒子帶回來，要是跑出去了，不是還要再折騰一回？

「阿如，開門吧。我相信俞——我相信司皇。」唐製作見妹妹依舊沒有動作，便越過她，直接把門打開，連緩衝鏈都拿掉。

裡面囚禁的青年聽見聲音，轉過頭來看了一眼，立刻朝門口手腳並用地衝過來，動作就像一頭猴子。

「阿傑要跑了，你快把門關——」唐製作的妹妹像是被掐住脖子，瞬間沒了聲音。因爲她目睹往房門口衝過來的兒子有如撞進了透明的氣層，無論如何就是走不出房門一步。

「回去坐好。」樊俞行手指著唐製作的外甥下令，就見青年哼哼了兩聲後，乖乖地折回去坐在房間地上。

這讓唐製作的妹妹跟妹夫簡直不敢置信。

「遇到附身的動物靈，先觀察他的動作，沒有任何戾氣，便用分離再渡化。」樊俞行帶著驅鬼師走進房間，五個人圍著唐製作惶躁不安的外甥。「如果被附身的人有著過於激動且不尋常的反應——像他這種明顯帶有特定意圖的。分離之後，拿一張空白符紙——」

樊俞清非常有默契地拿出了常備的分離符跟空白符紙，眾人就張大了眼看著他分出彌猴的魂體。一道如拳頭大的白霧從青年的眉心飄出來後，他再以誅砂筆在空白的符紙上畫了道簡單的記號。

「把動物的魂體導進這張符紙上。」他以符紙在白霧面前畫了個八卦，白霧一下子便被吸進符紙裡。「如果沒有符紙，其他能書寫的東西也行。」

唐製作的妹妹著急地問：「司皇先生，我兒子沒事了吧？」

「還沒完。」他看了看已經昏迷側倒在地的青年。「妳可以先把他扶起來。」

夫妻倆連忙把兒子抬到床上放好，樊俞行則繼續教導驅鬼師們。

「你們看清楚，這是開口符，能讓無法開口的亡靈或是動物靈說話。」他在符紙的下方加了道符文，然後讓預備役驅鬼師以手機拍下。

沒多久，符紙裡傳出了嗚嗚嗚的哭聲，把唐製作跟他妹妹、妹夫嚇得臉色發白。

「媽媽……媽媽……嗚……」

傳出來的聲音很稚嫩，是隻小猴子，感覺起來年紀不大，只會喊媽媽。

「如果他們有什麼心願，做得到就幫忙，做不到就拿這張符紙回來找我，處理完再渡化。」

樊俞行把後面步驟教完後，直接用靈識探問小猴子，得知牠生前最後一段畫面時，臉色驟沉，冷冷盯著床上昏迷不醒的青年，低聲罵了句：

「雜碎。」

第26章 被迫分離的獮猴母子〈下〉

在他身後的驅鬼師跟唐製作都傻了眼，從來沒聽這位罵過重話，不管是融合前還是融合後的樊俞行都沒有，現在到底出了什麼事，才讓他氣成這樣？

「你罵誰呢？」唐製作的妹妹見不得兒子無端受人謾罵，就算這人方才救了孩子也一樣。

「阿如！」唐製作連忙制止妹妹。「司皇，發生什麼事了嗎？好端端的，怎麼罵我外甥？」還罵得如此難聽。

「罵？我不過是喊他名字而已。」他整張臉沉了下來，盛怒的模樣讓人自腳心生寒。「你們在這裡等我，一個都不准走。」

其實他們想走也走不了。他打了記響指，門口的屏障變得只有他能隨意進出。

屋裡的人度日如年，面面相覷。等樊俞行再次回來的時候，外套下方竟一片赤裸，褪去的上衣不知道包了什麼玩意兒，傳出了陣陣刺鼻的臭味，薰得所有人都皺起眉頭，摀鼻阻擋，包括剛剛甦醒過來的青年。

他信步走到青年床邊，將掩蓋在上衣底下的東西顯露出來。那是一具半腐且殘破的猴屍，身上還帶著濕潤的土壤。

「妳敢說妳兒子不是雜碎？不是雜碎會拿石頭丟母猴、把小猴子帶回來關在籠子裡、用改良過的ＢＢ彈射牠？射瞎牠的雙眼？打折牠的腿骨？活活將牠凌虐至死？」他冷冷地闡述這段話，但是任誰都能清楚地在他雙目中看見熾盛的怒火。「你憑什麼剝奪牠的牲命？你有比較偉大嗎？」

唐製作不敢置信地看著外甥，驅鬼師們更是憤怒難平！

「我……」青年才剛醒，還沒緩過神，就見自己做過的齷齪事毫無遮掩地攤在眾人面前，不由得慌了。「誰、誰叫牠們要裝鬼嚇我……我氣不過才……」

「氣不過？」這是什麼理由？他要不是還有點理智，就馬上拍道符到這人腦門上，把人拍成白癡！「那裡是牠們的棲息地，你才是侵入者，還有臉說牠們裝鬼嚇你？明明是你作賊心虛！」

驅鬼師們看著淒慘的猴屍，如刀片般的眼神一齊射到青年身上。有個預備役快人快語，也不懂得收斂音調，直接飆問：「我們爲什麼要救這種王八蛋？」

「什麼王八蛋?!」唐製作的妹妹極其護短，馬上幫兒子反駁。「不過就是隻猴子，死就死了，難不成還要我兒子賠命嗎？」

「這話說得還眞理直氣壯。」樊俞行冷笑了聲，看向他們一家人的眼神充斥不屑。「不過就是隻猴子？你們呢？也不過就是個人，有什麼了不起？死就死了，有什麼好救的？」

「司皇先生，他們——」唐製作不自覺地帶上敬語，想爲妹妹一家緩頰，總覺得說出了這種話的樊俞行，接下來的手段會很可怕。

「你沒資格開口，給我閉嘴。」樊俞行淡掃了眼唐製作，後者就不說話了。正確來說是不能說話，就算張嘴連啊啊聲都發不出來。「天道好輪迴，我們出手都得小心別影響了天道運行，從來不覺得多了點能力就比你們高等。妳倒是覺得自己高尚了是吧？不必把其他生靈看在眼裡了？」

「我……」唐製作的妹妹被這氣勢壓得說不出話，不明白爲何方才進門還懶洋洋的男人，此刻的威壓感居然如此之重。

「有妳這樣的母親，教出這種兒子也不奇怪。飛禽走獸在你們眼裡都不是命。」如果是爲了生存，必須將其他種族化爲自身能量，應該向對方抱有尊敬跟感謝才是，看看他們都自我膨脹成什麼樣子了？

他深吸一口氣，用胸膛感受小鳳凰的溫暖，也藉此平撫上湧的火氣。

「俞清，幫我捧著。」他把猴屍交給樊俞清，把附在符紙上的猴靈導入屍體內，打了記響指，原本腐蝕殘缺的猴屍隨即以肉眼可見的速度修補了起來，轉眼間就變回一隻毛色油亮的小彌猴。

「吱吱——」牠對著樊俞行喊了兩聲，虛弱的神色盡是感激，還伸出前肢想碰碰恩人。

他一手接過小猴子，摸了摸牠的頭。

「阿、司皇，牠牠牠……是……活、活過來了嗎？」樊俞清嚇到講話都結巴了，但他是現場除了樊俞行跟被禁言的唐製作之外，見到這一幕還有辦法開口說話的人，其他人全僵得跟喪屍一樣。

他的法力究竟有多高?!

「效果只有七天。」他撫著小猴子，把牠身前受傷的地方都摸過一回，治好受損的靈體。

「我要帶牠回去母親身邊。」

「這妥當嗎?好不容易把孩子找回來，沒多久就要迎接死訊……」樊俞清略有遲疑，就算母猴不通人語，依舊是有情感，會痛會傷心的。

「不如問她。」樊俞行回頭指了唐製作的妹妹，後者已嚇得整張臉刷白。「寧願在孩子死前抱抱他，送他最後一程，還是一輩子都不知道他是死是活。」

她立刻抱住自己的兒子，惶恐戒備地看著樊俞行。

樊俞清不說話了。這眞的很難回答，左右都是讓人無法承受的選擇。

「司皇，那他們呢?就這樣放過他們嗎?」快人快語的預備役為小猴子抱不平，不甘心見到兇手一點報應都沒有。

「我們不是仲裁者。」樊俞行輕輕地拍了他後腦兩下，抱著小猴子就走出房間，順道解了屏障。

唐製作沒臉跟上去，他看著妹妹跟外甥，失望之情溢於言表。

✯

走出這幢房子後，樊俞行讓老四先帶預備役回去。

「你也回去吧。」樊俞行跟樊俞清說。

樊俞清搖頭。「不，我跟你去。」

樊俞行沒說什麼，等老四把小朋友們都帶走後，他才說：「你有話想問我？」

「滿多的。」樊俞清搔搔頭，不好意思地說。

「問吧。一直憋著，腦袋會壞的。」樊俞行攔了輛計程車，等坐上去報了目的地後，樊俞清才開口：「阿……司皇，你說我們不是仲裁者，但你剛剛真的什麼都沒做嗎？」他可是發了好大一頓脾氣，什麼都沒做就離開，有點不合常理。

「以前怎麼叫我，現在就這麼叫我，不必強行改口，我聽了也彆扭。」樊瑞城他們就算了，畢竟不住在一起，偶爾見一次面，忍忍就過。樊俞清不一樣，跟他一起住在主宅，抬頭不見低頭見，出了房門都能在走廊錯身而過。

樊俞行下了障眼法，司機看不到他懷裡的小猴子。

「我……如果被我爸聽見了，他會罵我。」樊俞清覺得不妥，又感到開心。

「罵就罵，他哪次沒罵你？」樊俞行睨了他一眼，學著以往的口吻說：「我還是樊俞行，這點不會變。我只是融合了以前的記憶，並沒忘記我們從小長大的事，你放輕鬆點。」然後也拜託正常點。

「阿行……」樊俞清激動得想抱住他，只可惜他們在計程車上，樊俞行懷裡還有小肥鳥跟小猴子。「對了，這幾天都沒見到小十八，該不會你……就不喜歡她了吧？」

「還是喜歡她，喜歡得不得了。」樊俞行托住懷裡的小鳳凰，嘆了聲。「光兒最近有事沒辦法過來，我也在等她。」

「我還以爲你放棄了，才沒去接小十八。」樊俞清不好多說什麼，強硬地把話題換回唐製作的外甥身上。「你就這麼放過傷害小猴子的人？」

樊俞行挑眉問：「有什麼好建議嗎？」

「也沒有，就是想了解了解，如果程度不足，看看能不能說服你。」他可是一肚子氣，沒見到兇手有報應不太甘心。

「剛剛的味道好聞嗎？」他比了比懷裡的猴子，淺聲問。

佛都會發火了，他怎麼可能不動手腳呢？神仙有懲罰凡人的權限，就算他現在是凡胎肉體，略施小懲，也沒有神敢說話。

想起飄散在空氣裡的腐肉味，樊俞清搖了搖頭。

「這味道會一直跟著他們一家子，沾到葷腥就想吐，連駐守在他們家裡的神仙分靈，我也全數請走了。」他不止解了房門口的屏障，而是把他家所有屏障都化掉。接下來那一家會有多不順、多不安穩，可想而知。

樊俞清預想那畫面便狠狠地抖了一把，這家運道肯定一落千丈。

「剛才沒說，是因爲預備役還小，不想讓他們本事沒學齊，倒先學會把自己當一回事。連神仙都會犯錯，更何況是人？只要他們眞心認錯，痛改前非，這些逆境也會有消失的一天。」

總要給願意悔改的人一次機會，不是嗎？

不管再怎麼小心，人生難免會走上幾條彎路，學乖了，改進了，沒道理不包容。

七天過後，廢棄礦坑所在的那座山上，幽幽地飄出了點點金光。

＊

把小猴子送回母親身邊後，樊俞行回到家，吩咐樊俞清把開口符傳給所有驅鬼師，便把自個兒關進書房，拿出唐製作給他的牛皮紙袋，裡面有個隨身碟。

毛片紀錄很長，看得他頭昏眼花，甚至眼花到以爲睡在桌上的小鳳凰翻了個身。

不，她眞的翻了個身！

他把她放進寵物小窩裡時，肚子是朝下的，現在卻朝上了，小爪子還虛空抓了抓！

「光兒！」他激動地喊了聲，拉近她的小窩，把她抱了起來。

這孩子睡得很熟，翻身了卻沒有醒。

他難免失望，親了親她的頭頂、頸側還有小爪子，輕手輕腳地再把她放回小窩，又戳了戳圓滾滾的肚子，從小窩裡翻出條手帕幫她蓋上。

「女孩子要遮一下。」

他繼續快轉影片，只要有摩天輪的地方就會按暫停，往後倒或部分快進，等他終於轉到工作人員踢倒石頭那裡時，眼眶已發痠了。

連截了三十多張圖片，包括後面布局再拍所補的符籙鏡頭，局部裁剪放大，單就符文的規則推斷，確實與手術臺下方的符籙一樣。

但是遊樂園工程炸死的都是男性，怎麼會用針對婦嬰亡靈的符籙鎭壓？倘若負責人請來的靈媒沒有一定的功力，畫出來的符籙不可能鎭壓賴志銘二十一年……不是那名靈媒選錯符籙，又會是什麼情形？

事有蹊蹺。

他直接拿起手機，撥通了負責人兒子的號碼。

「司皇先生，您找我有什麼事嗎？」對方很客氣地詢問，態度就像下對上。

「你現在還找得到當初幫你們鎮壓賴志銘的人嗎？我要他當初用的符籙，拍照給我就行。」

他懷疑工作人員破壞的符籙，並非用來鎮壓賴志銘那一群亡者。

「應該可以，但不保證能聯絡到對方，我盡量幫你問看看。」負責人的兒子問：「請問又有什麼變故了嗎？」

「沒有，我只是想確認些事情。」

「這樣呀……」負責人的兒子遲疑了一會兒才開口：「司皇先生，不瞞您說，這塊地我們賣給娛樂集團了，預計明年底要改建成購物中心跟酒店。」

「哦？」那塊陰森森的地也有人買？

負責人的兒子大抵聽出他的潛臺詞，乾笑了兩聲。「我們沒隱瞞爆炸案的事情，對方最介意的應該是沒有多砍幾百萬吧。」

「隨便，反正不關我的事。你先幫我要到符籙，就這樣。」他沒給負責人的兒子緩衝時間，直接掛了電話，抱起姬儀光去驗收預備役的成果。

進了練習室，除了出任務的驅鬼師外，老的小的都在這裡。

他吹了聲口哨。「還眞熱鬧。」

「司皇！」

「司皇哥哥！」

「祖師爺！」

大夥兒爭先恐後地喊他，司皇這名字已經夠他抽嘴角了，最後那個不怕死的傢伙是誰？「誰喊我祖師爺的？」

一名才到他大腿高度的預備役被推了出來，直衝著樊俞行傻笑，不假思索地出賣他背後的人。「二哥哥說你是祖師爺轉世呀！」

「這樣啊。」他回了個大大的笑容，卻讓站在最外圍的俞樊清不自覺縮緊小腹。「來，讓祖師爺看看你們練習得如何。」

「好！」預備役個個躍躍欲試，就連執業多年的驅鬼師都難掩興奮，想在樊俞行面前一展身手。

「我想老二應該跟你們說了小猴子的事，遇上附身的動物靈，知道要怎麼處理了嗎？」樊俞行循循善誘，柔聲地教導著這群蘿蔔頭。「知道！」預備役們兩眼發光，聲音像從丹田裡吼出來一樣。

「很好。」他打了記響指，越縮越角落的樊俞清突然四肢伏地，發出貓叫聲，用拳頭洗臉，還舔起手。「誰要來試試？」

「我我我——」

然後樊俞清就從貓、狗、變色龍、蛇、老鼠一路變到烏龜、鴿子，不斷突破個人肢體極限。

實習生練得興起，老四卻看得一頭冷汗，不禁問：「司皇，哪來這麼多動物的亡靈呀？」

「路上招的呀，八成都是車禍橫死的。」樊俞清辛苦，他也不容易。路死的魂體都有受損，在預備役渡化牠們之前，他還要抓時間差把魂體修好。「好了，今天就練習到這裡，明天再教你們簡單的魂體修補術。」

「好！」預備役們精神抖擻，個個都恨不得明天眨眼就到，完全不顧樊俞清已經累癱到直接大字形趴在地上喘氣。

「你說我是誰呢？」樊俞行走到樊俞清旁邊，居高臨下挑眉看他。

「你是……你是阿行……是……司皇……」樊俞清說話斷續又氣音，動了動手指頭。「我錯了……我不行了……」

「知道錯了就好。」樊俞行摸了兩下小鳳凰，準備離開。

「司皇哥哥，你抱著的是什麼啊？」有個才升上小五的預備役走到他的面前，踮腳尖想看他懷裡的小鳳凰，可惜身高不夠，還搭上了他的手臂。

他怕小朋友傷了姬儀光，便蹲了下來。

「她是鳥還是雞呀？」小朋友傻傻地問。

「都算。」他一笑，真想看姬儀光聽見這評價會有多跳腳。

小朋友對可愛的東西向來沒轍，小鳳凰毛色鮮豔又美麗，自然引人喜歡。他雙眼亮晶晶地問：「我可以抱她嗎？」

「不行。」

「爲什麼？」實習生很失望，站在他後面排隊的小朋友們也跟著垮下臉。

他摸了摸小朋友的頭，笑著說：「因爲你是男的呀。」

這回答實在是……誰都反應不過來。

「好了，早點休息吧，你們明天還要上課。」周末兩天就這麼過了，其實這群孩子也辛苦，假日不能睡到自然醒，還得增進驅鬼師的倫理道德跟符法。不過看著他們的樣子，著實讓人欣慰。學有所得，樂以忘憂。

跟大家道了聲晚安，他便抱著姬儀光回了房，接了盆溫水幫她擦澡，然後放進寵物小窩裡，帶進浴室內。縱然他洗澡花不了一刻鐘，也沒辦法接受姬儀光離開他眼皮子，就怕背過身的瞬間出了什麼事。

姬儀光在他前面散形的畫面，令他心有餘悸，即便她好好躺在他的懷裡吐息，他也怕下一秒見不到呼吸起伏。

想到自己曾在姬儀光面前消散，他就想抽自己一巴掌。當時這孩子怎麼撐過來的？

洗好澡，他散著一身熱氣把她抱到床上，摟著她閉眼休息，燈也不關，方便半夜醒來能馬上清楚觀察她的狀態。

✵

過了兩天，負責人的兒子傳了他要的符籙過來，一點開，躍進眼簾的符文與手術室發現的那張內容完全相同。

所以，工作人員破壞的符籙並非用來鎮壓葬身爆炸案裡的那些工人？

這個發現讓他眉心皺起如山崖刻痕，二話不說，立刻抱著姬儀光，驅車往遊樂園前進。

這塊地已經轉手出售，外圍搭了一圈阻隔用的藍色鐵皮，出入口加了道鎖，這對他來說不是問題，打了記響指，鎖就開了。

一進工地，密密麻麻的亡靈讓他頭皮一緊。

他沒有足夠的法力能一口氣渡化這些枉死的亡靈，即便他們的怨氣已經被陽光曬去七、八成，但他甚至連修補全數魂體的能力都還沒修煉回來，只能搖頭嘆氣。

而且他才剛送一批孩童下去，再把這裡的數量都塞進地府……他不想被地府的高官請喝茶。

隨便找了個站得最近的亡靈，扔了到開口符到他身上。「你知道這裡有姓洪的小姐嗎？」

「小姐？小姐不會被帶到這裡來……」

他看了看這名亡靈的衣著，比艋舺的年代還久遠，便改口問：「姓洪的姑娘呢？」

對方不清楚，搖個頭，眼珠子就掉了下來。

「……好，謝謝。」他不敢做得太過，怕引起騷動，只迅速幫這個亡靈固定好眼珠子而已。

又問了幾個，男女混著問，一樣沒有能用的訊息。正想請土地官出來了解一下狀況，想到這塊土地的管轄好像是那個叫阿偉的，馬上打消念頭，還是靠自己比較實在。

走到摩天輪下方，一腳撥開找到工作人員踢倒後又扶正的石頭，舊符籙上方蓋了張新的，是節目組請來的民俗老師畫的符，他眞想嘆口大氣。

符文沒錯，但是這張符一點法力都沒有……

靠的還是前一張符籙僅存的微薄法力撐著才沒亂。

他邊嘆氣邊畫符，每每遇到這種事，就覺得姬儀光這孩子能撐過這些年真不容易。

把畫好的符壓到石頭底下，保險起見，他還畫了兩張，只要不受外力破壞，符籙效力應該夠撐著幾十年不倒。

可惜人算不如天算，就算他骨子裡帶著仙格，這輩子終究是個凡人。

三個月後，資方在動土拆掉舊有建築前，請了法師來淨化工地，好死不死同行裡有個傢伙踢倒了石頭，露出裡面的符紙，請主事的法師過來看。

「有高人來處理過了嗎？」不知道誰說了這一句，讓主事的法師感覺沒臉。

「這什麼東西？雕蟲小技還敢拿出來丟人現眼？真這麼厲害，此刻的鬼魅還會多如牛毛？」

不知是出於同行相忌還是其他原因，主事的法師居然撿起那三張符籙，幾手便撕得稀巴爛。

「哼，本仙人的功力比這個人好多了，你們等著瞧。」

轟——

平地突然一陣雷響，豆大的雨說下就下，眾人顧不及淨化的法事，紛紛找地方躲雨。

被法師撕爛的符籙泡在雨水中，上頭的硃砂糊得連原本什麼樣都看不清了。

第27章　深理在遊樂園下的祕密〈上〉

貪多嚼不爛，什麼事都一樣。

他並沒有教預備役太多東西，基本的術法玩得轉，就算後面的東西學不會，出去也能混得風生水起。

要是遇上棘手的事，一會自保，二會收回來讓同門的人處理，不會有生命危險，其他的都好辦。

他正在批閱預備役繳上來的作業，現在手上帶的這一批平均年紀在十歲左右，在訓練到能跟現役驅鬼師出任務之前，還是偏重於紙上談兵。他便出了幾個實況題，讓預備役闡述解決的方法、使用的符籙，還得把符文畫在考卷上。

結果這群小朋友把考卷當成了許願池，紛紛在下面寫「如果有×××的符文我就可以○○○」等等的類比照句。

還不會走就想學飛？想得美。

小朋友的好奇心很旺盛，這裡不興打罵，甚至會鼓勵他們發言。相較之下，無名驅鬼師的預備役比起同年級的普通學生來說都很敢提問題、給建議。就像現在，有份考卷上就大刺刺地躺了條問題：爲什麼祖師爺一開始不教弟子這些符咒呢？

能大大方方地回答：因爲祖師爺很懶嗎？

當然不行，這可是無名驅鬼師門派裡最大的祕密。

所以他提筆寫下。「因爲祖師爺死太早。」

「有你這樣教孩子的嗎？」盤古不知何時進來的，一低頭看他批閱的內容，嘴角抽得都像中風了。

「總要有人開創先河。」他淡淡地睞了不請自來的盤古，悠悠喝了口褪去溫度的茶。「找我什麼事？」

「嘖，都不知道幫你爹倒一杯啊？」盤古逕自走到飲水機旁，沖了杯高山青。

「你是人嗎？」

盤古差點摔了茶，回頭惡狠狠地瞪了一眼，雙眼瞪得有銅鈴大。「你這跟罵我不是東西有什麼兩樣！有你這種兒子嗎？」

「我說，我是凡人，你是嗎？」要泡茶給他還得先施法呢。

「話就不能說得清楚點嗎？說兩次不是更麻煩？」眞不愧是頭號懶死的神仙，不管幹什麼，第一件事就是想如何節省力氣。「你肯耐心教這群小蘿蔔頭，眞是太陽打西邊出來了。」

只是批閱的話不倫不類。

樊俞行雲淡風輕地應了句：「今早太陽打哪邊出來的？」

「……Well，我們不談這個。」盤古摸了摸鼻子，假意地呷了口茶。開什麼玩笑，神仙也有辦不到的事呀，眞以爲他能舉起地球，讓它反著自轉嗎？

Impossible!

盤古連英文都蹦出來了，樊俞行不由得笑了出聲，這進步還眞大。「找我什麼事？不會專程來討杯茶喝吧？」

「當然是有重要的事。別說當爹的對你不好，瞧瞧這什麼東西。」盤古兩指伸進衣領裡，從胸口的位置拿了顆紅彤彤的果子，果子尾巴尖像菩提葉一樣勾起，莫約有荔枝大。

他臉色丕變，自桌前站了起來。

「這是……靈獸果！」可以助靈獸修補、修行、蛻變的靈獸果？「這東西不是絕跡了嗎？」

「人界絕跡，天界還有，南極仙翁家門口就種了一棵。爲了兒子媳婦，我賣老臉討來的。」盤古把果實放到他面前，見兒子一臉感激又慶幸，便覺得沒白跑這一趟。

「謝謝。」他立刻將靈獸果收起，等盤古一離開，馬上要餵姬儀光服下。

但盤古還沒打算走，還沒跟兒子話家常呢。他搓著下巴，略爲苦惱地說：「現在要煩惱的是怎麼餵小鳳凰吃下去，她的喉管還沒這顆果子粗啊。」

別沒救回來反而噎死。

「我自有辦法。」他輕撫熟睡在小窩裡的姬儀光，目光柔和如冬日暖陽。

盤古一臉曖昧地笑著問：「該不會是用嘴吧？」

「容我提醒一句，她原身是隻鳥。」

「所以呢？」盤古腦袋轉不過來。

「你教我怎麼嘴對嘴餵？」如果可以，他絕對用這方法。

「不就是——呃……啊哈哈哈，當我沒說。」丟臉丟大了，鳥喙是尖的呀！餵根毛呀！盤古清了清嗓子，正經問：「那你要怎麼餵？」

「用針筒餵。照顧小幼崽不都這樣？」他怕姬儀光餓肚子，這些日子以來都是照三餐餵食，也沒見她長大些。

「你們出生就這麼大了，哪需要餵呀？」只擔心修行跟不跟得上而已，就眼前這個他最擔心，活生生懶死的例子！把他這老父親的臉都丟光了。

兩人拉里拉雜地說了一堆，多半是盤古說，無名聽。

說誰男人不八卦？老男人更八卦！講的全是神仙檯面下的事，連某某龍王買了條名牌皮帶，結果肚子太大連最後一格都扣不上，下了場大雨淹了對方在他屬地裡的分公司這麼小的事都知道。

當神仙很無聊吧？

盤古說得意猶未盡，恨不得再講三天三夜，最後是有神來找他去打球，才匆匆離開。耳朵都要長繭了。

終於回到他跟姬儀光獨處的時候，無名第一件事就是餵她吃靈獸果。雖然打成泥多少會破壞靈獸果的效用，不過能讓她吃進體內，只能捨小取大了。

爲了不浪費難得的靈獸果，他還加水沖掉沾在碗邊的果肉泥渣，再餵了她一碗稀釋果汁。

姬儀光吃得肚子圓滾滾的。

「鏘——」她輕輕地叫了聲，似乎是吃撐了，連翻了兩下才找到滿意的位置，還是睡得很熟。

他卻萬分欣喜，這也算一大進步了。

「睡一晚長一寸，光兒，妳這一晚也睡太久了吧？再不醒，我就要笑妳是小豬了。」他以指腹輕揉她吃撐的肚皮，毛茸茸又柔軟的觸感讓他愛不釋手，如果不是此時內線響了的話，說不定他能這樣揉到太陽下山。

電話顯示的分機是大廳，會從大廳打內線給他，通常都是有人指名要見。

司皇大人被翻牌了。

他接起電話，單刀直入。「誰找我？」

「唐製作。他說你沒接他的電話，就直接搭車過來了。」撥內線給他的人又透露：「來的不止唐製作一個人，還有一對夫妻，帶著二十幾歲大的兒子。」

「不見。」他想都不想就拒絕。「你跟唐製作說別賣跟我父親的交情，沒人這麼揮霍。」

掛了內線，他正想把姬儀光抱起來，電話又響了，來自大廳。

「司皇，唐製作說他妹妹一家已經眞心悔過、改過自新了。這幾個月來做了不少善事、捐了不少善款，希望你能原諒他們。」

「只爲了平息我的怒氣？你把電話給他，我跟他說。」

唐製作接過電話，語氣滿是歉意。「司皇，我妹妹她——」

「不必解釋，聽我說就行。」不讓他一口氣講完，等會懶病發作，他什麼都不想說。「對我來說，你妹妹一家人跟被虐殺而死的那隻猴子沒有輕重之分，不讓他們明白生命的尊貴，這種事一定還會再發生。而且你妹妹不是已去問事，王爺批了她『改過自新，不攻自破』，她一家子要是一直倒楣，就表示根本沒有眞心悔改。」

「可、可是他們眞的快過不下去了。俞行，你就不能高抬貴手嗎？」

從司皇變成俞行，又想賣人情了吧？

「有錢了不起嗎？」他輕笑了聲。「我給你錢，然後捅你兒子兩刀，你接受嗎？」

唐製作一時語塞，結結巴巴地回：「這……這、這是兩碼子事。」

「如果他們自詡爲人了不起，有錢讓他們覺得更了不起，那把錢花光了，去體會一下顚沛流離的日子，說不定一下就會開竅。」說什麼快過不下去，只是他們沒過習慣苦日子。苦日子也有苦日子的過法，不是嗎？「你放心，你妹妹一家會活到命定的歲數，至於怎麼活，活得怎樣，全看他們自己的造化。我說的話也不是很難懂，就是給其他生靈生存的空間，懂得尊重生命。」

「這……」唐製作徹底說不出話來。

「別光顧你妹妹了，你也是。以後別來我這裡賣面子、賣人情，我拒收。」親兄弟都要明算賬了，更何況是這種八竿子打不著邊，只跟這一世的他吃過幾頓飯的人。

在他面前只能用「理」說話。如果唐製作眞的需要幫忙，除了十八號暫時歇業，驅鬼師一字排開，還有二到十七號可以爲君服務。

掛了電話，他抱起姬儀光，親了親她的小爪子。「光兒，妳說說得寸進尺的人，該如何處理好呢？」姬儀光這些年應該遇上不少想占便宜、軟土深掘的人吧？還能保持一貫善良，繼續前進，他的光兒真了不起。

想了想姬儀光，那股被唐製作帶起的負面情緒因此消退得很快。

但是內線又響了，同樣來自大廳。

眞是糾纏不休。「我不見唐製作，請他回去。」

「唐製作已經走了，是另一名訪客。」招待的人報了個名字，是遊樂園負責人的兒子。「他帶了朋友過來，我把他們安排在竹廳。」

「知道了，我這就下去。」他把姬儀光放進胸前的內袋裡，不時還能聽見她熟悉的呼嚕聲。他淺笑著掂了掂她。「有力氣打呼了是不是？」

進了竹廳，就見負責人的兒子慌張地站起，跟他一道過來的是兩名五旬左右的中年男子，一個面容和藹，一個神情嚴厲，都在打量他。

各自驚訝、詫然、竇疑、不解，都挺有戲的。

「司皇先生。」負責人的兒子傾身與他握手，好奇地看了幾眼那膨了個大包的胸口，不敢問他裡面放了什麼東西。能讓他不顧形象也要帶在身上的，肯定是個法寶。「跟您介紹一下，這位是東優建設的負責人張先生，這位是義聯集團的區域總經理方先生。這位是無名驅鬼師的負責人，司皇先生。」

「司皇先生。」和藹的那位姓張，嚴厲的那位姓方。

「張先生、方先生。」他點了點頭，與他們兩人握手致意，卻不經意地多看了情緒緊繃的方先生一眼。「坐。三位今日過來，有什麼事嗎？」

都挑今天，回頭看看是什麼好日子。

「這位方先生就是收購遊樂園建地的集團代表。這一回過來，是想請你幫忙清理那塊地上的髒東西……」負責人的兒子話越說越小聲，原以爲受害家屬賠償談妥後，纏著他父親的冤魂走了，地賣掉就沒事了，誰知道後續還有一堆麻煩事。

樊俞行點了點頭，原來是收購了那塊地的集團代表，難怪神情緊張。花了一大筆錢的工程卻意外頻傳，要是沒處理好，消息傳出去不知道會扭曲到什麼程度，一旦影響到購物中心跟酒店的營運就損失慘重。

「出了什麼事讓你們覺得建地裡有髒東西的？仔細說說。」他都埋兩張符下去了，在地面上閒晃的亡靈幾乎沒有戾氣可言，照理說對看不見的人不會造成問題。

「我們最近在拆建地上物。」說話的人是張先生，和藹的笑容裡帶了些愁緒。「拆解的設備跟車輛頻頻出現不知名的故障，而且排解不掉；工程開始不到一個月，已有不少工人受傷，踩到鐵釘是家常便飯，還有人直接跌倒摔成開放性骨折，返家出車禍的也大有人在。但明明我們開工前就請過法師淨化過那塊地了。」

他到遊樂園建地時，拆建工程還沒開始，所以他們請的法師是在他之後去的？

「等我。」他打了記響指，走到窗邊替自己泡了杯茶，再慢悠悠走回位置上坐好。

其他三人在進到竹廳時，已經有人泡茶招待，不需要他親自動手。

所有人屏氣凝神地看著他喝茶，卻遲遲等不到下一句。負責人的兒子受到另外兩人的眼神脅迫，只好硬著頭皮開口。

「司皇先生，請問我們現在在等什麼呢？」

「等消息。」他剛才說話，外面就傳來敲門聲。「請進。」

「打擾了……」來人推開大門，怯生生地探了顆頭進來，是好久不見的小土地。一看到仰幕的對象就坐在對面的單人沙發上看著他，內心的澎湃一波波地湧上，名爲興奮的海浪把他的腦袋都打暈了，還打出了大舌頭。「無、無無名——」

「停。」他立馬抬手喝止小土地，就怕這人滔滔不絕又是一大篇。「過來坐好。」

小土地受寵若驚，同手同腳地來到了斜前方，坐到負責人兒子的旁邊，視線未曾偏移或中斷，又因爲離得近了，這次打上來的海波浪更是凶猛，完全克制不住心中滔滔景仰。

「知道上仙歸來之時就想過來拜訪，不過上面有發公文下來要我們別來打擾您。今天接到上仙接見在下的訊息，眞的太榮幸！上仙有什麼需要幫忙的地方儘管說，在下一定知無不言，言無不盡，鼎力相助，兩肋插刀，萬死不辭，絕——」

「好了，謝謝。」不過請來問幾個問題，還不到插刀的地步。「你知道遊樂園那塊地最近又出了什麼問題嗎？」

負責人的兒子又受到眼神脅迫，打岔問了句：「司皇先生，這位是？」

「你好，我是——」

「管區。」他截了小土地的自我介紹。「那方面的管區。」

至於是哪方面，負責人的兒子跟張先生、方先生互視一眼後，在彼此眼中找到了答案。魑魅魍魎。

「你繼續說。」他示意小土地接著回答。

小土地點點頭。「你好，我是負責這一帶，從南區仁壽街到——」

「我是要你繼續說遊樂園的事。」誰要他繼續自我介紹了？該不會還要報上編號吧？

「喔喔喔，抱歉，我誤會了。」小土地尷尬地搔耳，在偶像面前智商無法上線。「我還不確定遊樂園那裡出了什麼事，但是已感受到魔氣，並行文通報了上層，還沒有接到回覆。我怕因此受傷的人變多，還有託夢給你，要你暫停工程。」

小土地對著坐在他面前的張先生說話，後者惶惶不解。

「託、託夢？」他是有聽過神明、祖先或過世的親人藉由託夢提點在世的人，可一個素未謀面的大活人說有託夢給他，感覺實在太奇怪了。

小土地的纖細敏感沒有加分在察言觀色上面，非常坦然地說：「對呀，差不多就兩個禮拜前。你仔細想想，不是有隻大蛇把你叼出工地，然後用牠的身軀把工地圍起來，不讓你進去嗎？我怕你醒來忘了，還連續託夢了三天！」

就算再不懂，夢到蛇也該來拜拜碼頭呀！真是費煞他一片苦心。

「這……」張先生環視了眾人一眼，有些心虛地說：「我以為是自己壓力太大，不知道是給我的警訊。」

管區、蛇，這兩項訊息對照起來，線索都指向土地公，只是他們都有點拒絕承認。一來是不相信會在這裡見到神明，二來是不相信土地公如此年輕，看起來還十分不諳世事。

「怎麼會有魔氣？我在那裡壓了兩張符，照理說連鬼氣都不會生成。」他不管小土地託夢成不成功，出現魔氣非同小可，他就算再懶也得釐清這件事。

小土地指向張先生，非常生氣地說：「還不是被他們請的法師撕了，說什麼會畫出比上仙更厲害的符，我的白眼都翻到後腦杓了。」敢貶低他的偶像，結果畫出來的東西效果能撐一年就要偷笑了！這不，馬上冒出一團不知名的魔氣來。

方先生慚愧到快抬不起頭。「抱歉，我不知道司皇先生已經處理過了。」

「沒事，該來的總會來。」說巧合什麼的安慰都是虛言，他向來懶得做這種事。「我明天過去看看。」

「幾點呢？需要安排什麼？」負責人的兒子言下之意似乎也要出席。

「還不確定是什麼東西，你們先不必過去。」就算現在他的能力高出驅鬼師一大截，終究還是凡胎肉體，萬一出了什麼事，無暇顧及那麼多人。

魔物很難講道理，都是比拳頭大，況且都魔化了，更沒有羞恥心這種東西，看誰弱就攻擊誰。沒事找三個沒攻擊力的去拖後腿做什麼？襯托某仙的英雄氣慨？不如各其司職，照平常一樣，該做什麼做什麼就行了。

樊俞行擺了擺手，要他們回去先停工，然後等他的消息。

第28章　深埋在遊樂園下的祕密〈中〉

或許是因爲祖師爺跟歷代司皇都濃縮成了樊俞行，每位驅鬼師——包括退役、現役跟預備役——除了更加敬重之外，也更加黏人了。

不知道是誰傳言跟著祖師爺有肉吃，只要有機會可以跟樊俞行出任務，任誰都想在旁邊蹭個位置。但他最多只帶兩名驅鬼師跟兩名預備役出門，無論用什麼方法分配，都會有人不滿，常常爭到面紅耳赤。

因爲樊俞行接任務的頻率不一定，天曉得上一組出去後，下一組得等多久的時間才排得到，輪流太不可靠了，幸運的等個一周，運氣背的等三個月以上都有可能。

至於原本說好的抽籤，也有人籤運太好，連兩次被抽中，半夜睡覺差點被綑起來吊著打。

會由樊俞行出馬解決的案子通常都有以下一項構成要素：不是案子艱澀難辦，就是無名驅鬼師一門的人情債。

現存的人情債不多了，特別難處理的案子又很少見，教完基本術法後，樊俞行幾乎已不接任務，都讓現役驅鬼師帶小朋友們外出歷練，回來再寫心得報告給他。若有需要加強鞏固的術法再開班授課，因此能蹭他後面見習的機會比零星還要零星，根本就是都市裡的星星——快看不見了。

因此，當遊樂園出現魔氣，樊俞行決定親自前往一探，現役跟預備役的驅鬼師全都樂歪了，還包了四輛九人小巴，每一個都不想落下。

反正遊樂園的建地很大，要容下他們這群人不是問題。

「你們——」見到這陣仗，樊俞行頭痛不已。「這不是鄉土教學好嗎？」個個像要去考古尋跡一樣，有事嗎？

「阿行，我們到現在還沒見過魔物呢，你就帶我們去開開眼界吧。」樊俞清長這麼大還沒經手過入魔的亡靈，據說非常難處理，連祖師爺留下來的五靈符都驅散不了。

「是呀，司皇哥哥，你就帶我們去吧，拜託拜託！」好幾個預備役都雙手合掌求他，把他當神在祈願。

頭痛死了，他最怕麻煩，怎麼一堆人成天找他麻煩？

他懶得說服這群人放棄，反手畫了袪魔氣的符咒，要他們現場學起來。「不會畫就下車，免得礙事。」

既然租了小巴，他也沒有開車的必要了，舒服地蹭了個位置後，便抱著姬儀光閉眼假寐，忽略周身把這次出勤當作郊遊的吱吱喳喳吵雜聲。

到了遊樂園，拆建工程所使用的大型機具跟砂石車都還留在現場，幾處設施已有破壞，拆解下來尚未運走的建築殘骸堆得比人還高，四處斑駁凌亂，好幾處沾了血跡未清，看來意外頻傳程度不低。

「這裡好多鬼喔。」某個預備役跟著進來後沒多久就冒出了這句話，神色看起來有點慌。

「比醫院跟海邊的還多耶……」

「數量差不多，只是密度問題啦。而且你是準驅鬼師耶，還怕鬼喔？」老三乾笑了兩聲，就算他有同樣的想法，也不能在實習生前面弱掉。「司皇，我們要把這裡清一清嗎？」

「不必，你們的精神力撐不了全部，沒辦法一口氣清完的話，只會造成更大的麻煩。」正在注意魔氣蹤跡的樊俞行分神提點了幾句。「這塊地長年接受日照，消散了亡魂的戾氣，既然對生物沒有過分影響，可以暫且放一放。」

驅鬼師並不是看到鬼就喊殺喊打，沒那麼大的仇。

「我們可以的！上次十個人就清了兩千多個鬼面瘤，這次有三十六個人，清得完的。」曾參與上回驅鬼的某個預備役極有自信地表態。

「清得完？」他回頭看了那名預備役，笑著問：「你要清完全天下的鬼嗎？」

「沒、沒有呀，我就是……」司皇明明是笑著問，預備役卻畏縮地站到了樊俞清後面。

「還記得我說過，沒傷害性的鬼不主動驅，沒有戾氣的鬼也不主動驅嗎？」他輕輕地拍了拍懷裡的姬儀光，語重心長地說：「看來我得調整一下教法，不挫挫你們銳氣，非天下蒼生之幸。」

比起姬儀光，他教導這群孩子明顯用心許多。之所以會耐著性子這麼做，全是他懷裡的小鳳凰吃了太多苦，讓他太心疼，才會痛定思痛，改變作法。但他不想教出一群不知天高地厚的熊孩子。

能力越強的人越要自謙，越要明白自己不足。要是認爲自己會了點招式就能上天下地、無所不能，只會造就更多悲劇。

預備役知道失言，立刻收歛自滿，誠心反省。「對不起，小輩知道錯了。」

「知錯就好。」他本來不想多作解釋，看來不讓他們明白其中道理似乎不行。「上回爲了讓你們順利渡化鬼面瘤，我做了點手腳，先淡去亡魂部分的戾氣，再拿醫生的驅殼當淨化的濾心，你們只要費點小精神就能渡化那些孩子，爲的是讓你們練手跟增加信心。但我都把戾氣化去一大半了，給四個人分攤還要找幫手。今天這裡數目更多，若是無法一次處理完，原本沒有戾氣的亡魂生出不甘，又記起前世怨恨，你們便首當其衝受害。」

「上仙一人不就能淨化了嗎？」小土地不知何時混在驅鬼師裡，聽到偶像對這些亡靈服軟，突然有了種被背叛的感覺。

「如你所見，我現在是人，法力有限，就算是神，也沒辦法一口氣渡化這麼多。」見小土地滿臉失望，他覺得好笑。「你是神，不如你來試試。」

「我哪能呀?位階那麼低……」無名上仙好歹也是遠古時期的神明，足以鄙睨天下萬物。這裡的亡魂頂多就一支軍隊，揮一揮衣袖就能處理好吧?

就算他現在是人，身後也有很多隻粗大腿可以抱，哪裡想不出辦法來?

這種盲目的崇拜眞可怕。樊俞行無奈一笑。「你能想像地府一口氣塞這麼多亡魂是什麼情況嗎？」

會有這麼多亡魂留在世上不走，除了自身執念跟找不到方向之外，地府人手嚴重不足也是一大問題。光是拘回自然死亡的靈魂，就足以塞滿每個鬼差的行程。更別提入地府還要等待審判生前功過，發配到各層地獄，還要接他們從人間送過去的特別件。處理陰陽兩界事務的神明不是一、兩位而已，卻天天忙到焦頭爛額。

大家別說地府的神明鬼差長得特別凶惡，長期處在那種環境，你笑一個我看看。

小土地這才意識到自己忽略了什麼地方，尤其他還有一部分的業務管陰，嚇得抖了好幾下。「多謝上仙提醒，小仙差點就犯錯了，還請上仙不計前嫌，多多指教。」

……什麼時候又冒出個小仙？

「你這份工作常受氣，時常想要有個厲害的傢伙一出手就大殺四方，讓你解解氣？」不止小土地有這種想法，生活不如意的人多多少少都會有這些偏激的念頭。

「沒想到上仙居然如此懂我。」小土地崇敬的眼神又回來了。無名上仙是神界的傳奇人物，這樣的他居然懂小人物的心聲！他一抹根本沒有的眼淚，大聲宣誓：「編號121345789651土地官，誓死追隨無名上仙，請上仙收我當小弟吧！」

「……謝謝，不過我叫樊俞行。」他有名字了好嗎？而且後面跟的人夠多了，謝絕小弟加入。

「司皇哥哥是無名上仙？無名上仙又是誰呀？」預備役交頭接耳，相較於跟之前的樊俞行共事過的驅鬼師來說，他們的膽子反而大一點。

樊俞行不想多談無名上仙，因爲那跟這世沒什麼關聯。小土地卻恨不得把他的生平召告全天下，立刻就跳出來爲大家解惑。

「無名上仙是——唔唔唔——」他霎時講不出任何話來了。

施法讓小土地閉嘴後，樊俞行在這裡小繞一圈，沒有感受到魔氣。但是這種東西不可能誤判，小土地看起來再不可靠，也不會拿這種事情開玩笑。

難道那隻魔物離開了？

還有另一種可能，就是那魔物的魔氣已到了收放自如的程度，修爲再上一層，恐怕由他這具人身肉體所召出來的眞火，也鎭不了對方。

他找了支鐵條，走到離自己最近的遊樂設施「旋轉咖啡杯」，在杯子與基座下方尋了個縫隙，把鐵條插進去，使勁地撬著，想讓機具分離。他不知道那隻魔物是對所有活人下手，還是專挑拆建的工人，總之他就是想試試破壞遊樂園會有什麼結果。

僅僅是好奇，沒想到眞讓他試出端倪，一縷帶著腐蝕氣息的魔氣自摩天輪底下飄出，慢慢地擴增，朝他們籠罩而來。

「各自小心。」他打了記響指，下了屏障，不讓這團魔氣竄出遊樂園，向後喊話：「帶了遁符嗎？」

「有！」門人齊聲喊，個個嚴陣以待。

「等會見情況不對就跑，別讓魔氣上身。」怕這群孩子太笨，他得再提點一下。

這團魔氣似乎沒有極限，貪心地想包圍整座遊樂場。在魔氣墜降到觸手可及的地方時，他出手捏住，將一團不成形的魔氣抽成細線、扔到地上。

眾人紛紛睜大雙眼，錯愕地看著被樊俞行扔到地上的霧氣絲線自行編織了起來，從腳、小腿、大腿、骨盆順勢而上，由身形來看是個女人。

更駭人的是，當黑霧往上半身交織時，這隻魔物手上居然還托抱了個連著胎盤的嬰孩。

當所有魔氣都凝結完成，樊俞行打了記響指，魔氣頓時化成一名年輕卻臉色衰敗的女性。她手上捧著像是從子宮裡剛掏出來、血淋淋的嬰孩，正惡狠狠地瞪著他。

「啊！」小土地怪叫了一聲，抖著手指向她。「妳不是那個、那個……洪什麼秀的？啊！洪玲秀！」

「你、認識、我？」她似乎很久沒開口講話了，發音古怪，句子也說無法得完整。「你、到底是、誰？」

姓洪？

「你認識她？」樊俞行蹙眉問。

「我調到這裡時，警方正在偵辦她的命案，有來我這裡問能不能破案。爲此我還特地去找前一位土地官，結果他說他在辦手續沒有注意到她，警方最後好像也沒有破案。」他會記得特別清楚，是因爲洪玲秀是一屍兩命。

「殺我的、是、方振、華。」洪玲秀雙眼布滿恨意，抱著孩子，魔氣開始激蕩流竄。

等小土地解釋太慢了，樊俞行直接打了記探符過去。

鬼對死前的最後一幕總是記得特別清楚，卻沒想到洪玲秀的厲氣濃郁到直接變成畫面，呈現在所有人面前。

洪玲秀是農村姑娘，跟青梅竹馬的戀人一起來到都市奮鬥，小倆口爲了組織家庭省吃儉用，也先訂了婚。大約半年後，洪玲秀懷孕了，未婚夫卻在這時外派東南亞，馬上就要出國，他們來不及辦婚禮，便向洪玲秀承諾說一年後回來娶她。

豈知這一切都是謊言。

其實她的未婚夫認識了總經理的女兒，刻意營造出積極勤勞又樸實的形象，隱瞞了自己跟洪玲秀的關係，與總經理的女兒走在了一起，撒謊外派到東南亞不過是為了甩掉洪玲秀。

農村姑娘向來純樸，洪玲秀未曾質疑過未婚夫。直到她北上訪友，路過某間餐廳，見到未婚夫跟一名女子舉止親密，而那名女子席間不時摸著肚子，就像她懷孕的習慣一樣。她如遭雷擊，立刻衝進去理論，得到的卻是更痛心的羞辱。

未婚夫對那名女子說他們兩人是同村的，很多年沒見了，也沒聽過她結婚的消息，不知道為何一見面就發瘋，可能是見他有出息了想攀附。她才知道未婚夫早就娶了總經理的女兒，而她還在原地傻傻等候。

她失魂落魄地走出餐廳，就被追趕上來的未婚夫連拖帶拽地扯到這塊地上。當時這裡還是一片雜亂的樹林，激烈爭執之間，洪玲秀被推倒在地，七個月大的孕肚開始抽疼，下身逐漸濡濕，滲出了血。

她喊著未婚夫的名字，要他送她到醫院，未婚夫卻裹足不前。她痛罵未婚夫沒有良心，就算她家境貧寒、不是他的良配，肚子裡的孩子也是他的骨血，怎能見死不救？

眼看未婚夫已有動搖，與他同行的女子卻在這時出聲喊他，未婚夫急忙應聲而去，洪玲秀跟尚未出世的孩子便被捨棄了。

虎毒不食子，他居然連孩子都不救。

她看出未婚夫的意圖，死命地抓著他的褲管不放，只聽找尋他的女子聲音越來越近。情急之下，未婚夫失控地踹了她一腳，正中她的腹部，痛得她鬆了手，抱著肚子在地上哀嚎，而他只看了一眼，就冷血快步離開。

孩子是她僅存的希望，未婚夫不要，她要！

爲了保住與她血脈相連的骨血，她忍痛站起來想找人幫忙，身下的血卻越流越多，心底越來越慌。在她終於找到人、癱倒在地時，肚子突然一鬆，她感覺孩子差點滑了出來，嚇得她立刻握住對方的手，求他快點叫救護車。

結果那人卻搶走了她身上值錢的東西，連一支兩百塊的錶都不肯放過，隨即揚長而去。洪玲秀浸在血泊之中，抱著肚子嚎啕大哭，無法再移動半步，悲愴、哀淒、愁苦、不甘、憎恨充斥了她全身，變得無比濃烈。

洪玲秀當晚就死了，孩子流了出來，就躺在她身邊，母子倆血淋淋的模樣，無比淒慘。消息見報之後，因爲未婚夫作賊心虛，洪玲秀死後不散的怨氣就藉著這股心虛找到他，夜夜抱著來不及出世慘死的兒子入夢，嚇得他一周激瘦，連忙找高人過來鎮壓住她跟兒子的怨靈。

這是一齣老掉牙的八點檔劇情，但一想到這事眞的發生過，又重現在眾人的眼前，即便是成年人都不見得能承受，更別提那些小小預備役，個個抖得跟篩子似的，受到了相當大的打擊。每個驅鬼師都把身邊的預備役護進懷裡或身後，小土地剛好占了樊俞行的缺，也護了一個。

洪玲秀的故事並沒有因爲死亡而結束。三年過後，她遇害的那塊地賣掉了。長年被鎮壓在這裡，被未婚夫背叛又喪子的她早就成了厲鬼，符咒被工程人員破壞之後，第一件事就是想找未婚夫報仇。

但那男人不僅已搬家，也把他們母子倆丟到腦後，不再想起。洪玲秀找不著人，執念讓她漸漸入了魔，卻因爲符咒還有部分的效力在，令她無法離開工地。就在她領悟如何透過執念與生人接上線、詢問未婚夫的下落時，她見到了當年求救卻劫了她財物的男人。

他是這裡的臨時工，休息時間曾跟其他工人碎嘴這裡死過一個孕婦，說他看見時有多慘，爲了她找警察叫救護車，還是沒能把人救回來。他說得慷慨激昂，卻完全與事實不合，已經入魔的她如何吞得下這口氣！

她想起之前服務的工廠因爲甲苯外洩爆炸，災情相當嚴重，還波及了隔壁的地下煙火工廠。她就學著工地採購致電，向原料廠訂了批甲苯跟硫磺，炸掉了即將完工的遊樂區。

就這是入魔的可怕之一，根本不管其他人是否無辜，只要殺了她想殺的人就好，而且死狀一定要夠她解氣。

爆炸案後，爲了鎮壓那些被炸死的臨時工，洪玲秀又再次被封印在這塊地上。直到唐製作的節目團隊無意間破壞了符咒，又把她放了出來。

這回她學乖了，不敢有太大的動靜，卻沒想到因爲一場墮胎案，使樊俞行來到這裡下了兩道符咒。

後來法師又撕毀符咒，魔氣更上一層樓的洪玲秀這次卻只讓拆建工人受點小傷，目的是想引主事者出面，只因她無意間知道了收購這塊地的負責人，就是她狠心的未婚夫！

義聯集團的區域總經理，方振華。

樊俞行想起第一次見到方振華，他那異常緊繃的反應，原來還有洪玲秀的原因在裡頭。

「妳已入魔，這世間留妳不得。」也因爲她入了魔，無法進地府索取黑令旗向方振華討回公道。樊俞行問：「妳要他付出什麼代價？」

「身敗、名裂，死無、葬生之地。」洪玲秀指著他們。「不止方振華，你們、也是。我知道你們、驅鬼師，來收、我跟孩子，留不得。」

「妳身世可憐，但妳也殺了很多無辜的人、毀了無數家庭。」也讓他的寶貝狠狠痛心了一把。他捧著懷裡的小鳳凰，冷然地跟洪玲秀說：「妳的孩子還沒有入魔，即便有機會轉世，也會因爲妳的作爲影響他來世的命運。別再執迷不悟，快點回頭。我可以給妳機會，讓妳親自向方振華討公道。」

其餘的，不能再多。

第29章 深埋在遊樂園下的祕密〈下〉

「我不會、讓孩子、離開我！休想、奪走我孩子。」

洪玲秀的逆鱗無非就是孩子，樊俞行這句話讓她誤以爲他要對她的孩子下手，魔氣立刻由她體內竄了出來，直直他身後的驅鬼師跟預備役撲去。

柿子要挑軟的捏。

樊俞行長臂一伸，就把魔氣通通擋在他面前。

「洪玲秀，回頭是岸，不要再錯下去，不然連妳自己向方振華討公道的機會都沒了。」

洪玲秀見他輕而易舉地就把攻勢攔下，雙眼一瞇，頓時散形。她唯一的優勢就是形體不定，只要來人有恐懼，她就有弱點可以入侵。

在場除了樊俞行，沒有一個不怕的，他們隨即便發現腳下躍起了點點黑霧，連小土地都難以倖免。

「全部退出去！」樊俞行一聲令下，每個驅鬼師都護著一個預備役離開。

慌亂中，難免推擠，就有預備役被絆倒了。

「誰推我啦！」他一回頭，黑霧化成了鬼臉，猙獰地張口想咬他，嚇得他釘在原地，動也不敢動。

「快走呀，走！」小土地拉著他，預備役就是無法動彈。

「我動不了……」預備役淚汪汪地看著他，這時小土地才發現他的四肢已被魔氣纏在地上，都被勒紅了。

「別緊張，我來救你。」小土地連扯帶拔，還用上神力跟術法。沒想到洪玲秀怨念所化成的魔氣早已高出他的道行，他無法化解，只好向樊俞行求救。「上仙，有個孩子被魔氣纏住了，我解不開！」

樊俞行正在阻止洪玲秀將魔氣擴散出去、突破屏障，而且遊樂場不小，他一個人能顧及的範圍有限，而她卻可以毫無顧忌地滲透各個角落。

「快帶他走！」

樊俞行回頭扔了記術法解開預備役的禁錮，小土地七手八腳把他從地上拔起來，半架半拖往門口跑。

「看你多、厲害。」洪玲秀並沒打算就這樣放走小土地跟預備役，魔氣瞬間竄入實習生的口鼻內，頃刻便讓預備役兩眼翻白，伸手掐住小土地。

「欸？你掐我也不會死呀。」小土地用力拍著預備役的臉，可惜一點效用都沒有。

除了小土地跟這名預備役，其他人已跑出了屏障。正當大夥兒鬆了口氣時，四個預備役突然兩眼翻白，開始攻擊離他最近的人。

幸好樊俞行讓所有驅鬼師臨時抱佛腳學了祛魔符，一路上練習過來，每人身上能用的武器起碼有四、五張，沒兩下就驅除了附在預備役身上的魔氣。

唯一的副作用就是精神力消耗太快，預備役昏厥之後，連帶著施法的驅鬼師都快脫力。

「看來妳打錯了如意算盤。」就算他懶，教給徒子徒孫的符法還是硬功夫。樊俞行打了記響指，小土地身旁的預備役便魔氣盡退。「妳贏不了我，不如我們談談條件。」

「不。」洪玲秀的聲音有如透過立體環繞喇叭傳來，無法聽聲辨別她究竟藏匿何地。「我不信、男人、的話。」

她贏不了樊俞行，傷不了已經逃出屏障外的驅鬼師跟預備役，短時間內也無法突破屏障，唯一能切入的弱點，就是留在這裡的小土地跟預備役。

小土地再怎麼說都位列仙班，洪玲秀就把目標放在預備役身上，不斷地往他灌注魔氣，即便樊俞行解得了，次數多了，他也會變成廢人。

「啊……啊——」魔氣把預備役從頭到尾纏繞成蟲蛹，只能聽見他不斷哭喊的聲音，根本見不到人。

樊俞行快步趕到實習生旁邊，揮手替他驅退魔氣，同時攫住魔氣開始抽絲。這回他學乖了，把魔氣化成絲線丟到地上後，不忘扔道符把魔氣釘在原處，不讓洪玲秀有機會再散形逃開。

「妳自己也有孩子，對個孩子妳也能下這種手？」樊俞行邊處理邊大罵。這魔氣有多重？居然把這孩子綑得這麼緊密。

「看到頭了！上仙加油！」預備役終於露出了臉，小土地鬆了口氣。

「怎麼講得我好像在生孩子似的。」樊俞行撇了撇嘴，偏是這一刻分神，受到魔氣控制的預備役，居然握了把如黑影般的短刀，猛然往他的胸口刺來。

他其實可以躲開的，但當下第一個想到的是他懷裡的小鳳凰，已經昏迷的她若再受到一絲魔氣侵襲，無疑是雪上加霜，所以他下意識的動作是拉開外套，將歸眞的姬儀光拋給小土地。

「上仙啊——」小土地接過姬儀光眞身，眼睜睜地看著那把刀沒入樊俞行的胸口，所有纏在預備役身上的魔氣，全都渡到了他體內，令他發出一聲沉喝。

「鏘——」

突然，一陣宏亮的鳴叫聲破空而出，伴隨著刺眼的光芒，一頭五彩鳳凰毫無預警翩然降世，如傳說中雞頭、燕頷、蛇頸、龜背、魚尾，傲然於半空中展翅，豔麗莊肅。

一道疾風颳起，原本游移在遊樂園裡的幾千名亡魂化作點點金光，霎時消散。

洪玲秀立刻現了形，就在方才所站之處。

她入了魔，她的孩子卻沒有，因爲鳳凰降世之故，她的孩子也跟著被渡化。

「不！」她死命地抱著兒子，卻抑止不了光化的現象，瞪著鳳凰的雙眼凸得都快滾出眼眶。「把兒子還我！還我！」

大量魔氣衝向鳳凰，樊俞行忍著劇痛下了道屏障，摀著胸口站了起來。

「光兒！」

「鏘——」

鳳凰回首看了他一眼，突然一道紅光爆體而出，原本五彩斑斕的靈獸頓時化爲一名少女，自空中墜落，不著一縷。

「通通給我閉上眼睛！」樊俞行大吼一聲，立刻脫下已破損的外套，快步奔向姬儀光。展臂抱住他心心念念的女孩兒，飛快地遮住她的身子，不讓旁人瞧見。他用靈識探查，才發現這孩子再次脫力睡了過去。強行現出原形，又一口氣渡化了這麼多亡魂，要不是之前餵她吃下靈獸果，說不定人就沒了！

他雙唇抖得厲害，後怕地親了她的額頭，還有略顯冰涼的嘴唇。他拉出胸口的鍊子，尾端繫上的鳳羽已被魔氣焚毀。

這就是姬儀光拚著還沒恢復過來的身子，強行突破，現出本體的原因。

爲了保護他。

「光兒……光兒……」他死命地抱著姬儀光，不斷地磨蹭她的臉頰，心神大亂。

這孩子連兩次脫力昏睡都是因爲他。

洪玲秀的孩子已全然化作金光消散，完全接受不了打擊的她，早就記不得對方振華的恨意，怨氣全數轉嫁到樊俞行跟姬儀光身上，視他們爲殺子仇人。她釋出所有魔氣，連帶催發埋在樊俞行體內的分支，就算殺不死他們，至少也要跟其中一人同歸於盡！

「住手！」轟然一聲驟起，震耳欲聾。

盤古驟然現身，一來就抽走所有撲向兒子跟兒媳的魔氣，看到他們兩人狼狽的樣子，忍不住數落起樊俞行：「叫你修煉不修煉，區區魔物就把你搞得人不人、鬼不鬼，眞火是不會用了嗎？」

「會呀。」樊俞行穿過姬儀光腿窩的手打了記響指，身後立刻飄起三把眞火，蹦跳地吐著火舌。

盤古咬牙切齒。「那怎麼不用？」

「燒了，她就什麼都沒了。」他還不是在等洪玲秀回心轉意？「欸，我沒手了，幫我把身上的魔氣抽出來。」

「你這是跟老爸講話的態度嗎？」欸什麼欸？

抱怨歸抱怨，盤古還是清除了他體內流竄的魔氣。

「呼，好多了。」壓迫感跟腐蝕感消失後，他問盤古：「你怎麼來了？」

「閻王跟我說地府突然湧入了幾千名被鳳凰渡化的亡魂，我能不過來看看嗎？連我球友都來了。」盤古比向後方，只見一名眉白鬚長，騎著梅花鹿的老人緩緩地接近他們，手上還抱著一個用紅布包起來的嬰孩。「無名，來見過南極仙翁。」

「……你好。」樊俞行點頭招呼，然後問：「你們打什麼球？」

「Switch網球。你要玩嗎？」

「不了，我只是好奇。」就算是Switch，他還是無法想像南極仙翁跟盤古互打網球的模樣。

南極仙翁笑了笑，驅鹿走向已耗盡魔力、軟倒在地的洪玲秀，然後彎腰把孩子抱給她看。

「瞧瞧，這是不是妳的孩子？」

洪玲秀定睛一看，急急忙忙地想站起來，卻使不上力，只能跪著探看他手裡的嬰兒。

這孩子眼睛很大，瞳孔如黑玉，雙頰紅潤又肉嘟嘟的，細皮嫩肉的模樣跟她兒子差了十萬八千里。但母子連心，洪玲秀萬分確定這就是她來不及出世的孩子。

「寶寶……寶寶……」洪玲秀抖著手想抱他，又怕髒了如金童般的兒子。

「洪氏，」南極仙翁慈愛地喊了她。「這孩子是我跟閻王要來的。我決定收他爲契子，免去輪迴之苦，直列仙班。」

洪玲秀不敢相信，惶恐地問：「是、是眞的嗎？」

「當然是眞的，以後他就是我的座下童子。」南極仙翁把孩子交到她手上。「妳幫孩子取名了嗎？」

「沒有。」洪玲秀抱著白胖的兒子，已經入魔的她，居然掉出了眼淚。「寶寶、寶寶……」

「妳幫他取一個。」

洪玲秀搖頭。「我書、讀得少。」

「那叫『善念』吧。這孩子，不就是妳僅存的善念嗎？」盤古天外飛來一句。

「好，就叫，善念，洪善念。」這孩子確實是她唯一的善念。洪玲秀把孩子抱給南極仙翁，雙手合掌下跪。「請仙翁、慈悲。」

「應該的。」南極仙翁受了這一禮。「妳已入魔，必進阿鼻地獄，等妳洗淨一切罪惡，就讓這孩子把妳帶出來吧。」

洪玲秀淚流得更急了，雙手伏地跪拜。

樊俞行嘆了口氣。「怎麼有種忙得像條狗，半途卻被截胡的感覺？」

「還說呢？換你上了，這裡只有你會用眞火。」盤古推了他一把。

「我還沒打算收她啊。」樊俞行說出這句話後，在場每個都愣住，連帶那群貼在屏障上探聽消息的驅鬼師跟預備役，腦子也一片空白。「不是說要給妳機會親自向方振華討公道嗎？妳訝異什麼？」

「眞、眞的？」洪玲秀在兒子被渡化消失之際，已將方振華這個仇人拋在腦後。

「當然。」他說到做到，立刻打了記響指，把赦令印到她體內。「我給妳三天的時間。三天後，妳該去哪就會去哪了。」

「謝謝。」洪玲秀這時發現自己開口順利很多，講話變得流暢了，不自覺露出驚訝。

「話總得說得流利才好罵人。」樊俞行朝她揚了揚下顎。「去吧，時間寶貴。」

「我可以再跟善念待一會兒嗎？」

「當然可以，妳是他的母親。」南極仙翁把孩子交給她抱。「我在這裡等妳，何時要走，再把孩子給我就行。」

「多謝仙翁。」洪玲秀抱著孩子行禮道謝，也向盤古跟樊俞行鞠躬致禮。「多謝上仙。」

樊俞行淡笑回應，抱著姬儀光就要離開，走了兩步後，不忘喊小土地跟預備役一把。「不走嗎？」

「走走走！」小土地回過神來，剛才忘了向盤古及南極仙翁打招呼，要是還忘記辭行，接下來的神仙生涯一定大不順。「盤古大帝、南極仙翁，小仙先告辭，還請兩位原宥小仙疏忽之處。」

「等等。」盤古喊了句，小土地立刻立正站好。「不是喊你，別緊張。無名，搞出這麼大的麻煩，地府那兒，你總要給個交代吧？」

「我沒時間。瞧瞧我懷裡的跟外面那些，我很多事要忙呢。」樊俞行回頭說了句，無視盤古跳腳。「爹，地府那兒就交給你了。」

「你這小兔崽仔，這時候就知道喊我爹了？」盤古揮手大罵，偏偏氣頭上的他，嘴角還是勾得很高。「眞是欠你的！」

兒女債眞是世上最大條的債務。

第30章 上仙與他的小鳳凰

「怎麼啦？轉頭過來看看我啊。」樊俞行笑著輕推捲起棉被，縮在角落，只露出後腦杓的姬儀光。「不會是害羞吧？以前我們不是都睡一塊的嗎？要妳自己睡就哭得昏天暗地。」

「唔唔唔——」姬儀光咕噥地說了幾句話，全捂在棉被裡，完全聽不清楚。

「說什麼呀？我聽不見。」他耐心地拍了拍姬儀光，要她轉過來，但這孩子彆扭上了，說什麼都不肯回頭。

他怕好不容易盼回來的孩子把自己悶壞了，嘆了口氣，強行把她從棉被裡扒出來。

「不要！」姬儀光東閃西閃的，就是躲不過他，比力氣也贏不了，只能賭氣不看他。可是耽誤不了樊俞行發現她雙眼紅彤彤的，已哭得有些腫。

「哎喲，怎麼哭成這樣？」該不會是氣哭的吧？他把這孩子抱進懷裡，雙腿盤起，讓她坐在腿心，整個人就像被他包裹起來一樣。「乖，不哭，都是我不好，沒跟妳說清楚，妳要怎麼罰我都可以，我領罰，別哭了好嗎？」

他這一世認識的姬儀光堅強得令人心疼，除了亮亮的事讓她投射自己的經歷而崩潰大哭之外，不管發生了什麼，她總是正面迎上，不會因爲自責、心虛、愧疚、羞恥而逃避。

所以她現在的無聲哭泣，壓根就是在擰他的心。是他把她欺負慘了。

「別哭了，好嗎?」他寧可姬儀光醒來之後罵他、打他，也不願看到她這樣。「那妳打我吧，這樣我們兩個都會好過點。」

他抓起姬儀光的手往自己臉上揮，卻忘了姬儀光揍誰都不可能揍他，一陣拉扯後，末了他只能親親她的小爪子，跟她說起話。

「以前的人，小傷小病就能奪命，當年我有歷劫預感時，原以爲不過是一瞬的事。把元神珠給妳，助妳安定心魂，我也會因爲少了元神珠而短陽壽。誰知這一輪迴，我居然走完了秦朝以後的所有朝代。」他低頭輕吻姬儀光的頰側，不管說再多都是藉口，他終究讓她吃苦了。「我保證，沒有下次。」

姬儀光吸了下鼻子，呼嚕聲很重，被他握住的手不安分地掙扎著，另一隻手被他壓在胸前，一樣沒得用。她只好小聲地要求：「我要面紙。」

結果他拉起自己的衣服幫她擦臉。

面紙在遙遠的另一端呢，他才不想把她放下，等會又要從棉被裡把她扒出來，或是去床底下把她揪起來。

「好了啦……」姬儀光紅著臉阻止，衣服上不止帶著他的體溫，還有他的味道，對她來說刺激太大。

「好好好，不擦了。」他拉好衣服，姬儀光擱在他腹前的手卻突然捉住了他衣服下襬。他輕聲問：「怎麼了？」

姬儀光停了半晌，埋在他肩窩悶悶地說：「你……眞的回來了嗎？」

「當然回來了，現在就抱著妳，感受不到嗎？」他的心都要化了，用力摟著她，久久不放。

「我以爲你死了。」說到委屈的地方，姬儀光甫停的淚珠又滾了出來。

「對不起，是我錯了。」肩窩傳來的濕熱一路熨進他心裡，又疼又燙。「妳散形在我面前，我才知道妳受了什麼樣的苦。」

「嗯……」姬儀光輕輕地應了一聲，好似有什麼話想說，卻不知道怎麼開口。

「妳對我還有什麼話不能講的？嗯？」明明總愛在他耳邊嘰嘰喳喳，就算沒有回應，她一個人也可以講得很開心，現在怎麼遲疑了？

「那個……」她怯生生地抬起頭來。「俞行……眞的是你嗎？」

她總覺得眼前的他熟悉又陌生。似上仙，又不似上仙；像樊俞行，又不像樊俞行。

「所以妳是因爲這樣才不好意思面對我？」他的小丫頭面對這一世還沒拾回記憶的他，可是把兩人分得清清楚楚，不曾出現移情作用。早先的他吃醋，現在的他卻哭笑不得。

「有一點。畢竟我把俞行當朋友，有種說不上來的奇怪。」太難具體形容了，知道跟接受眞的是兩回事。

「俞行可不只把妳當朋友。」他說得很認眞。「他跟我一樣都喜歡妳。」

「……」這記直球正中她的臉，紅透了。

「我的小光兒害羞了？」他好像沒說過喜歡她。以前是懶得說，總以爲有的是時間讓她明白；這一世是不好意思說，也來不及說。「今生的個性或許就是特別安排來中和我的本性，但我不管變成什麼樣子，都喜歡妳。」

「……怎麼聽起來像打成了杯綜合果汁？」姬儀光被這突如其來的告白弄得不知所措，傻傻地想到什麼就說什麼。

「哈哈哈——」他放聲大笑，蹭了蹭她的鼻頭。「那我的小光兒喜歡綜合果汁嗎？」

就只會鬧她！

「那我要加很多糖。」她哼了兩聲，倒也沒反駁他。

「妳喔，嗜甜如命的小毛病還是沒改。」想到她房間裡的零食跟甜得可怕的飲料，他不由得用拇指輕剝她下唇。「張開嘴我瞧瞧，妳那口牙還在嗎？」

「在！」姬儀光沒好氣地瞪他。「咬死你都沒問題。」

「我出去跟人講有隻鳥要咬死我，最好他們會信。」他失笑。「好了，小懶豬，起來啦，睡了那麼久，不餓嗎？」

「你才懶！你才是豬！」上天下地找不到像他這麼懶的傢伙了！

「好好好，都是我，全是我，光兒別跟我計較。」他低頭輕啄了她一下，拍拍她的小屁股，放開又急又羞的她。「走吧，帶妳吃點東西，順便領妳見見人。外面那些孩子對妳可好奇了，想說妳怎麼一下是人，一下是雞，一下又是鳳凰。」

他在遊樂園下了屏障，普通人見不到她眞身現形、展翅高空的模樣，但防不了驅鬼師跟預備役。尤其她最後又化爲人形，光溜溜地被他抱回家，那群好奇寶寶不問上天才有鬼。

兩人既然終於重逢，他不可能再讓姬儀光一個人在外面過日子，絕對要接回來親自照顧。

姬儀光不知道要捂嘴巴好還是捂屁股好，紅著臉跳下床，才發現她只穿了件男版上衣。她個子小，這件T恤長度正巧給她當短洋裝，就遮到臀線底下，過大的肩線垂下，短袖都快給她穿成七分袖。

「這裡沒妳的衣服，委曲點先穿我的，晚點帶妳回去拿，或是幫妳買幾件。」他的衣服穿在她身上跟套布袋沒兩樣，還把她的模樣襯小了，看起來更加無辜純潔。

姬儀光一瞬瞪大眼睛，著急地說：「你要是再買童裝給我就翻臉喔！」

「都多久前的事了，還記得這麼清楚？」他頃刻間笑出來。「誰叫妳扮成男孩子，我只好買童裝給妳穿呀。」不止考量體型，還投其所好，童裝設計都很鮮豔。

「我又沒有說要穿得很合身。」

「好好好，不買童裝。」現在姬儀光說什麼就是什麼。他笑著揉亂她的長髮。「妳不必再以男裝示人了，我可以讓妳穿得漂漂亮亮的，讓別人羨慕我有這麼可愛的童養媳。」

「……喔。」姬儀光聽見童養媳，耳朵又燒起來了。她到底還說了什麼啊？

樊俞行牽著她走出房門，一跨出去，從窗外射進來的陽光暈化了他的線條，姬儀光不由自主地握緊他的手。

「怎麼了？」他伸手爲她遮陽。「陽光太刺眼了嗎？」

都忘了她才醒沒多久，許久沒見到太陽了。

姬儀光搖搖頭，幽幽地說：「我怕只是做夢而已，因爲我眞的等太久了……」

怕她還正做著好夢，夢裡上仙跟樊俞行成了同一個人。

這句話狠狠地揪緊了他的心，吸進體內的空氣彷彿都帶著濃重的酸澀。他展臂抱住姬儀光，將她緊緊地摟在懷中。

「是眞的，別怕我會消失。我會一直陪著妳，再也不走了。」就算要走也會把她栓在身邊帶著走。

要說姬儀光完全不生氣是不可能的，可是再大的氣在看到他平安無事回來後，又覺得都不重要了。

都沒有他重要。

姬儀光吸吸鼻子，在他懷裡點了點頭。

「乖。」看她乖巧的樣子，眞恨不得把她捧在掌心。樊俞行嘆了口氣，牽著她往廚房走。

這裡住的都是驅鬼師跟預備役，並沒有硬性規定要住在主宅，只是沒有驅鬼師的身分，即便是本家人也無法在這裡獲得房間使用權。

屋裡三餐有人準備，衣服也有專人清洗、曬乾，折疊好之後送到所有人手上，驅鬼師或預備役只要維持個人房間整潔。

預備役都還小，最大不過高中生，都還在發育，爲了這群小蘿蔔頭，廚房隨時供應食物，不見得是熱食，但是稍微動個手用用烤箱或微波爐，即使是三更半夜也有熱食可吃。

姬儀光是早上醒來的，又跟樊俞行鬧了會彆扭，錯過了早餐時間，只剩土司、小餐包那些。

「妳坐著等我。」他才捨不得讓姬儀光醒來的第一餐吃得那麼寒酸，煎顆蛋，做個總匯三明治還難不倒他。

啊，忘了，姬儀光不吃蛋，會有陰影。

樊俞行倒了杯鮮榨柳橙汁給她，怕她餓，先剝了兩顆巧克力甜她的嘴。

等他從冰箱裡選好食材，準備進廚房大顯身手時，預備役下課了。

除了念國高中的孩子們課業壓力大，學校常趕進度教學，不好請假，其他還在小學的預備役今天都留在主宅裡上心靈課程，讓前輩進一步督導、疏通這些孩子的情緒。

來廚房覓食的預備役一見到姬儀光坐在餐桌旁小口啜飲柳橙汁時，紛紛站在門口陣陣驚呼，交頭接耳。

「她就是司皇哥哥的鳳凰耶，她會喝柳橙汁喔？」

姬儀光一口柳橙汁差點從鼻孔噴出來。她不止會喝柳橙汁，葡萄汁、蘋果汁、西瓜汁，只要是甜的，她通通來者不拒好嗎？

「所以，她就是之前司皇哥哥一直抱著的那隻雞嗎？」

雞——姬儀光深吸了一口氣，默念足足十遍「不要跟小孩子計較」。

「都說她是鳳凰了！」某個預備役用著讚嘆的口吻說：「沒想到我會親眼看見鳳凰降世，還離她最近耶。」

這群孩子當他們在看珍奇異獸嗎？

好吧，她就是珍奇異獸。

姬儀光默默地咬了口巧克力，這味道是苦的。

「欸，我突然發現一件事！」有個預備役突然砸了掌，興奮地說：「你們還記得那句『能力強者司皇』嗎？應該『能力強者司凰』吧！就是駕馭鳳凰的意思。」

「你這麼說有道理耶。」馬上有人響應，可是想想又覺得不對。「每任司皇都是祖師爺轉世，其實他是不想讓我們把鳳凰搶走，才這麼說的吧。」

眾人沉默。

姬儀光也沉默了。

這年頭孩子這麼早熟真的讓大人很困擾，連她這不知幾歲的大人都無言以對。

「是又如何？」不過那個從廚房裡端出水果沙拉跟總匯三明治的男人，一點都不覺得丟臉，反正理所當然、光明正大地說：「她就是我的鳳凰，怎樣？」

「不怎麼樣呀，呵呵。」這群預備役只能傻笑，不然還能怎麼辦？

姬儀光都快感覺不到臉皮在哪了。

「司皇！司皇——」外面一道急躁帶喘的聲音由遠而近，由近而遠，像隻無頭蒼蠅似的，滿大宅找人。

「在餐廳。」他隔空回了句，沒多久就看到老三滿頭大汗奔進來，手指著大門方向，快要喘不過氣。

「門、門——有——」老三喘了好久，彎腰抵著膝蓋緩了一會兒才能正常說話。「洪、洪玲秀在門口，說要找、找你。」嚇死人了，剛才出去收個掛號信，居然看到洪玲秀站在牆角，幸好大宅周遭有屏障，她不能直接進來。

樊俞行身上沒有空白符咒，只好抽了張餐巾紙應付一下，施了法後遞給老三。「去帶她進來。」

今天就是第三天，不知道事情處理得怎麼樣。

老三僵得像具喪屍，到門口把洪玲秀帶了進來。原本在餐廳裡的預備役一聽到洪玲秀要來，全數躲到了樊俞行身後。

「魔氣！」姬儀光倏地站了起來，下意識護到樊俞行前面，讓他既感動又哭笑不得。

「妳喲，不是該躲到我後面嗎？」樊俞行摸了摸她的頭，順便把她因爲昏睡而錯過的事透過靈識輸入到她腦內。

洪玲秀的故事馬上讓姬儀光心軟了，還趕在樊俞行的面前搶問：「方振華遭報應了嗎？」

洪玲秀想了一會兒，才把姬儀光跟鳳凰聯想在一塊，便點了點頭。「嗯，中風，失業，離婚。」

樊俞行不想讓小蘿蔔頭們知道過多細節，選用探符了解情況。

從遊樂園離開後，洪玲秀直接找上方振華，纏住了他，只要他一睜眼，目光所及之處就會見到她抱著個血淋淋的孩子對他笑。他要是閉上眼，就會聽見她不斷地喊他名字，還有嬰兒啼哭不停的聲音。

不消半天，方振華便精神衰弱到無法辨識幻象或眞實，更分不清自己所處的場景。她便趁這時不斷逼問他爲何狠心至此，讓他在家人、岳父岳母及下屬面前，把當年做過的齷齪事全都抖了出來。

其實方振華跟妻子的感情在長男出生後就開始下坡。

他的妻子是獨生女，從小錦衣玉食，意見少被拂逆，方振華又是靠著她娘家的關係才能在事業上一飛沖天，因此妻子在跟他說話時，常頤指氣使、不留情面。一時的容忍不代表一輩子都能容忍，就在妻子提出長男要從母姓時，夫妻倆大大吵了一架，感情有了大幅度的裂痕。

方振華骨子裡是個傳統的男人，相處久了，覺得妻子又跋扈又面目可憎，便在外頭養了幾朵解語花。妻子知道後也不跟他吵鬧，直接斷了他的金援，讓他在公司受挫，甚至一連三貶，讓他恨得咬牙切齒，也只能快快回來低頭賠不是。

婚姻生活觸礁，唯一的兒子又從母姓，跟他不親，第二胎遲遲懷不上，他對妻子逐漸提不起興致，再生一個的念頭隨著年歲增長也熄了，唯一的慰藉就是工作。

但是在岳丈的公司上班，就算能力再好，走後門的標籤始終撕不下來，面對這些流言蜚語，他只能戴上嚴謹的面具，將之屏除在外。

但洪玲秀的出現粉碎了這一切，走後門又拋棄糟糠之妻，使他沒辦法在同事面前再抬起頭來。而當年妻子縱然懷疑過，也沒有加以追究，甚至在洪玲秀身死後為方振華作證他不在場，利用家裡的關係施壓，助他逃過一劫，警方才往隨機搶劫方向偵辦。

方振華把當年的事一五一十說出來後，他的妻子馬上吵著要離婚，當晚便在雙方家長的見證下簽字，方家的父母全程不敢抬頭。

洪玲秀就在一旁看著，方家的父母對她算不上太好，但見到兩位年邁背駝的老人為兒子的行為羞愧到抬不起頭來，難免有些不忍。只是她跟孩子的大仇，不會因為這些不忍而抿去。她爲方家二老不忍，方振華曾爲他們母子不忍過嗎？

失業又失婚的方振華半夜買醉，對著她破口大罵，說她毀了他的一切，讓他的犧牲跟委屈求全盡數成了笑話。

這些話，應該由她來說吧？

洪玲秀一把掐住他的脖子，將他提離了地，就在他快要嚥氣之前，又鬆開了他。方振華沒死，卻因爲腦部缺氧過久，加上年紀大又喝了酒，從此半邊身子無法動彈，生活無法自理。等他父母發現他倒在客廳、身下失禁而請人送醫時，他這輩子最後的尊嚴也沒了。

樊俞行很訝異她居然留了方振華一命，低聲問：「這樣就夠了嗎？」

「夠了。」洪玲秀微微揚起嘴角，露出了個僵硬的笑容。「見他過得不好，我滿足了。」

眞是勵志的負能量故事。

「妳今天來找我什麼事？想見妳兒子最後一面？」

洪玲秀搖了搖頭，朝他跪下，紮紮實實磕了三個頭。「多謝上仙慈悲，讓我親自報仇雪恨，兒子又脫離輪迴，位列仙班，大恩大德，沒齒難忘，只可惜我沒有來生可以報答。」

「不必放在心上，做這些也不是圖妳報答。既然妳在人世間已無眷戀，我便送妳最後一程。」

「多謝上仙。」洪玲秀一說完這句話，眞火便將她徹底包覆起來，轉眼間就消失在眾人面前，連抹灰都沒留下。

再見眞火讓姬儀光想起賴志銘，黯然地嘆了口氣。

「別想了，妳昏睡的這段時間，我有好好幫妳關照賴嘉維。」樊俞行摟著她的肩膀，重重地拍了兩下，並沒有告訴她幫得有多心塞。

賴嘉維終究是個男的。

「謝謝。」姬儀光朝他感激地笑了笑。要是以前的上仙，才不會管這些瑣事呢，絕對是他這一世性格的影響。看來她要好好地發掘一下新版上仙了。

「發生什麼好事？瞧我媳婦兒笑得那麼開心。」盤古不知何時又閃了進來，明明大得跟神木似的，來去居然還能悄然無風？他曖昧地摸了摸鬍子。「無名回來，妳這麼開心呀？」

「上仙回來，你不開心嗎？」姬儀光才不上當呢！盤古大帝超愛捉弄人的，她才不隨他起舞。

「當然開心啦，一家團圓！」盤古撫掌大笑，大大地鬆了口氣，跟樊俞行說：「找一天來你這裡吃火鍋，把你哥哥、嫂嫂都叫過來。神農也說好久沒見到你了。」

那有多大群?!樊俞行臉都黑了。「你沒事做了嗎？光兒渡化的那批亡魂都處理好了？」

「廢話！也不是想想我是誰，這有比開天闢地難嗎？」盤古興致勃勃地跟他分享。「我讓那群人去開荒，這些人以後死了都有地方住。」他大手一比。

在場被點到的老三跟實習生群都一臉莫名。

「什麼跟什麼啊……」樊俞行都吐槽不動了。

「哎喲，我做這件事很有意義耶！你看看現在出生率那麼低，排隊投胎都不知道要等上幾年，總不可能叫他們投胎成蟑螂螞蟻老鼠蒼蠅吧？」那咻一下就回地府了，有投胎跟沒投胎一樣。「總之，讓他們把陰間的地整一整，有地方去，有事情做，地府也不至於忙到牛仰馬翻，一舉數得。」

有預備役悄聲說：「牛仰馬翻？應該是人仰馬翻吧？」

「嘖，你這小屁孩懂什麼？沒聽過牛頭馬面嗎？當然是牛仰馬翻啊！」盤古還爭辯起來了。

「你幾歲了，還跟小孩子吵？」樊俞行拍了拍剛才說話的預備役安慰他。「別怕，他長得凶一點而已。」

「欸？有你這樣跟老爸說話的嗎？」用完就丟是不是？

「我不是從以前就這樣跟你說話？玻璃心今天沒黏好？」早該習慣的事，老拿來說嘴有什麼意思？

「Well，就是說說。」這傢伙肯認他，其他什麼都好說，瞧瞧天底下有人像他這樣疼兒子的嗎？「你之後有什麼打算？」

「能有什麼打算？」不就是來人間走一遭嗎？反正最重要的東西已經攢在手裡了。他摟緊姬儀光，淡然地說：「繼續當個無名驅鬼師吧。」

人世間不止一個老奶奶、凰凰木精、周氏、賴志銘、亮亮跟洪玲秀的故事，相逢即是有緣，能幫就幫，能渡就渡。

只要姬儀光一直在他身邊就好。

（全書完）

番外篇——記憶裡飄散的粽子香〈上〉

休養了一段時間後，姬儀光恢復得差不多，一天已能渡化四、五個亡魂還不嫌累，樊俞行便不再拘著她，非要時時刻刻看著才行，看她開心做什麼就做什麼，只要作息別顛倒就可以。

悶了很久的姬儀光像放出籠的鳥，簡直是有多高飛多高，有多遠飛多遠，只差六點前會乖乖地回到大宅，免得樊俞行擔心。若是晚上體力許可，她還會跟驅鬼師一塊出任務。

現在有人養了，不用一邊做好事一邊煩惱三餐，還怕賺得錢不夠吃，從前月底就要勒緊褲腰帶過日子，把饅頭掰成三塊分成早中晚的份量，或是一碗白飯泡熱水，加點海苔粉或胡椒拌成一鍋粥，唏哩呼嚕地吃一天。

她不小心露了口風，讓樊俞行知道她過了好幾年這種日子，令他生氣又心疼，本來三餐就被牢頭盯得死緊，定食定量，這下更誇張了，少吃一粒米都不行。

她知道樊俞行想彌補她，也就乖乖配合，有時眞的扛不住了，再撒撒嬌、賣賣萌，免得吃飯不夠，還得再加一鍋補湯。

雖然聽來欠揍，不過有時幸福的日子過起來也挺累人的。

姬儀光哼著歌，從巷口蹦蹦跳跳地往大宅走。難得樊俞行肯讓她買甜食，放她自己到外面的超商選，雖然只給了一百塊零用錢，至少能吃到心心念念的巧克力跟時光紅茶，她怎能不開心？

剛才進超商的時候，她還挺懷念以前工作的日子，不過以她現在的門禁時間，只有早班可以選，不能動不動下屏障把超商遮起來，而且工時也不短，能跟上仙相處的時間勢必受到影響，所以這念頭不到十秒就消失在她腦海裡。

樊俞行擔心她，看她看得很緊，她又何嘗不害怕他再一聲不響離去，平常也沒少黏他，兩個小時沒見著人就開始不安了。即便已過了半年，症狀還是沒改善，照這情勢看來，他們還會持續一段磁鐵生涯。

巷口到大宅也沒幾步路，姬儀光沒熬過嘴饞，還沒到家就迫不及待地拆開巧克力的包裝，還把紅茶夾在腋下，縱使冰涼的觸感讓她感到不舒服，比起吃巧克力的欲望來說不算什麼。

就在她連咬帶撕，粗魯地撕開包裝紙、咬住巧克力，準備從口袋裡掏出感應卡開門時，不知道從哪裡跑出來一個劫匪，猛然握住她的手，嚇得她放聲大叫——

「搶劫呀！」

姬儀光這聲喊得非常響亮，即便主宅離大門口還有段距離，中間又隔了棵大榕樹，都無法阻止遠在主宅二樓的樊俞行聽見自家媳婦的驚呼聲。

他立刻趕了下去，連帶著留在大宅裡的驅鬼師全衝了出去還帶上鋁合金球棒。

別說什麼鋁合金球棒不合理，符咒又不能對付人，也沒說驅鬼師的大宅就不會遭小偷，這是必備用品。備了好幾年，今天終於派上用場了。

「光兒！」樊俞行在下樓前先按開鐵門，一走出大門就見到姬儀光蹲在小門前面，一瓶紅茶滾在她腳邊。

他擔心姬儀光受了傷，大步跨過去把人抱起來，見她眼眶泛紅，立刻瞇起眼。

「怎麼了？妳哪受傷了？快說！」樊俞行嘴巴問，手也沒閒著，從頭開始檢查，就要摸到胸口時，姬儀光把手舉到他面前，掌心躺了一塊被扳下來、沾有泥土的三角形含餡巧克力。

「我的巧克力掉到地上了啦……」她委屈得淚眼汪汪。

「除了這個呢？有受傷嗎？」見她搖頭，樊俞行鬆了口氣。「不過是塊巧克力，有必要難過成這樣嗎？」

他嚇壞了，以爲她受了什麼傷。

「這不是普通的巧克力！」姬儀光捧著那塊巧克力義正辭嚴地說：「這是我隔了半年後吃到的第一塊巧克力，天曉得我這個月還有沒有巧克力可以吃啊！」

「好好好。」牢頭捏了把她氣呼呼的小臉蛋，當場做出賠償。「別氣了，我再去幫妳買兩百塊的巧克力。」

姬儀光不悅地拍掉他的手。「你哄孩子呀！」

「不是，我哄老婆呢。」樊俞行一把抱住她，輕拍她的背順氣。

跟著出來的驅鬼師已被他們這對若無旁人的小情侶閃瞎，等樊俞行去買巧克力，他們也要去採購，把大宅裡的球棒通通換成木製的，鋁合金反光太嚴重。

「請問……無名驅鬼師住在這裡嗎？」一道纖弱的女聲切入，然後另一邊的牆角探出了一個戴帽子、墨鏡、口罩，外套拉鏈還拉到下巴的傢伙。

姬儀光怒氣沖沖地指著向那行跡可疑的人。「就是她突然拉住我，才害我嚇到巧克力掉在地上！」

「不過是塊巧克力，又不值多少錢，大不了我賠給妳。」那人順口回了句，語氣相當不以爲然。

「這不是塊普通的巧克力！」姬儀光聞言大怒！「我等了半年就是在等這塊巧克力好嗎？妳知不知道當妳很期待、很期待一件事，日也盼、夜也盼，終於盼到時卻發現最後是一場空，有多讓人難過嗎？就算巧克力在妳眼裡不值一提，妳突然冒出來嚇到我，難道不需要道歉嗎？」

每個人的價值觀不同，但是冒犯到她的事不應該道歉嗎？就算她小雞肚腸好了，她就是小雞肚腸呀，怎麼樣！

「光兒，別氣！小心身體。」樊俞行拍了拍她的小腦袋，幫她撿起紅茶，牽起她的手就往宅子裡走。「乖，我帶妳去洗手。」

別人會以爲不過是塊巧克力，沒什麼好大驚小怪，殊不知在動物嘴裡搶食，就算是一片菜葉子都足以撩起滔天怒意。

更何況他家的小鳳凰忍了半年了，當然不是一般的火大。

就算有再大的火氣，樊俞行牽著她離開，姬儀光當然乖乖跟著走，只是不悅至極的她不忘回頭對那名鬼祟的女子噴一鼻子氣，差點沒把他笑壞。很好，他回來後，姬儀光的喜怒哀樂都明顯了起來，不再特別壓抑了。

有人撐腰就是不一樣。

帶她到一樓洗手間，幫她洗淨雙手，沖乾淨紅茶瓶身的泥沙，到休憩廳後再替她扭開瓶蓋，餵她喝了兩口。

「心情好點了嗎？」

姬儀光咂了咂嘴。「還可以，配巧克力心情會更好。」

「小豬。」樊俞行笑著輕掐她的鼻子，剝了顆巧克力餵她，自己也吃了一顆，被甜得皺起眉頭，抿了好久才吞下去。「妳怎麼會喜歡吃這東西？我頭皮都麻了。」

「會嗎？」姬儀光吮了吮口中的巧克力，開心地瞇起了眼。「明明就很好吃。」

樊俞行低下頭，猝不及防地吻上她，攪和她滿嘴帶甜的津潤，吻得她昏呼呼的，才下了結論。「單吃挺甜的，妳先吃我再吻妳就不會，甜度剛好。」他指了指嘴角，意猶未盡地笑看她滿臉通紅的樣子。「晚上再試試其他牌子。」

「……」她已經當機，無法思考了。

叮鈴鈴——

這是全宅內線的聲音，只要按下All鍵，所有大宅內的電話都會響起。這是專門爲他設計的功能，驅鬼師不知道他在哪，就會按這個鍵找人。

「喂？」樊俞行接起內線，順手抽了張放在電話旁的面紙替姬儀光擦嘴。

「司皇，剛才那位嚇到姬姑娘的小姐有案件想委託我們，能請你過來竹廳一趟嗎？」內線是樊俞清撥過來的，在他公事公辦的語氣下藏著一絲隱晦的興奮。

樊俞行眉心微蹙。「你們處理不來嗎？」

「這位小姐不是要驅鬼。」樊俞清語氣有幾分難辦。「她是想見鬼。」

「誰介紹她來的？不知道我們這行是驅鬼師嗎？」她要找的是能帶她觀落陰的道觀吧？

「唐製作介紹的。」樊俞清把話筒捂了起來，講話幾乎糊成一塊。「阿行，這次的委託人是房瑜珍，房瑜珍呀！」

樊俞行一頭霧水，直接問姬儀光：「光兒，妳知道房瑜珍嗎？」

「我只知道盛香珍。」果凍是她的愛，可以直接當主餐吃的愛！

當然這件事不能讓樊牢頭知道。

樊俞清小聲地透露訊息，卻毫無掩蓋地展示出他的興奮。「阿行，房瑜珍就是今年亞洲電影節的新科影后呀！我的女神吶！」

樊俞行把樊俞清的話轉述給姬儀光聽，然後在彼此眼裡都發現莫名其妙的問號。

他們真沒聽過房瑜珍。對他們來說，不就是個人嗎？

如果此人心慈，常年行善，福澤深厚，魂體鎏金，他們才會對這人刮目相看，表露讚揚。其餘的，就是個尋常人。

「知道了，我等下過去。」真要說房瑜珍特別之處，不過就是多了委託人的身分，而且僅是暫時的。

掛了內線，樊俞行起身前往竹廳。姬儀光無事可做，抱著紅茶便跟了上去。

他已不在大宅內限制姬儀光的行動，除了門禁跟睡眠時間仍是不可憾動的兩大原則，其餘時間她想愛幹嘛就幹嘛，要廢一整天也無所謂，只要她開心就好。

見她蹦蹦跳跳地跟了上來，樊俞行輕揚唇角，牽起她的手，漫步往竹廳前進。

✲

房瑜珍出道七年多，五官立體，皮膚白晰，身材比例完美，不到一六五卻看起來像一七零。因爲長相清麗，不是之前大眾審美流行的俏美甜姊兒，一路走來都只是偶像劇裡的女配角，直到前年接拍了小成本電影意外翻紅，才逐漸嶄露頭角。

樊俞清很喜歡房瑜珍，看過她第一部擔綱主演的國產電影後，就把她之前拍的偶像劇全部補滿，還爲了她去搶首映會的票，只爲了見女神一面。這次看到房瑜珍本人，要不是怕崩了無名驅鬼師的形象很可能被竄位，從二號變成十九號，他眞的會當場化身爲腦殘粉，跪地膜拜女神。

樊俞行一進竹廳就發現樊俞清不對勁，一直盯著委託人不放，不像警戒倒像示愛，這讓他覺得挺新鮮的。

七號在現場排行最低，他幫樊俞行沖了杯高山青，用口語詢問姬儀光要不要，她搖頭回絕。但七號幫樊俞行上了茶，又擺了顆對切的紅豆大福到姬儀光面前時，小鳳凰看他的眼神便有如再生父母一樣，這讓樊俞行瞥了七號一眼。

「老七，接下來中秋連假的活動就交給你企劃了，務必兼顧教育性與休閒性，不可過與不及。

明早把企劃案放我桌上。」他輕嘗一口七號端上來的高山青，隱在熱氣後方的笑容藏著一抹算計。

四大節日對無名驅鬼師來說非常重要，除非是相當緊急的案子，不然這些日子裡，驅鬼師是不出勤的，所有人都得聚在一起。

這裡指的所有人包括驅鬼師、實習生，還有這些人的父母、伴侶、兄弟姊妹。樊氏本家或旁支都得回來，要是想趁連假出遊，還得遞假條來主宅申請。

現代人生得少，孩子最多就三個，有的結婚了甚至不生，但眾人聚在一起的數量依舊可觀，得包下整間飯店才消化得完。

樊俞行如今打從骨子裡已是個怕麻煩的傢伙，卻依然大張旗鼓要求所有人在四大節日回來、不曾動過停辦的念頭，主要是想藉著團聚的日子看看族人有沒有被東西附上，有問題就個別處理。

不是每個後人都有足夠的天賦能成爲驅鬼師，但能力不足以成驅鬼師，也是容易卡陰的體質。

七號接到企劃指令，臉色就黑了一半。「我、我知道了。」

「司皇，這位是房瑜珍小姐。房小姐，這位是我們的負責人，司皇。這位則是我們第十八號驅鬼師。」樊俞清簡易地介紹了雙方後，便向樊俞行說明方才詢問到的委託人情況。「房小姐說，大約從上個月拿下亞洲電影節影后後，就開始持續聞到肉粽的味道，但她身邊的人都沒有感覺。她無意間跟唐製作聊天，經他提醒可能有東西跟著她，才介紹房小姐過來諮詢。」

「他還眞會幫我找事做。」都說不見他了，唐製作還是有本事刷存在感。

如果我身邊眞的跟了什麼靈，我想跟對方見個面。」房瑜珍開了口。

「房小姐，請教妳一個問題。」樊俞行直接與房瑜珍對上視線，後者眼神裡有些惶恐。

「如果眞的有靈跟在妳身後，妳覺得會是誰？」

番外篇——記憶裡飄散的粽子香〈中〉

「你看不見嗎？」身為驅鬼師卻看不見鬼，房瑜珍不禁質疑起樊俞行的能耐，連她周身的粽子味……這時，她才發現盈繞在自己身邊已經月餘的肉粽香竟全然消失了。她慌張地左顧右盼，急得都快哭出來。「早上明明還有的呀！難道你們把她收走了？」

「房小姐，冷靜點。」樊俞清出聲安撫。「這裡是驅鬼師主宅，當妳走進巷口的時候，所有異界的靈體就被擋在結界之外。」

「真的嗎？」房瑜珍驚魂未定，倉皇地看向樊俞清。

這種郎有情妹無意的畫面真讓人感傷。

樊俞行看了一眼已吃完紅豆大福，正興致勃勃地關注樊俞清跟房瑜珍的姬儀光。這孩子不會當野臺戲來看了吧？

「聽起來對方沒有傷害妳的意思。如果妳猜得出來跟在妳身邊的靈體是誰，到對方牌位前燒個香應該就沒事了，不用特地花錢委託。」樊俞清好脾氣地解釋。

這情形很像手割傷了一口子，也沒流多少血，就衝到急診室要找醫師縫合，說是誰誰誰介紹這裡醫師技術好，但壓根兒就沒必要。

房瑜珍顰眉，不悅地說：「你是不是沒搞清楚重點？我說，我要見那個人。」

現在，就連樊俞清這個粉絲都覺得房瑜珍說話的態度很不好了，更何況是六號跟七號。

六號向來是個直腸子，直接回了她一句：「我想房小姐也沒搞清楚重點。我們是驅鬼師，不是帶人觀落陰的道士。」

「唐製作還說你們有多厲害，我看是言過其實。」房瑜珍冷冷地說：「看來我沒必要在這裡浪費時間。」

「既然如此，請吧。」樊俞行早她一步站了起來，他又何嘗想把時間浪費在這裡。「光兒，走了，帶妳去買巧克力。」

還有紅豆大福、草莓大福、芒果大福——

「好喲！」姬儀光喜孜孜地跟了上去，走到門口時，回頭看了竹廳裡的人一眼。樊俞清正在好言安撫房瑜珍，卻讓她眉頭深深地皺起。

「怎麼了？不開心？」連嘴巴都癟起來了

姬儀光不解地說：「我不懂為什麼很多人認為能用錢換的東西都算服務業，只要老子給錢，不爽服務你也得服務？」好像只要給錢，連對方的人格、原則、尊嚴都能秤斤論兩標價，這種感覺好功利好差勁。

「被慣壞的。要不是她只想到自己，今天又怎麼會到這裡求助？」樊俞行摟過悶悶不樂的姬儀光，想到這表情在見到滿架子零食時會怎樣變臉發光，就微微一笑。

房瑜珍在樊俞清的安撫下，情緒是好了些，也要離開的她在竹廳門口跟樊俞行及姬儀光對上眼，才剛降下去的脾氣又升了上來。

她回頭對樊俞清說：「你有能力的話，早點自立門戶吧，免得耽誤了前途。」

樊俞清嚇了一跳，汗涔涔地表明心跡。「阿行，我可沒有那個意思喔！」

樊俞行輕笑了聲。「你要走我也不攔你。」

也不是沒出過有天賦但不想當驅鬼師的人，一轉正就換跑道去修飛機了，累歸累，也過得挺好的。

「不，我生是你的人，死是你的鬼！我絕對不會走！」樊俞清差點去抱樊俞行大腿，沒骨氣的形象讓房瑜珍嫌惡地瞇起眼。

樊俞行不介意，不代表姬儀光忍得了。當著負責人的面建議底下的人單飛，這種人不是白目就是有惡意。

「像妳這麼自私的人，生前不敢認她，死後還想見她，做夢！」

「妳、妳——」房瑜珍聞言，一臉驚恐。

「若要人不知，除非己莫爲。」姬儀光對她沒什麼好感，卻也不會因爲沒好感而出手教訓。「奉勸妳一句，別太把自己當回事，人生的路還長著。」

管她聽不聽得進，姬儀光話說完，拉著樊俞行的手就出了門。

六號跟七號走出竹廳時，輪流拍了拍樊俞清的肩膀，但什麼話都沒說。樊俞清明白他剛才的表現讓同門不滿了。

「房小姐，我送妳出去吧。」然後再回來好好反省自己是不是奉承過頭了。

他可不想被迫自立門戶啊！

✻

距離驅鬼師的大宅外大約三條街，有間專門秤重賣糖果餅乾的舖子。

姬儀光現在就像個小孩子一樣，看到甜食就把煩惱忘光光，不開心的事從不在她的小腦海裡盤旋超過半小時。

昏睡太久又強迫自己現出眞身，其實耗損很大，身心靈都受到嚴重的影響，但只要身體好好調養，不會再毫無預警地陷入昏睡。就算她像個三歲幼童一樣話說不清楚，只會睡覺、吃飯跟哭鬧，樊俞行都甘之如飴。

像她現在這樣就很好了，無憂無慮。簡單一塊巧克力就能帶給她快樂，還能回應他的感情。

爲了哄她，樊俞行買了將近千元的零食讓她一路拎回去，心滿意足地看她笑靨逐開。

走到主宅前的巷子口，一名因爲操勞生活而顯得憔悴的婦人不知在盼望著什麼，頻頻往主宅的方向探看。方才樊俞行帶她出來時，並沒有見到這個老婦人。

一走近，濃濃的粽子香氣撲鼻而來。姬儀光忽然覺得好餓，肚子還發出了響亮的咕嚕聲。

「餓了？」樊俞行笑話她，半瞇的雙眼迷人歸迷人，此刻看起來好欠打。

姬儀光紅著臉別過頭，從零食袋裡掏出甜豆，迫不及待地塞進嘴裡。

「今天的額度用完了。」樊俞行大手一勾，沒收了零食袋。她的臉蛋立刻皺得跟十八摺小籠包有得拚。「要是正餐吃不下，接下來三天不能吃零食，連甜的都不給喝。」

姬儀光只好偃旗息鼓，讓他收走零食。

那名婦人見到樊俞行跟姬儀光，下意識地避開，見他們往主宅走，又眼巴巴地跟了上來，直到被結界彈開，痛呼出聲。

姬儀光無法視若無睹，走了幾步後，嘆口氣，又折了回去。

「妳已經離開陽間，爲什麼又回來了？」她無奈地問婦人。

「妳瞧得見我？」婦人喜出望外，殷切地望著姬儀光。「好心的小姐，能不能請妳幫我一個忙？看得見我的人不是想收我就是避得遠遠的，只有妳回來跟我說話，求求妳了！」

「妳希望我幫妳什麼忙？」

婦人激動地說：「妳能幫我綁肉粽嗎？我可以教妳備料。」

「啥？」姬儀光一愣，回頭看了眼似笑非笑的樊俞行，覺得她給自己挖了好大的坑。

「前陣子端午節，我女兒說想吃我綁的肉粽，但我已經……拜訪妳幫個忙，幫我包肉粽送給我女兒好嗎？」

「妳就爲了這件事跑上來？」眞是太不可思議了，姬儀光張嘴眨了眨眼。

菜市場就有賣粽子，雖然買不到媽媽的味道，但總不能每年端午節，她都跑上來找人幫她女兒包粽子吧？

說不定之後每年都來找她……姬儀光無語望天，亡魂上來人間要遞申請，幫女兒包粽子也能通過，她眞心覺得神奇。

「妳女兒只是想念妳，妳託夢給她還實在點。」都申請到許可上來了，家裡的神明不會攔她進出，與其四處找人幫她綁肉粽，不如花幾個晚上入女兒夢裡跟她話家常。

只見婦人低落地垂下頭苦笑。「她不認我。」

「不認妳，妳還想綁粽子給她吃？不心酸嗎？」

婦人兩手的拇指跟食指結了層厚厚的老繭，指節還有些變形，看來是因爲時常彎腰，更有駝背的現象，這都是長期工作伴隨而來的傷害。

「她不認我，可是我認她呀。」婦人抬起頭來，堅毅的目光令人動容。「再怎麼說，她都是我女兒……」

姬儀光嘆了口氣，踱回樊俞行的身邊，拿不定主意。「該怎麼辦？」

「妳想怎麼辦就怎麼辦。」樊俞行如是說，但也知道這頭心軟的小鳳凰最終還是會答應。果不其然，姬儀光應允了。

「好吧，誰叫妳都來到我家門口了。」除非把自己戳瞎，否則根本做不到視而不見，雖然那女兒一見面就惹毛了她——徹底的。

要包粽子需要材料，主宅裡除了鹽巴、醬油，應該沒有其他需要的東西。姬儀光只能求助樊俞行。

「必須去傳統市場一趟。」潛臺詞就是她需要錢跟司機。

「午休完再去。」樊俞行往婦人身上打了道符，牽起姬儀光就往主宅走，不忘回頭跟婦人說：「妳現在可以進來了。」

婦人伸手畏畏縮縮地碰了碰剛才觸疼她的地方，在整隻手掌都通過屏障、沒有任何不適時，不由得睜大了眼。

「眞神奇。」

她走入屏障，恭敬地跟在兩人後方，眼神不敢亂瞟，自律又有規矩。

姬儀光回頭看了她一人，內心生出疑惑。不是說龍生龍、鳳生鳳，老鼠生的兒子會打洞，怎麼她女兒就那麼不可一世的樣子？

難道是臉長正，心長歪了嗎？

✵

知道房瑜珍一來就得罪了樊俞行，唐製作眞恨不得把她吊起來打，隔天一早立刻帶她上門賠罪，卻不得其門而入。

「司皇不見我，至少讓我進去跟他通個電話，親自向他道歉吧。」唐製作朝對講機苦苦哀求已將近十分鐘，對方不放行就是不放行。

「這裡蓬門小院，像唐製作跟房小姐這麼高檔的客戶，我們招待不起，司皇也不需要道歉，請不要爲難我們。」今天接應的是六號，他對唐製作的印象不好不壞，但是對房瑜珍的印象就差到極點了。

房瑜珍昨天被唐製作念了一頓後，才知道她到底幹了什麼蠢事。演藝圈是潭黑水，裡面浸了不知多少骯髒事，不少人託過無名驅鬼師處理事情，如果樊俞行想封殺她，幾通電話就能讓她多年來的努力一夕化爲烏有。

昨天才要過威風，今天就灰頭土臉來道歉了。

「瑜珍是有不對的地方，請念在她心急如焚，難免口氣不佳，給我們機會道歉吧！在我印象裡，司皇一直很寬宏大量。」唐製作動之以情。

「司皇寬宏大量，但有底線，房小姐踩到司皇的底線了。」他們不是沒遇過不講理的客人，比房瑜珍蠻橫好幾倍的也有。樊俞行昨天也不算動怒，眞正生氣的是另一位。「房小姐得罪了司皇最重視的人。」

「我買了巧克力過來賠罪，還是進口的！」房瑜珍連忙表態，但六號依舊不放行。

「司皇不會讓姬姑娘吃別人給的東西，房小姐不必費心。」連七號都因爲紅豆大福付出了慘痛的代價。「兩位請回吧。」

六號油鹽不進，唐製作跟房瑜珍急得不知該如何是好。

房瑜珍不了解樊俞行，深怕他出手報復；唐製作則是想找機會修補跟樊俞行之間的關係。兩人就像熱鍋上的螞蟻，不知該往何處去。

「啊！」房瑜珍腦袋裡閃過樊俞清的臉，這人欣賞她，或許能靠他美言幾句。

她按下對講機，六號平板的聲音傳了出來。「找誰？」

「我找三號驅鬼師。」她緊張得要命。

「……稍等。」六號不用猜也知道是房瑜珍。找樊俞行他還能擋，找其他驅鬼師，按照章程，他沒有理由替對方回拒。

唐製作跟房瑜珍互望了一眼，希望這招奏效。

沒多久，樊俞清來應門，面色有些尷尬。「你們找我有什麼事？」

他知道不會是什麼好事，還是出來了。

偶像的力量很強大的，是一進了門就很難退出來的邪教。

「我們想跟司皇道歉，但他不願意見我們，能否請你幫忙轉達我們的歉意？」房瑜珍將禮盒交到樊俞清手上。「昨天是我不好，急瘋了亂說話，我——」房瑜珍突然臉色丕變，仔細地吸了兩口氣，抓住樊俞清的手，緊張地問：「你有沒有聞到肉粽的味道？」

番外篇——記憶裡飄散的粽子香〈下〉

「嗯，一早就有了。」主宅裡味道更濃，好像有人在包肉粽似的。不過今早過了九點，廚房就不讓人進入，也不知道裡面在搞什麼鬼，端午都過去多久了？

「粽子味……我從昨天就聞不到粽子味……」房瑜珍突然瞪大雙眼，逼問樊俞清：「你們是不是收了她？是不是？」

「收了誰呀？我們一般不收鬼的。」都直接送進地府，不往主宅裡帶。他們還沒有放行魂魄進入主宅結界的能力呢。

「那怎麼會有粽子味？不行，我要親眼看看！」房瑜珍不知從來生出來的力氣，居然推得動比她還要高大粗壯的樊俞清，逼他讓出條路來，便直接往宅子裡衝了進去。

「房瑜珍！」唐製作見狀，差點兩眼發黑。她究竟是來道歉，還是來結仇的？

樊俞清愣了幾秒，馬上追進屋裡。看不出來房瑜珍短跑速度這麼驚人，他竟追不上。

「房小姐，妳別亂跑！」要是上了二樓，這下他不自立門戶都會被打包扔出去。

房瑜珍鬧出來的動靜太大，主宅裡的驅鬼師都跑了過來，等她找到廚房，後面已經浩浩蕩蕩地跟了六、七個人了。

站在廚房一隅的樊俞行挑眉問：「出操啊，各位？」

「不——」

「媽?!」

樊俞清正想解釋，卻被房瑜珍一聲哭喊嚇住。在她身後的人，全部定睛注視著坐在矮凳上的婦人。

原先廚房裡只有三人，樊俞行、姬儀光，跟這位陌生的婦人，房瑜珍對誰喊媽，不言而喻。

唐製作對房瑜珍的家事不甚了解，但樊俞清這位粉絲一聽到房瑜珍喊婦人爲媽，下意識便問：「妳媽媽不是高中老師嗎？」眼前這位婦人怎麼看都不像老師，或許以貌取人不對，但他也沒聽過房瑜珍母親過世的消息。

婦人見到女兒訝異又開心，卻因爲樊俞清這句話，頓時低下頭去。

「我……」房瑜珍吶吶地不知該如何解釋。

那名婦人默默地把手上包到一半的粽子塡滿餡料，蓋上炒過醬油跟花生的糯米，綁上棉線才站了起來。「我可能長得像房小姐的媽媽，才讓她一時認錯了。」

姬儀光看了看房瑜珍，覺得堵心，直接一頭撞進樊俞行懷裡，來個眼不見爲淨。

「妳當我是座鐘呀？」

樊俞行就摟著她，一幕不落地看著房瑜珍跟婦人之間要說不說的尷尬，反問六號：「今天是你值班？怎麼把唐製作跟房小姐放進來了？」

所謂值班就是負責接待找上門的委託，若沒有指定的驅鬼師，值班就會是案件的負責人。

樊俞清站出來承認。「是我不小心讓房小姐闖進來，唐製作才會跟我進來攔阻。」

誰知房瑜珍跑那麼快，他居然追不到人。

「擅闖民宅，我們有權利報警吧？不知道唐製作跟房小姐因為這樣上新聞版面，值得嗎？」樊俞行淡淡地問：「你們願意馬上離開，我可以當作這件事沒發生過。六號，送兩位出去。」

「是。」六號應允，先向唐製作示意。

「司皇，對不起。」唐製作灰頭土臉，但見到樊俞行，對方又不再計較，雖然懊悔愧疚，也暗暗地鬆了口氣。

樊俞行點了點頭，沒說話。

「房小姐，請隨我離開。」六號走到房瑜珍身邊，語氣不佳地說。

房瑜珍不理六號，死死地盯著婦人，淚水落了下來。「媽，我好想妳……」

婦人看來同樣傷心，但她哭不出來，搖了搖頭，坐到矮凳上，繼續包粽子。

「房小姐，請隨我離開。」六號見她不動，便握住她的肩膀往門口帶。「得罪了。」

「放開我——」房瑜珍不住掙扎，頻頻看向婦人。婦人除了弓著背包粽子，完全沒有看過來一眼。她悲傷極了，腳一軟差點跪下。「媽！我是珍珍呀，妳為什麼不認我？」

「這很難懂嗎？不就是因為妳在鏡頭前不肯認她？」樊俞行摸著姬儀光的腦袋，這孩子不想直說，就是怕一開口太直接。

房瑜珍不是進演藝圈後才不認在市場賣粽子的父母，而是從小因爲長相標致可愛，受到不少吹捧，怕這些喜歡她的人知道父母親是勞動者會看不起她，才謊稱父母家教很嚴，從來不讓同學朋友到家裡走訪，高中一畢業就迫不及待搬出去，不到過年絕不回家。

「我……」房瑜珍想起自己在鏡頭前撒的謊，不由得低下頭，但說什麼就是不肯跟著六號離開。

姬儀光唇瓣抿得死緊，摟著樊俞行腰部雙手不自覺更用力。他不禁皺眉苦笑，這孩子把氣撒在他身上，未免傷及無辜。

認眞說起來，姬儀光是他帶大的孩子，傾盡所有的關愛，若到最後不肯認他，即便是他有錯在先，也是蝕骨腐心的傷痛。

「假使妳母親在妳成長時待妳不好，今天妳不認她，情有可原。但妳母親把她能給的全數奉獻給妳，支持妳所有決定，而妳只因爲覺得家長的職業不夠體面，說出來怕丟臉，就把他們捨棄掉。妳無法正視父母的付出，端正自己的態度，即便爬得再高，也永遠抬不起頭來。」

姬儀光轉頭看了房瑜珍一眼，嘴巴開開闔闔，最後還是什麼都沒說，埋回樊俞行胸口。

她很氣，眞的非常氣！

家家有本難念的經，有些事不是當事人眞的不好說。可是在爸媽沒有大不是的情況下，她竟連姓氏都從方改成房。

更甚者，母親過世了怕被人拍到照片，也沒回家送她最後一程，姬儀光眞的不能接受！

方母默默包著粽子，悲痛的神色，緊抿的唇瓣，在在顯示她強忍的傷悲。女兒做了再大的錯事還是她女兒，但不代表女兒所作所爲不會寒她的心。

「媽……」房瑜珍朝她下跪，眼淚撲簌簌地掉。「媽，我錯了，對不起……對不起……」

直到媽媽走了，她不再接到讓人煩心的電話，才知道自己錯失了什麼。因爲她知名度不夠，這圈子眞的當她是朋友的人少之又少。唯一全心全意對她好的母親已經不在人世，父親又心寒不跟她來往，哥哥看不慣她的行徑，從高中就不太跟她說話，早就視她爲透明人。

方母沒有回應，只綁好一串十顆的粽子，走到瓦爐前，撈起了鍋裡正在煮的前一串肉粽。房瑜珍聞到的粽子香就是從這裡傳出去的。

煮好的粽子放到一旁晾乾，舀出鍋子裡一半的熱水，再補進冷水，方母才把剛綁好的粽子放進鍋裡煮。新拿出一捆棉繩，方母又坐回矮凳上包粽子，依然不看女兒。

六號想把房瑜珍從地上拉起來，卻不得不說她是個聰明人，直接往方母爬了過去，抱住她的大腿。

「媽！」房瑜珍哭個不停。從母親過世到現在，悔恨把她折磨得好慘。她很後悔，可是媽媽已經不在。「媽……媽……對不起……」

方母看著趴在她膝上痛哭流涕的女兒，難受地閉起眼。

「房小姐，妳起來吧，別認錯人了，我不是妳媽媽。」方母會這麼說不是爲了氣女兒，而是她記得現場還有位演藝圈裡的唐製作。儘管此舉徒勞無功，她還是一心維護女兒。

房瑜珍聽到這句話，哭得更慘了。「媽，妳別不要我……媽……」

廚房裡只剩房瑜珍的痛哭聲，眾人聽得心中淒楚。

「媽，妳教我綁粽子好嗎？好不好？」房瑜珍見母親都沒有反應，哭花了一張臉，開口求她傳授自己一直看不起的技藝。

方母大感意外，抬頭望向樊俞行，請他給主意。

「光兒，妳說呢？」這個忙是她決定要幫的，樊俞行把決定權交到她手上。

姬儀光回頭看了眼方母，那種如願以償的欣喜讓她的心無端地緊揪起來。她向來就是個心軟的，難以無視方母的最後願望。

「大家都出去吧，把這裡留給她們。」姬儀光率先把樊俞行拉出廚房。其他人見狀，也不好意思繼續待著，一下子就走得不見人影。

「珍珍，妳眞的想學綁粽子嗎？」方母一見無人在場，要不是顧及滿手油膩，肯定彎腰抱住女兒。

聽到母親喊她小名，房瑜珍開心到痛哭失聲，說不出話來的她頻頻點頭。

姬儀光他們離開廚房後，其實沒有走多遠，只是到最近的接待廳裡泡茶。唐製作想跟樊俞行攀談幾句，但一對上他似笑非笑的表情，又什麼都呑進肚子裡。

這種相對無語的感覺太差了。還有不顧旁人感受、像麻花捲一樣纏在一塊的上古情侶，讓大家眼神都不知道擺哪裡好，又想知道事情後續，只能忍著留了下來。六號爲了大家的情緒著想，放下投影布幕，拉起窗簾，放了部喜劇電影。

很好，沒人笑得出來。

電影演到一半，外面突然傳來一陣淒厲的呼喊聲。

「媽！媽──妳去哪裡了？媽──」

現在會在大宅裡喊媽的，十成十就是房瑜珍。六號留在接待廳裡收拾設備，其餘人都走出去探看情況。

「媽！媽！」房瑜珍放聲哭喊，一見到樊俞行等人，她立刻跑上前去，頂著滿臉淚水，驚恐地問：「我媽媽去哪了？你是不是把她收了？你把我媽媽還給我，我求你把我媽媽還給我──」

房瑜珍哭倒在地，樊俞行連眉毛都沒動一下。

「她來陽間的目的已達成，當然回去了。」女兒願意跟她學綁粽子，算是無意間的收獲吧。如果方母的魂魄不是到陰間報到再上來，而是逗留在陽間不走，此刻怕是已化作美麗的金光消散而逝。

房瑜珍不懂。「什麼目的？」

「因爲妳說想吃媽媽綁的肉粽，她才申請上來陽間，找上我們幫忙。」姬儀光在旁解釋，心情很複雜。

房瑜珍有了悔意，但對她跟方母來說已來不及了。

這就是人生殘酷的地方。

「媽──」房瑜珍俯地大哭，久久無法停歇。

樊俞行牽著姬儀光走向廚房。他們買了不少材料，方母原先只用一半，爲了教導女兒，剩餘的材料都炒製下去了，滿桌子的肉粽起碼有上百顆。

雖然方母是特地上來綁肉粽給女兒吃，備料的時候卻是把大宅裡的人口通通算進去。樊俞行叫跟進來的驅鬼師和唐製作都去享用。剛煮好的粽子最可口了，別錯失品嘗時機。

他跟姬儀光都不愛吃肉，解了顆粽子，把裡面包的瘦肉挖給樊俞清，兩人再你一口我一口互餵著吃。

房瑜珍哭腫著雙眼走回廚房，想到母親在這裡忙碌的身影，聽她想學綁粽子時露出的笑容，淚水泉湧不止。

她沒有取碗，直接解了顆粽子，想捧在掌心裡吃，但她還沒打開粽葉，樊俞行就把粽子截走了。

「你——」房瑜珍不敢相信這裡這麼多顆粽子，樊俞行卻來跟她搶。

「妳氣什麼？不過就是顆粽子，大不了我去市場買十串賠妳。」

房瑜珍不是笨蛋，一聽就知道他是諷刺她，立刻漲紅了臉，嚅著唇跟姬儀光道歉。「對不起，昨天是我不好。」

這是她盼了很久的粽子，萬一被搶了、被偷了、被撞掉了，她肯定跟對方拚命。到這時，她才理解為何姬儀光如此生氣。

姬儀光忘性大，昨天的不愉快已經留在過去，聽到房瑜珍跟她道歉，還一度反應不過來。「喔，沒事，過了就算了。」

樊俞行可不是這麼想的，他一臉嚴厲地教訓房瑜珍。「這顆粽子對妳意義非凡，昨天的巧克力對光兒也是，以後別拿自己的價值觀批評別人在乎的東西。」

「是，我知道了。」房瑜珍整個人沉浸在愧疚當中，捧著樊俞行還給她的粽子，珍惜地吃著，每咬一口糯米就掉一次眼淚。

她這輩子最後一次吃到媽媽的味道，最後一次感受到媽媽對她的珍愛跟呵護。

在別人眼裡不起眼的粽子，卻是她此生最珍貴、美好的回憶。

所謂回憶，就是再也不可得。

之後，房瑜珍在採訪中坦誠家世，還把母親回來包粽子的事說了出來，雖然沒有說得很仔細，主持人也半信半疑，但言談中提到無名驅鬼師，讓不少想見過世親人一面的觀眾留了心眼，紛紛查訪起無名驅鬼師。

明明是驅鬼的工作，那陣子卻有一堆人來諮詢想見見往生的親朋好友，讓值班的驅鬼師身心俱疲，而最疲累的莫過於樊俞清。

原本大家輪著值班，起碼兩周才會輪到他一次。但因爲他是房瑜珍的粉絲，其中又插手幫了不少忙，所以樊俞行要求他一周值四天班。

那個月還沒過完，樊俞清就對房瑜珍粉轉黑了。

什麼叫累覺不愛？這就是累覺不愛！

番外篇——姬儀光的安全感

三界之中，生而爲神的仙人不多，無名上仙就是其中一個。

只是他個性懶散，不愛出頭，天生四海爲家，居無定所，甚至拒了封神大典，只有神格，沒有建樹。眾仙提起他，第一印象是盤古幼子，第二印象是身旁有隻愛吃醋的神獸鳳凰。「總算找到你了，怎麼跑到這個雞不拉屎、鳥不生蛋的地方來？」盤古從天而降，腳還沒落地，抱怨就先傳到無名上仙的耳朵裡。

「不知道光兒看誰帶了隻讙，吵著要養，來三天了，連隻讙的尾巴都沒看到。」正在大石下方陰影處休憩的無名，連眼睛都沒張開，懶懶地翻了個身。

此處是翼望山，山上沒有任何草本，都是金玉石礦。這裡有種山貓就叫讙，一目三尾，毛皮棕黃帶黑色斑紋，小小一隻還沒狐狸大，叫聲卻能禦凶，特別具有威懾力。

盤古四處張望。「光兒呢？」

「跟鵸鵌出去撿石頭了。」無名拉了拉自個兒衣帶，無形中帶了點炫耀地說：「要鑲我衣服上的。」

鵸䳜是翼望山上的鳥，三頭六尾又愛笑，能跟姬儀光玩在一塊。

「哼，我看沒有光兒，你會穿得比災民還破。」盤古坐到無名旁邊，推了他一把。「你睡過去點。」

「這裡空地那麼多，爲什麼一定要跟我搶？」無名懶得動，就著盤古推他的力量勉強往旁邊挪了一點點。「找我什麼事？」

「沒事就不能找你？」盤古見他表情似笑非笑，覺得特別沒意思，又把他推遠了些。「等你姊姊來了再跟你說。本想讓你姊姊帶光兒出去，眼下光兒不在，正好。」

無名這才轉過身來，睜開一隻眼睛。「光兒又犯事了？」

「你才犯事呢！」盤古沒好氣地瞪他。「只要你跟光兒的合籍大典辦一辦，讓光兒的身分過了明路，別人就沒有笑她的理由，至於去找其他女仙的麻煩嗎？」

無名靜默不語。

「喂，你好歹說句話？不要每次講到合籍就成了啞巴。」盤古直接給他一腳。「別跟我說光兒沒跟你提過，就算她沒講，心裡肯定一直在想這件事。」

「如果你沒有意願，就早點跟光兒說清楚。」女媧緩行而來，蛇尾強勁，鱗片光滑能折日光，氣派非凡。「你不想要，後面一大堆人等著把鳳凰迎回去呢，來我這裡探口風的青年才俊沒有一百也有八十。無名，你最好警惕些，別仗著光兒喜歡你就有恃無恐。」

「如果妳不想看見那八十位青年才俊，明年墳上的草比我身後的石頭還高，勸妳不要。」無名慢悠悠地坐了起來，說出來的話卻與他的行爲截然不同。「光兒是我一個人的。」

敢把主意打到他的小鳳凰身上？還沒跟她算算上回跟姬儀光亂說話的事呢，什麼眞正的道侶睡覺都不穿衣服？

他是懶得計較，可沒懶得記仇。

「說給我跟父親聽有什麼用？別以爲這只是你們兩個人的事，生而爲神者，外面多少對眼睛盯著你？」女媧一看到無名就來氣，一點男子氣概都沒有，偏偏就姬儀光這孩子倒楣，破殼第一眼看見他就誤了終身。

「光兒還小，見過的世面仍不夠多，等她玩夠了，還喜歡我這老頭子，該給光兒的體面一件都不會少。」無名挽起袖子，伸出手掌，前肢立刻化爲雲霧消散，片刻後又凝聚回來。「希望那時我已修煉得當，沒有散形之危。」

「就你這個修煉的態度跟速度，等到大成那天，在光兒身後排隊的青年才俊都能從八十個變成八千個！」盤古嗤笑出聲，全然不看好自家么兒。「我跟你姊姊今天就是爲了這件事來的。」

無名一點興趣都沒有，還打了個哈欠。

「給我認眞聽著！」女媧受不了，直接從他後腦杓拍下去。

盤古覺得女兒做得好，拍了兩下手才繼續說：「姜子牙封神後，有意區開三界。我們這些生而爲神者，獲取的天地靈力太多，難以在三界中維持平衡。若我們不將部分靈力散於天地之間，恐怕成爲眾矢之的，所以我跟你哥哥姊姊已入過一趟輪迴，將靈力下輸兩界。」

「你們今天是來勸我入輪迴的？」無名覺得荒唐極了。「我是混沌所化，有什麼天地靈氣？濁氣還差不多，人界跟鬼界還需要這玩意兒？」

「我們就是入了一趟輪迴，才發現這方法能讓你盡快擁有肉身。」女媧以纖指抵了抵無名上仙的腦袋。「人類壽命不過幾十年，對我們來說不過一瞬之間，我覺得這買賣划算得很。」

「是啊，么兒，你不爲自己想想也爲光兒想想。萬一你消散了，她怎麼活下去？」盤古嘆了口氣。「就是得跟光兒分開一陣子，而且這事不能告訴她。輪迴制度初建，脆弱得很，萬一光兒知道，八成鬧得地府天翻地覆。」

「她就算鬧，也是希望我能投身到好人家，一生不愁吃穿。」他帶大的孩子滿心滿眼只有自己，這點他非常清楚。「這事確實得瞞著她。我怕她不懂下地府，還想到人間護我周全，以她風風火火的個性，不惹事才怪。」

「這麼說來，你是願意入輪迴了？」女媧才不想聽他跟姬儀光如何，要的僅是結果。

「這方法省事，我當然動心。但是你們都知道光兒個性可能會鬧，在安置好她之前，我走不開。」對他來說，姬儀光還小，愛玩愛鬧，脾氣直來直往，少了自己幫她兜底，不曉得會不會受委屈。

「你放心，我會好好照顧她，你早點回來就是。」女媧見事情談妥，便不再多待。「我先替你安排，時間確定後，你自有感應。」

「留點時間讓我跟光兒相處。」

「知道了。」女媧揮了揮手，走沒多遠便消失無蹤。

「上仙，我回來了！」姬儀光人未到，聲先到，捧了一手寶石回來。「疑，盤古爹爹，你怎麼來了？」

「來看我們小光兒啊。」盤古一見姬儀光就笑瞇了眼。「撿了這麼多漂亮的石頭，有沒有盤古爹爹的份？」

姬儀光把寶石放到無名面前，從裡面挑出了顆最小的紫玉，忍痛遞給盤古。「這個給你。」

「小光兒眞是大方。」盤古握拳收下。他手大，姬儀光給他的紫玉小到五隻手指攏在一起了，還感受不太到石頭的存在。

「人看到了，禮也收了，你可以回去了。」無名擺了擺手，敷衍送客。

「你這傢伙，要不是我脾氣好，就眞的搬座山過來壓你，讓你跟贔屭比美。」盤古站起來後，伸展了一下。「我走啦，有事再聯絡。」

姬儀光看著盤古竄天而起，瞬間消失，心裡卻是掛記另一件事。「上仙，贔屭美嗎？」

贔屭是九龍子之一，力大無窮，可馱三山五嶽。

無名只好說：「妳喜歡龜就覺得美。」

「……好吧。」看來盤古爹爹喜歡的東西跟她不一樣。

「對了，光兒，我們四海爲家這麼久，是該找個地方住了。」無名擺弄著姬儀光帶回來的各色寶石，輕描淡寫地提了句。「妳想住哪，我們就在哪蓋間房子，養妳想養的靈獸，種上一大片妳喜歡的梧桐，如何？」

「眞的嗎？」姬儀光雙眼發亮，難道上仙願意跟她合籍了？這麼說來，盤古爹爹就是爲了這件事來的吧。「我想住在有湖的地方，門口要有棵大樹讓我吊秋千，不要像這座山一樣光禿禿的就好。」

「還有呢？」

「暫時想不出來。」姬儀光坐到無名身邊，靠在他身上，笑得像擁有了全世間。「不管住哪裡，只要有上仙在就好了。」

「傻孩子。」無名摸了摸她的腦袋，一時間說不上來是心疼還是歡愉。

這孩子打小跟了他，親情、愛情、友情全砸在他身上，傻呼呼地把外面看見的好全部捧到他面前來，全然沒想過將他們兩人的關係定義在某一個層面上。

在她心裡，上仙就是她最好的養父、最好的朋友、最好的道侶。

忘了是誰逗她和上仙之間不能成爲道侶，氣得姬儀光拿伏羲跟女媧當例子，把對方綁到這對有兄妹之名的夫妻面前，強押著對方再說一遍，最後還是盤古出來當和事佬，說姬儀光就是他們家的童養媳。

「我要是不在了，受了委屈，記得去找妳的盤古爹爹跟女媧姊姊，讓他們替妳出氣，知道嗎？」

姬儀光不懂。「你不在？你爲什麼不在？」

無名但笑不語，挑了幾顆石頭轉移了姬儀光的注意力。

爲了能早點跟上仙合籍，姬儀光不敢挑剔，只要有湖、靈力充沛的地方都覺得可行。反而是無名一反常態，不嫌麻煩，處處顧及細節，日月更替三十多回，才把這件事確定下來。

架好姬儀光指定的秋千，無名看著梧桐環繞的竹屋，內心稍定。「還有什麼想要的？」

「沒有了，這樣很好。」姬儀光手捲髮尾，臉上全是小女兒家的嬌羞。其實她最關心的莫過於合籍大典，只是上仙沒說，她便不敢問。

「既然以後都要住在這裡，不如取個名字，就叫英鞮山鳳凰塢，如何？」

「不如何。我才不想讓人知道這裡住了隻鳳鳳。」姬儀光嫌棄地皺了下眉頭，轉了轉眼珠子，機靈地說：「倒不如叫無名居，我就想住在有上仙名字的地方。」

「行，就叫無名居。」無名好脾氣地順了她的意思，偷偷地捻了下快要喪失觸覺的手指，苦口婆心地囑咐：「光兒，妳要記得，要是哪天我出了遠門，妳就在這裡等我回來。」

「你最近怎麼了？不是不在就是要出遠門。」姬儀光大興警戒，怒目打量他。「我跟你說，你去哪我就去哪，你別想丟下我！」

「誰說要丟下我的光兒了？」無名摸了摸她的頭，細聲安撫，姬儀光這才安下心來。

新居落成，當晚他們便請了幾位交好的仙人過來同樂。女媧趁著席間敬酒，悄聲問了句：「差不多就在這幾天，你跟光兒說了嗎？」

無名但笑不語。

不能說實話，更編不出像樣的說詞，提到遠行、離開等等關鍵字，這頭小鳳鳳就炸尾，他還在頭疼。

但事情不是逃避就不會來臨的。過了兩天，他體內消散的症兆開始越來越明顯，無名只能把姬儀光帶到外頭，陪她玩了一會兒的秋千，趁她心情好，正打算開口時，一道金光突然穿胸而出。

「上仙，你怎麼了？你不要嚇我？」姬儀光想要抱住他，卻發現他變得越來越透明，逐漸化為光點，她慌亂地哭喊出聲：「你告訴我呀，這到底是怎麼回事？我該怎麼辦？」

「光兒，別哭。」無名想為她抹出眼淚，卻無法觸及她分毫，眼見姬儀光崩潰大哭，疑有失魂之兆，他即刻吐出元神珠，逼她吞下。「待我歸來——」

＊

「不要！上仙！不要——」

「沒事，別哭，我在這呢。」樊俞行一手抱住哭得縮成一團的姬儀光，一手打開夜燈，心疼地在她背上輕拍著。

姬儀光哭到不能呼吸，只能用嘴巴喘氣。「上仙……上仙……」

「在呢，小光兒睜開眼睛就能看見我。」樊俞行心疼不已，即便回到她身邊，她偶爾還是會這樣做惡夢，哭到抽搐，哭到喘不過氣。

「上仙……」姬儀光努力睜開眼睛，反而怕眼前人是夢，小心翼翼地伸手碰他的臉，他的脖子、肩膀、胸膛。「上仙真的回來了嗎？」

「回來了，也不走了。」樊俞行不敢想在沒有他的日子裡，姬儀光是如何一步一步走過來的，又是如何從恣意張揚的小鳳凰，變成這樣小心謹慎的姬儀光。

這是他生平最懊悔的一件事。他讓他的心上人跋山涉水，歷經重重磨難，只為來到他的面前。

過後幾天，姬儀光時常看見樊俞行在打幸運繩，這種少女般的畫面搭上他的人，就像顆大地雷，誰看到了誰就爆。更別說他手上的幸運繩從寬零點五公分打到了寬五公分，邁向護腕等級。

最終那個護腕套到了她手上。

姬儀光這時才有辦法看清護腕的全貌，都是用紅繩編的，沒其他顏色。

樊俞行拿出另一只護腕給她。「幫我戴上。」

紅繩沒有彈性，這得用綁的。姬儀光幫他戴好後，樊俞行輕吻了她一會兒，才不疾不徐地說：「好好戴著，不許拆下來，這可是月老的紅線。」

「你到底拿了月老多少條紅線呀？」光是她手上的護腕就能牽一百多對姻緣了吧？

「我怕一條不夠。」樊俞行牽上她的手，誠摯地說：「我要跟妳牽下生生世世的姻緣，沒人能將我們分開。」

不求這次就能讓姬儀光安心，但從此刻開始，他會努力補足姬儀光的安全感，讓她明白他們兩人的感情是雙向奔赴，不只是她的獨角戲。

灑糖番外——姬姬vs樊樊的小日常

1

姬儀光恢復人身後，樊俞行便讓她搬進主宅，住進他的房間。然後帶她去登記。

姬儀光拿著新出爐的身分證，腦子還轉不過來，傻呼呼地問：「怎麼突然……」

「名分很重要。」樊俞行牽起她的手，認真地說：「省得某個小笨蛋胡思亂想，以爲我不喜歡她，對她沒意思。」

姬儀光突然想轉基因變成駝鳥。

2

姬儀光的身體還沒完全恢復過來，睡著的時間比醒著多。

有天晚上睡得迷迷糊糊，總覺得有人在脫她衣服。

她困難地睜開眼睛，發現是樊俞行，而且還沒穿衣服，就赤條條地坐在床沿。

「你幹嘛？」她嚇得睡意全消。

「妳以前不是嫌我睡覺都不肯脫衣服？」樊俞行頭也沒抬，繼續解她的睡衣鈕子。「所以我決定以後睡覺，誰都不准穿衣服。」

姬儀光：「……」

3

姬儀光看了哨兵響導網文，開啓新世界。

哨兵跟響導是相輔相成的組成，天生吸引彼此。入戲的她，難免在閱讀時，代入她跟樊俞行。

她是響導，樊俞行是哨兵。

不管是哨兵抑或響導都有能具現化的精神體，而精神體是各式各樣的動物，眞身就是鳳凰的她，沒有懸念，精神體八成是鳳凰。

上古神獸，神級響導，如同開了外掛般的存在。

看向一旁閉眼曬太陽，慵懶愜意的樊俞行，突然有抹影子躍進她腦海裡。

她抖著嘴說：「……樹懶。」

哎喲，一秒變得好萌是怎麼回事？

4

奶貓季到了。

姬儀光就撿到一隻黑的，醜不拉嘰。

原地蹲了一個多小時都等不到母貓回來領，下雨了，只好把牠抱走。

醫生說這隻小奶貓帶著嚴重的皮膚病，毛皮才會如此稀疏難看。叫聲幼綿又不及手掌大的牠嚴重不良，許是存活率不高，母貓爲了其他健康的小貓著想，只能將之拋棄。獸醫這番話聽得姬儀光淚眼汪汪。

樊俞行嘆了口氣，揉亂小鳳凰的頭髮，收編了這隻連路都走不好的小黑貓。

雞飛狗跳了兩個月，小黑貓恢復健康，每天在大宅裡跟一群驅鬼師、預備役玩躲貓貓。

看大家都疼小黑貓，姬儀光鬆了一口氣，只是有點很奇怪，小黑貓誰都不咬，就是喜歡拿她的手指磨牙。睡在她腿上時，還會迷迷糊糊張嘴，吧唧地咬她的腿肉一口。

她把這事跟樊俞行說，滿臉不解。

「光兒，妳知道嗎？」樊俞行彎下腰來，頭抵著她，一半愛憐一半好笑地說：「這貓呀，最愛吃禽肉了。」

姬儀光：「……」

5

樊俞行找回了無名上仙的記憶，這一世終歸還是凡胎肉體。

拿著今年度的驅鬼師體檢通知單，他陷入了沉默。

姬儀光湊上前看，不覺有異，揚眸狐疑地問：「這單子有什麼問題嗎？」

「沒問題。」樊俞行嘆了口氣，收起通知單，摸著小鳳鳳的頭，萬分苦惱。「我只是在想要安排妳看家醫還是獸醫。」

姬儀光：「……」

你想先掛腦科還是先掛骨科？

6

家裡收編了隻小黑貓後，樊俞行覺得自己的地位，掉了。

小黑貓剛來的時候還小，從兩小時餵一餐到四小時餵一餐，身邊一定要有個人照顧。姬儀光不好意思麻煩別人，幾乎都是她親手處理。

一人一貓，形影不離。

之後他抱著姬儀光的時候，一定有隻黑貓睜著雙眼睛盯著他們，喵個幾聲，就把他懷裡的小鳳凰喵走。

最讓他受不了，也是壓垮他的最後一根稻草的是，他每每出任務回來，三更半夜推開門，就看到一人一貓睡在床上，小黑貓還團在小鳳凰的胸口上！

樊俞行緩緩地褪下衣物，進浴室沖乾淨，把自己收拾好了之後，來到床前拎起小黑貓，扔到床下屬於牠的窩裡。

姬儀光睡得迷迷糊糊，聽見動靜半爬起身，就被樊俞行彎腰抱住，枕在她的胸口上蹭了蹭。這跟貓咪的溫度不同。

姬儀光的手指流連在他的髮間，帶著未醒的睏意問：「怎麼了？」

「以後別讓貓上床，更別讓牠睡妳胸口。」

「爲什麼？」

「因爲這是我的雞胸肉！」

姬儀光：「……」

你也不想上床睡是吧？

7

「光兒？」樊俞行坐在書案後方，恍然大悟地喊了聲：「今年是雞年啊。」

姬儀光頭皮一緊。「所以呢？」

「是不是該帶妳安個太歲？」

姬儀光：「……」

安個大頭鬼，她出生的時候還沒有十二生肖好嗎？

8

樊俞行帶姬儀光出來逛街，突然有個小女孩衝過來抱住了她。

「姊姊、姊姊！抱！」

小女孩的媽媽連忙過來抱走她，一邊跟姬儀光道歉：「不好意思，小孩子不懂事。」

「嗚哇——姊姊！」小女孩朝姬儀光伸出雙手，哭得五官都擠在一起。

姬儀光覺得小女孩的媽媽很眼熟，打了個探符過去，眼眶就紅了。

「不介意的話，能讓我抱抱她嗎？」姬儀光張開雙臂，小女孩的媽媽見狀，猶豫了一會兒，就把女孩抱給她。

「姊姊！喜歡姊姊！」小女孩笑得很開心，雙手圈著她的脖子，頭就枕在她的肩膀上。

姬儀光吸了吸鼻子，小聲說：「亮亮乖，姊姊在。」

等小女孩被媽媽抱走，姬儀光向她們母女倆揮手道別時，在旁看了好久的樊俞行牽起了她的手，輕聲說：「妳抱亮亮的樣子真好看。」

姬儀光：「嗯？」

樊俞行：「不如我們也生一個吧？」

姬儀光：「……」

國家圖書館出版品預行編目資料

無名驅鬼師 / 梁心作. -- 初版. -- 臺北市：春光出版, 城邦文化事業股份有限公司出版：英屬蓋曼群島商家庭傳媒股份有限公司城邦分公司發行, 民110.07
面； 公分. -- (奇幻愛情；74)
ISBN 978-986-5543-40-2 (平裝)

863.57 110009727

無名驅鬼師

作　　者／梁心
企劃選書人／王雪莉
責 任 編 輯／王雪莉

版權行政暨數位業務專員／陳玉鈴
資深版權專員／許儀盈
行 銷 企 劃／陳姿億
行銷業務經理／李振東
總　編　輯／王雪莉
發　行　人／何飛鵬
法 律 顧 問／元禾法律事務所　王子文律師
出　　版／春光出版
台北市104中山區民生東路二段 141 號 8 樓
電話：(02) 2500-7008　傳真：(02) 2502-7676
部落格：http://stareast.pixnet.net/blog　E-mail：stareast_service@cite.com.tw
發　　行／英屬蓋曼群島商家庭傳媒股份有限公司城邦分公司
台北市中山區民生東路二段 141 號11 樓
書虫客服服務專線：(02) 2500-7718 / (02) 2500-7719
24小時傳真服務：(02) 2500-1990 / (02) 2500-1991
服務時間：週一至週五上午9:30～12:00，下午13:30～17:00
郵撥帳號：19863813　戶名：書虫股份有限公司
讀者服務信箱E-mail: service@readingclub.com.tw
歡迎光臨城邦讀書花園 網址：www.cite.com.tw
香港發行所／城邦（香港）出版集團有限公司
香港灣仔駱克道 193 號東超商業中心 1 樓
電話：(852) 2508-6231　　傳真：(852) 2578-9337
E-mail : hkcite@biznetvigator.com
馬新發行所／城邦（馬新）出版集團　Cite(M)Sdn. Bhd
41, Jalan Radin Anum, Bandar Baru Sri Petaling,
57000 Kuala Lumpur, Malaysia.
Tel: (603) 90578822　Fax:(603) 90576622　E-mail:cite@cite.com.my

封 面 設 計／蔡佩紋
內 頁 排 版／極翔企業有限公司
印　　刷／高典印刷有限公司

■ 2021 年（民 110）8 月 3 日初版一刷　　Printed in Taiwan

售價／350元

城邦讀書花園
www.cite.com.tw

ISBN　978-986-5543-40-2

104台北市民生東路二段141號11樓

英屬蓋曼群島商家庭傳媒股份有限公司
城邦分公司

請沿虛線對折，謝謝！

愛情．生活．心靈
閱讀春光，生命從此神采飛揚

春光出版

書號：OF0074	書名：無名驅鬼師

請於此處用膠水黏貼

讀者回函卡

謝謝您購買我們出版的書籍！請費心填寫此回函卡，我們將不定期寄上城邦集團最新的出版訊息。

姓名：________________________________

性別：□男　□女

生日：西元____________年______________月________________日

地址：____

聯絡電話：______________________　傳真：______________________

E-mail：____

職業：□1.學生 □2.軍公教 □3.服務 □4.金融 □5.製造 □6.資訊

□7.傳播 □8.自由業 □9.農漁牧 □10.家管 □11.退休

□12.其他 ____

您從何種方式得知本書消息？

□1.書店 □2.網路 □3.報紙 □4.雜誌 □5.廣播 □6.電視

□7.親友推薦 □8.其他 ______________________________

您通常以何種方式購書？

□1.書店 □2.網路 □3.傳真訂購 □4.郵局劃撥 □5.其他 __________

您喜歡閱讀哪些類別的書籍？

□1.財經商業 □2.自然科學 □3.歷史 □4.法律 □5.文學

□6.休閒旅遊 □7.小說 □8.人物傳記 □9.生活、勵志

□10.其他 ____

為提供訂購、行銷、客戶管理或其他合於營業登記項目或章程所定業務之目的，英屬蓋曼群島商家庭傳媒（股）公司城邦分公司，於本集團之營運期間及地區內，將以電郵、傳真、電話、簡訊、郵寄或其他公告方式利用您提供之資料（資料類別：C001、C002、C003、C011等）。利用對象除本集團外，亦可能包括相關服務的協力機構。如您有依個資法第三條或其他需服務之處，得致電本公司客服中心電話 (02)25007718請求協助。相關資料如為非必要項目，不提供亦不影響您的權益。

1. C001辨識個人者：如消費者之姓名、地址、電話、電子郵件等資訊。
2. C002辨識財務者：如信用卡或轉帳帳戶資訊。
3. C003政府資料中之辨識者：如身分證字號或護照號碼（外國人）。
4. C011個人描述：如性別、國籍、出生年月日。

請於此處用膠水黏貼